イケメン御曹司と甘くて不埒な政略結婚

ルネッタブックス

CONTENTS

第一章

十一月下旬の日曜日、大安。

織絵《おりえ》の人生で二度目となる結婚式は、一度目と同様、誓いのキスさえ交わさない愛のない政略結婚だった。

両家の親族しか招かない小規模な挙式が終わり、列席者を全員見送った坂井《さかい》織絵——いや、早瀬《はやせ》織絵は、夫となる早瀬彰《あきら》にうながされ、彼の車の助手席に乗り込んだ。

新婚旅行へは行かないため、新居となる渋谷区のマンションへ向かう。

織絵も彰も、結婚したばかりの新婚夫婦とは思えないほど、互いの表情に相手への熱意はなかった。それでも織絵は話のきっかけを探し、夫へ声をかける。

「……飲酒運転ではありませんか？」

新郎は食事中、列席者に注がれた酒のグラスに口をつけている。だが彰は新妻を見ることなく、「飲むふりをしていただけ」と抑揚《よくよう》のない口調で言い捨てた。

「それなら、よかった……」

織絵の方はお酌されるたびに飲んでしまったため、酒精がまとわりついているようで体が重い。

シートに背中を預けて、前方をぼんやりと眺めた。

フロントガラスの向こう側で水の粒が弾いた。

本日のお日柄はいいものの、天気予報は曇り時々雨。とうとう降り出した雨は、自分のかわりに空が泣きだしたようにも見える。

そんなことを考えながら小さな声を漏らした。

「……お式、雨が降る前に終わってよかったですね」

「ああ」

「遠方から来てくださった方が、濡《ぬ》れなくてすみましたし……」

「ああ」

取りつく島もない素っ気なさだ。……まあ、いつものことである。

十ケ月前に見合いの場で顔を合わせたときから、彼はずっとこの調子だった。おかげで織絵はお見合い後、不愉快なことを言ってしまったかと気を揉《も》んだものだ。

しかし仲介人は、『相手の女性が誰でも同じ態度なのよ……』とゲンナリしていた。

その後も今のような不機嫌さを隠そうとせず、会うたびに鋭い目つきで睨《にら》むように見つめてくる。おまけに愛想はなく話し方も冷淡で、醸《かも》し出す雰囲気は恐ろしい。

女嫌いとの噂《うわさ》にふさわしい態度だった。

――結婚しても、この人は変わらないな……

織絵はため息が漏れそうになるのをグッとこらえ、横目でちらりと夫を見る。

仏頂面で運転する夫は、高い鼻梁《びりょう》に切れ長の鋭い目、彫りの深い整った容貌という迫力がある美男子だ。眉間に皺《しわ》を寄せているのが玉に瑕《きず》だが、それも人によっては野性味があると肯定的にとらえるだろう。

背も高く、織絵が横に並ぶと頭頂部は彼の広い肩までしかない。こちらがヒールを履いていても。

ノーネクタイのスーツ姿でもだらしない印象は受けず、ただ運転しているだけなのに格好いい。

——特に、手が……

ステアリングを握る彼の手に己の視線が吸い寄せられる。手フェチの気《け》がある織絵は、気まずげに夫の手から目を逸《そ》らした。

彼の手は大柄な体躯《たいく》にふさわしく、自分よりかなり大きくて指も長い。節くれ立った指を飾る爪は滑らかで、手の甲の大きさに対し手首が細く見えるのがセクシーだった。

一度でいいから、あの手首にはまる時計を借りて使ってみたい。……なんて願望は生涯口にできないだろう。

そんなことをつらつらと考えているうちに、彰のマンションに到着した。

織絵が彼の部屋へ行くのは初めてになる。

彰はマンションの敷地内に入ると、ホテルの車寄せのような屋根付きの入り口に車を停《と》めた。すぐさま中からスーツを着た中年男性が近づいてくる。

「お帰りなさいませ、早瀬様」

タイミングの良さから、どこかでこちらを見ていたのかと思う。その人物は織絵に挨拶をしてからキーを受け取り、地下駐車場へ車を運んでいった。

ここはバレーパーキング方式のようだ。民間のマンションで採用されているとは驚きである。

入口のガラス自動扉をくぐると、すぐに立ち塞がる木製の大扉をカードキーで解錠する。

織絵はきょろきょろと辺りを見回しながら、今日から夫になった彰の後ろを付いて建物内に入った。

「わぁ……」

そこは二階まである吹き抜けの広大な空間で、天井には逆三角柱の豪奢《ごうしゃ》なクリスタルシャンデリアが輝いている。厚みのある光でフロア全体を照らし、格式を高めているように見えた。

コツコツと靴音を響かせつつ、乳白色の大理石の床を歩く。ロビーの中央にいくつか置かれたソファはすべて大きく、シンプルだがモダンな印象だ。

左手にはライトアップされた中庭が雨に濡れていた。レンガで作られた小道が見えるため、今はあいにくの雨だが、晴天に散歩をしたら気持ちがいいだろう。

右手には観葉植物で区切られたカフェテリアまであり、コーヒーのいい香りが漂ってくる。

ロビーの手前には、お帰りなさいませ、と先ほどとは違う中年男性がフロントのカウンター越しに笑顔で出迎えてくれた。おそらくコンシェルジュという職種だろう。左胸のネームプレートには〝橘《たちばな》〟と記されている。

橘さんね、覚えておこう。と頷《うなず》く織絵へ、彼がシルバーのカードを手渡してきた。そこにはローマ字で織絵のフルネームが刻印されている。マンション内を移動するにはこのカードが必要とのこと。

礼を告げて彰と共にエレベーターへ乗り込んだところ、あれ？　と首を傾《かし》げる。エレベーターに必ずある階数ボタンがどこにもないのだ。扉の脇にはディスプレイらしき画面があるだけで。

すると彰がそこへカードキーをかざす。直後にディスプレイへ〝五階〟の文字と上向きの矢印が表示され、エレベーターが動き出した。

——カードキーをかざせば、家がある階へ連れて行ってくれるんだ。

失くしたら大変だと、手にしていたカードキーを慌ててバッグにしまう。

五階で降りると、ここもまた広いロビーになっていた。正面の壁には大きな花瓶が設置され、花が大胆に生けられている。いい香りが漂ってくるので造花ではない。

綺麗《きれい》なのだが庶民感覚を持つ織絵は、管理費が高そうだなととらえてしまう。しかもこの階はワンフロアに一戸しかなく、自分たち以外の住民はいない。

——これがセレブマンションか……

さすがハヤセホールディングス創業家の一員である。織絵の実家となった坂井家とは、同じ富裕層といってもレベルが違う。

織絵が嫁いだ早瀬家は、飲料、酒造を主軸とする大企業で、会社はメイン事業以外に、食料品や医療品、化粧品事業の他、介護サービスなど様々な事業を展開している。

対して新婦側の坂井家は食品関連事業を営む中小企業で、乳製品や食肉加工品の事業領域に強みがあり業界地位は高いものの、両家の力関係は圧倒的に新郎側が大きい。

ゆえに彰が、大人数かつ大規模な結婚式を全力で拒否したら、新婦側は黙って頷くしかない。

おかげで披露宴がわりの食事会は、互いの親族を紹介し合うのみ。そこそこ盛り上がったものの、出されたコース料理を味わって解散という、実にこじんまりとした華燭《かしょく》の典《てん》だった。

彰の兄が挙式したときは、跡取りの結婚ということで、それはもうスケールの大きい華やかな披露宴だったらしいが。

——この人も、もうちょっと愛想をよくすれば、女性に逃げられなくても済んだだろうに……

玄関の前に立つ彰の大きな背中を見ながら、織絵はなんとも言えない複雑な心境になる。

長身のイケメンで大手企業の御曹司。ハヤセホールディングスのアルコール事業を担当しており、いずれはこの部門のトップに立つと言われている。

これほどハイスペックな名門の子息が、中小企業の社長の娘、しかもバツイチと結婚した。織絵以外に選択肢がなかったのだと、織絵自身もさすがに気づいていた。

風の噂で、過去には二度も婚約破棄されたと聞いたことがある。いくら超優良物件でも、彼とお見合いしたお嬢様たちは耐えられなかったのだろう。これでは結婚後の生活に夢が持てない。

二十二歳の織絵より十三歳年上の三十五歳だが、いまだ独身とは、さもありなん。

「——入ってくれ」

彰がドアの脇にあるディスプレイへカードキーをかざし、振り向かずに言い捨てる。

「お邪魔します……」

自分の家だとまったく実感できないので、おかしな言葉が出た。彰がちらりと尻目でこちらを見下ろす気配があったけれど、彼はそのまま無言で廊下の奥へ向かう。

長い廊下を進んだ先にあるリビングはダイニングとつながっており、二十畳……いや、これほどの広さなら三十畳はあるのではないか。それぐらい広い。

「すごい……」

吹き抜けの広間の隅には二階へ続く階段があり、どうやらメゾネットタイプの物件らしい。カーテンが開け放たれて、天井まである窓の外はガラスの壁で覆われたサンルームだと気づいた。まるで温室のような透明な部屋は八畳ほどあり、そのさらに奥が広大なルーフテラスになっている。

隣接する広大な公園の木々が、雨の中で揺れているのが見えた。

晴れたら景色を楽しめそうではあるが、二人暮らしでこんなに広いリビングやサンルームなど必要ないのでは……

ぼうっと突っ立っていたら、彰はスタスタとキッチンへ向かい、明らかに業務用の冷蔵庫からペットボトルを取り出している。なんとなく彼へ近づいた織絵は、ミネラルウォーターを飲む夫を見ながらぽつりと零《こぼ》した。

「こんな広い部屋に一人で住んでいたんですね……」

「いや、先週からだ」

返事を期待していなかったのだが、意外なことに彼が口を開いた。

「え？」

「俺は実家で暮らしていたから、会社に近いここを買った」

織絵を見ずに話す彰を、織絵はもやもやした気持ちで見上げる。

――それなら、私にひとことぐらい相談してもいいのでは……？

二人の新居になるのだから、こんな広い部屋じゃなくて、もっと彼との距離が近づくこじんまりとした部屋がよかった。とはいえお金を出すのは彼だし、すでに買ってしまったのだから、不満を述べても仕方がないのだが……

「あと、君の荷物は隣の部屋に置いてある。一階部分は好きに使ってくれ。二階は俺のスペースだ。用がなければ立ち入らないでくれ」

「……え」

言われた言葉を理解できず固まっていたら、彼はジャケットの内ポケットから取り出したクレジットカードと、キッチンカウンターに置いてある大判封筒を手渡してきた。

「リビングとゲストルームだけはインテリアコーディネーターに整えさせたが、君の部屋はベッドしか置いていない。家具でもなんでも好きなものを買うといい」

「あの……」

「しばらくは俺のカードを使ってくれ。すぐに君の名義のカードを作るから、その中にある書類に記入しておくこと」

混乱する織絵が何を言えばいいのか迷っている隙に、彰は背を向けて去っていく。二階へ続く階段を上って広い背中が見えなくなるまで、動くことができなかった。

一分以上はその場で呆《ほう》けていたが、やがて呆然《ぼうぜん》とした表情のままリビングを出て隣室へよろよろと向かう。

そこは部屋の隅にダブルベッドがぽつんと置かれた広い部屋だった。ベッドの手前にいくつかダンボール箱が置かれている。

織絵はダンボールの上に封筒を置いて、力なくベッドに座り込んだ。うなだれて唇を引き結び、涙が溢《あふ》れ出るのを必死の思いで我慢する。

——さすがに、きっつい……

たしかに夫とは政略結婚で、愛し合って生涯を共にすると誓ったわけではない。だが結婚した以上は、少しずつ彼との距離を縮めて心を寄り添わせていきたいと考えていた。愛されることは無理でも、家族として労わり合える関係を築きたいと願っていた。

けれど、そう思っていたのは自分だけだった。そして心の中で、「やっぱり」と諦める気持ちも覚えている。

彰とお見合いしてから今日までの十ヶ月間、彼は多忙を理由に月に二回、多くても三回しか会おうとはしなかった。

会うといっても必ず平日の夜にレストランデート。面倒くささを隠そうともしない彼と会話が盛り上がるはずもなく、味気ない食事をして家に送り届けてもらうだけ。しかも食事中に彼が呼び出されて会社へ戻っていくことも何回かあった。

……豪奢な雰囲気の高級フレンチレストランで、周囲のお客が食事を楽しむ華やかな空気の中、一人残された女がどのような気持ちでコース料理を食べていたか、彼は生涯、知ることもないだろう。

ガイドブックで星を取った名店の素晴らしい料理が、コンクールで優勝したソムリエが選ぶ銘醸《めいじょう》ワインが、まったく美味しく感じられなかった。

このまま結婚して大丈夫なのかと不安を抱いても、相談できる人は周りに誰もいない。

ただ……ごくたまに、本当に少ないのだが、彼がこちらを気遣う様子を見せることもあった。おそらく無意識で。

もしかしたら根は優しい人なのかも、冷血な人ではないのかも、と淡い希望を抱いた。

彼だって結婚を承諾《しょうだく》したのだ。今は素っ気ない人だけど、結婚すればいつかは変わってくれるんじゃないかと、少しずつ家族になっていくのではないかと、ほのかな期待に縋《すが》りついた。

そんなこと、あるわけないのに。

――あの人はなんのために結婚したんだろう……

ぽつり。ぽつり。

せき止められない涙がとうとう零《こぼ》れ落《お》ちてスカートに小さな染みを作る。

グッと奥歯を噛《か》みしめて鼻を啜《すす》った織絵は、のろのろと段ボール箱に近づいて自分の荷物を片づけ始めた。

この部屋には衣裳《いしょう》部屋ともいえる広さのウォークインクローゼットがあり、持ち込んだ荷物の中から服や靴、バッグ、本や雑貨などを取り出してしまっていく。が、たいした数はないためすぐに終わった。

ダンボール箱を潰して体を伸ばしたとき、外がすっかり暗くなっていることに気がついた。レースカーテンに覆われた窓の外は、いまだに雨が降っている。

今、何時だろう。と、スマートフォンの時刻を見てみると午後七時を過ぎており、ちょっと慌ててしまう。そんなに時間がたっていたとは思わなかった。荷物は少ないが、ときどき手を止めては、ため息をもらして固まっていたのが原因だろう。

——夕ご飯はどうしよう。彰さんは食べるのかしら……？

織絵自身はあまり空腹ではない。それというのも食事会に出された料理のほとんどを食べることができたから。

披露宴中の新郎新婦は、料理を食べるタイミングがないと言われている。確かに食事会が始まった直後は、新郎側の親族と挨拶をしたり、お酌をされたり、とカトラリーに触る暇もなかった。

しかし招待客自体が少ないため、すぐに各々《おのおの》が近くの席の人と談笑を始め、年配の男性陣などビジネスの話で盛り上がっているようだった。

隣に座る彰のもとには早瀬家の親族が絶え間なくやって来ては、長々と話をしていた。が、織絵は事情があって坂井家に仲のいい人間はいない。そして今日の結婚式に、己の友人も知人も呼んでいなかった。

意に染まぬ結婚を祝福されて、笑顔の仮面がはがれるのが怖かったのだ。この政略結婚を了承したのは間違いなく自分自身であるが、それでも理不尽さをぬぐえなくて。

そのうち誰も花嫁のもとに近づいて来なくなり、一人ぽつんと取り残された状況になった。おかげでゆっくりと美味しい料理を味わうことができた。かえって良かったのかもしれない。

そこで織絵はきゅっと唇を噛む。

――そんなことはない……

自分の考えを自ら否定する虚《むな》しさに、本日何度目かのため息を吐き出し、ほろ苦く微笑《ほほえ》む。

花嫁だというのに誰からも顧《かえり》みられないことが、喜ばしいわけがない。それでも上辺だけでも自分を慰めていないと、どんどん心が沈んで立ち上がれなくなるのだ。

自分は弱い。

恨みや苛立《いらだ》ちが堆積していくと、精神が攻撃的になる。負の感情をまき散らしていては誰からも共感は得られないのに。

――もっとポジティブに考えないと。

彰との結婚生活に明るい展望は見いだせないが、それでもこの生活は続くのだ。喜びや幸福は自分で見つけなくてはいけない。まだまだ人生は長いのだから。

そう。こんなところで立ち止まるわけには――

「……お父さんたちのところへ行くには早すぎるし」

呟《つぶや》いた己の言葉に織絵はギョッとし、思わず中腰になって周囲を見回す。もちろん誰もいないので独り言を聞かれることはなかった。

ホッとして鳩尾《みぞおち》を手で押さえる織絵は、まずい、と己の心理状況を反省する。

こんなことを考えるだなんて、だいぶネガティブ思考になっている。気分を変えなくては危ない。片づけも終わったのでリビングへ向かうことにした。

しん、と物音一つないリビングには当然のように彰はいない。自分が隣室にいる間、彼がここを使った形跡もなかった。

彰が新居をメゾネットにしたのは、妻と顔を合わせたくないからと察せられる。

織絵は階上を見上げて困り果ててしまった。

――夕食はどうしよう。

彰からは、用がなければ立ち入らないでくれと言われている。だがそれは裏を返せば、用があれば立ち入ってもいいことになる。

――というか、彰さんって二階にいるのかな……？

家全体が静かすぎるのだ。人の気配というものを感じない。

――まさか、出て行ったとか……

結婚初日、新妻を置いて一人で外食に出かける夫を思い浮かべて、織絵の背筋に冷や汗が垂れ落ちる。

慌てて玄関へ向かうと、予想は外れて磨かれたストレートチップの革靴があった。

ホッと胸を撫《な》で下ろした織絵は、ついでに一階部分を見て回ることにした。まだリビングと自分の部屋しか入っていない。

目についた扉を開けると、シングルベッドと簡易デスクが置かれた、六畳ほどの内鍵が付いた部屋だった。ここがおそらくゲストルームだろう。

その他、円形のバスタブが設置された広いバスルームと、ガラスの扉で接するパウダールーム。そして先ほどのリビングダイニング。キッチンは少人数のお料理教室もできそうな広さだ。

おそらく一階部分は二百平米以上はあると予想できた。

——上はどうなっているんだろう。

これだけ広ければ、二階部分もかなりスペースに余裕があるだろう。好奇心から見て回りたいとウズウズする。

このときふと思い立って、自室に戻りスマートフォンをバッグから取り出した。分からないことがあればネットで検索すればいいのだ。マンション名を入力してこの物件の間取りを調べてみる。

しかし残念なことにマンション自体が載っていなかった。と、同時にスマートフォンを見てあることを閃《ひらめ》く。彰へはメッセージでお伺いすればいいのだと。

さっそくＳＮＳを立ち上げ、『夕ご飯は召し上がりますか？』と送信してみる。すぐに既読がついた。

——見てくれたんだ。

たかが既読ぐらいで、おかしいほどソワソワして彼の反応を待つ。しばらくするとスマートフォンが鳴った。

『好きなようにしてくれ』

食べるのか食べないのか微妙に分かりにくい返信だが、無視されるよりずっといいし、許しを得たならこちらの好きなようにさせてもらおう。

懸念事項が一つなくなったことで、織絵は表情を明るくした。

『では、すぐにご用意しますね』

返信をしてから地図アプリを開き、近所のスーパーマーケットを調べてみる。初めて新居に来た織絵はこの辺りの地理にうとい。

すぐ近くに高級スーパーマーケットがあると知り、ショートトレンチコートを羽織ってバッグを手に一階ロビーへ下りる。ここでようやく雨が降っていることを思い出した。

どうしようと焦っていたらコンシェルジュの橘が、「お送りいたします」と送迎サービスについて説明してくれた。――そんなものまであるんだ。

とはいえ買い物で利用するのは気が引ける。丁寧に断ったところ傘を貸してくれたので、お礼を告げて商業ビル一階にあるスーパーマーケットへ向かった。

それから一時間後。

スーパーマーケットの入り口に立つ織絵は、真っ黒な空を見上げて途方に暮れていた。周囲には似たように立ち往生している人がいる。

買い物をしている間に、バケツをひっくり返したような雨が降り出していたのだ。お店の前の道路は川のようになっており、足首までつかりそうだ。風もかなり強く、雨の軌跡《きせき》が上から下というより、横に描かれている。

マンションを出たときはここまで酷《ひど》くなかった。ちょっと買い物をして帰ってくるなら、たいして濡れないだろうと誰でも考える程度の雨だったのに。

それが買い物を終えて店を出ようとしたらこうなっていた。ネットニュースを見ると、この辺り一帯にゲリラ豪雨が発生しているとのこと。

――しまったなぁ……もうちょっと早く帰ればよかった。

買い物が予想外に楽しくて、ついつい時間がたつのを忘れて店内を歩き回ってしまった。

近所にあるこのスーパーは、いわゆる高級食料品を数多くそろえる店舗だ。見たこともない世界中から集めた品々がずらりと陳列されて、織絵にとってはたいへん物珍しい。

買う必要のない調味料や加工品、冷凍スイーツなどなど、見ているだけでも楽しい陳列棚を眺めていたら、予想以上に時間を食ってしまった。

慌てて会計を済ませたときには、嵐のような雨。しばらく待っていたものの、一向に豪雨が止む様子はない。

途方に暮れながら電子広告《デジタルサイネージ》をぼんやりと眺めた。清楚《せいそ》系メイドカフェのプロモーションビデオが流れている。メイド服は足首まで覆う黒のワンピースに白いエプロンと、上品でシックな装いが売りのようだ。

やがて周りのお客たちは一人二人と、あまり役に立たない傘をさして豪雨の中を駆け出していく。

自分もいつまでも留《とど》まっているわけにはいかない。彰へ食事を用意すると告げているのだ。妻の不在に気づいて心配するかもしれない。

そう考えたと同時に、「するはずがないか……」と、やるせない気分で自分の考えを否定する。

どうせ彼は妻が帰らなくても気にしない。

とはいえ突っ立っていると体が冷えて、だんだんつらくなってきた。座っているだけの結婚式だったが、意外なほど疲労を蓄積していたようだ。

――仕方ない。雷が鳴っていないだけでもマシだわ。

諦めて豪雨の中へ足を踏み出してみたが、ほんの数メートル歩いただけで、腰から下がずぶ濡れになった。

秋の終わりの夜、打ちつける雨は服にしみ込んで体温を徐々に奪っていく。

突風によろめきつつ、往路の倍以上の時間をかけてマンションに到着した。建物に近づくと、中からコンシェルジュの橘が飛び出してくる。

「お帰りなさいませ！　ご無事で何よりです！」

「あ……すみません……」

考えてみれば彼らは住人の入退館を把握している。雨の夜、傘を借りて軽装で出かけた織絵が遠くに行くとは思わないだろう。そこへこの豪雨では、足止めを食らっていると考えるはず。

差し出されたタオルをありがたく使って、とりあえずコートや服の水分を吸い取る。が、すでに下半身は下着まで水がしみていた。必死になって帰ってくる最中は感じなかったが、体はだいぶ冷えている。早く着替えないと風邪を引きそうだ。やはり素直に送迎サービスを利用するべきだった。

何度も礼を告げて五階へ上がり、自動ドアを開けてようやく中に入って息を吐く。

このとき玄関ホールに彰がいて目を見開いた。

「……え」

呆けた顔でまじまじと端整な容貌を見上げてしまう。

腕を組んで壁にもたれる彼は、オフホワイトのVネックカットソーに、ダークブルーのテーパードパンツという、初めて見るラフな姿に着替えていた。謹厳なスーツ姿ではないと、十三歳も年上の男性なのに少年っぽさを感じさせる。とても格好いい。

いつも以上に不機嫌そうな気配が滲《にじ》み出《で》ているのに、目が離せなかった。

織絵がぼうっと見つめていたら、彼は気配に負けず劣らず不機嫌な声を発した。

「なんで帰ってきたんだ？」

「え……」

帰ってきてはいけなかったのだろうか。冷ややかな言葉に織絵は唖然《あぜん》として立ち尽くす。

「逃げればよかったのに」

「……どういう、意味ですか」

「言葉通りの意味だが」

出会ったときから冷淡なイメージの彰だが、今はさらに冷たい表情と棘《とげ》のある声で織絵の心を苛《さいな》んでくる。

放たれる気配に温《ぬく》もりや優しさなど感じさせず、まるで妻などいなくなればいいと思わせる無情な態度に、冷えた体がふるりと震えた。

今日、結婚式を挙げて夫婦となった夫の言葉とは思えず混乱する。

「……なんで、なんでそんなことを言うんですか。私たち、結婚したんですよ……。そりゃあ、恋愛結婚じゃないですけど、結婚した以上は逃げたりなんかしません」

「どうだか。前の女たちも同じようなことを言ってたが、結局は俺を裏切った」

彼の薄い唇が酷薄《こくはく》そうに歪《ゆが》む。

萎縮していた織絵だったが、その不躾《ぶしつけ》な言葉にはさすがにカチンときた。

「……そういうの、やめてください」

「なんだ？」

「過去の女と私を引き合いにしないでくださいってことです……！　めちゃくちゃ失礼ですよ。私が前の夫と彰さんを比べたら、あなただって怒るでしょうが……っ！」

「別に」

「なっ……」

「前の旦那の方が優しかったとか言われても、俺はこの通りの人間だから変えようがない。俺に不満があるなら出て行けばいい。ただ仕事上、夫婦同伴で招待を受けることがあるから、そのときだけ付き合ってくれれば、それ以上は束縛しない」

吐き捨てるように言う声音から、怒りにも似た激しさを感じさせた。居場所を失くしたような感覚を抱く織絵は、自分の足元が崩れていく喪失《そうしつ》感を抱く。

だがそれでも彼の歪めた表情から、やるせなさや苦しさ……ほのかに寂《さび》しささえ感じ取って、夫へ苛立つ気持ちに複雑さが混じる。

新妻へ、これほどの暴言を吐かせる彼の過去に何があったのかと思った。

「私は、絶対にあなたを裏切ったりはしません……」

前の結婚だって、離婚の原因は夫の浮気だ。確かに一度目の結婚も愛はなかったが、それでも自分は貞操を守り、毎日夫の帰りを待ち続けた。

今度の結婚だって、彰が自分を不要だとみなしても、自分から彼を裏切ることはしない。それだけの覚悟を決めてお見合いに臨んだのだ。

織絵は驚異的に整った美貌を強い眼差《まなざ》しで見上げる。すると彰が、ふいっと顔を背けた。その横顔に動揺が滲《にじ》んでいる。

彼が感情を揺らすのはとても珍しく、織絵はまじまじと世にも美しい顔を見つめてしまう。

数拍の間を空けて、彰が行儀悪く、チッと舌打ちをして再び織絵へ視線を戻す。

その眼差しに彼女はビクリと竦《すく》み上がった。今まで見たことがない獰猛《どうもう》な感情が、綺麗な瞳に浮かんでいると感じ取ったから。

大股で近づいてくる彰に、覚えたことのない緊張と恐れが膨らむ。反射的に織絵は後ずさった。

頭の中で警鐘が鳴り響く。逃げろ、と。

その気配を感じ取ったのか、彰が素早く織絵の左腕をつかみ引き寄せる。男の力強さに怯《おび》える織絵の手から、ビニール袋が落ちて中身が玄関に散らばった。

その音に息を呑《の》んだ直後、織絵は彰の肩に担《かつ》がれていた。

「うわわわ……っ」

動転して目を回す織絵のヒールが脱げて床に転がる。濡れたコートとスカートが彰のカットソーに水分を移した。

「まっ、待ってください、何を……」

荷物のように扱《あつか》われることに混乱しながら夫の顔を見つめるが、彼はあいかわらず不機嫌な表情のまま無言で廊下を進む。

彼が向かったのは織絵の部屋だった。ベッドしか置かれていない、潰されたダンボールが床に積み重ねられている殺風景な部屋へ入ると、織絵を床に下ろして、「脱げよ」と冷たく言い放った。

「ぬ、脱ぐって……」

「俺を裏切らないっていうなら、素っ裸で夫を誘ってみろよ、奥さん」

そう言いながら、彼は自分の濡れたカットソーを脱ぎ始める。

——なんでそうなるのよ……

反論しそうになったが、彼の裸の上半身を見て思わず言葉を飲み込んだ。

露《あら》わになった彼の半裸は、想像以上の美しさだった。体格はいいだろうとのイメージは持っていたが、体に合わせたスーツを着こなしてスリムな印象もあるため、ここまで筋肉質だとは思わず見《み》惚《と》れてしまう。

広い肩に分厚い大胸筋、引き締まった腰に割れた腹直筋。メンズファッション誌のモデルにでもなれそうな筋肉美に、織絵は自分の体を抱き締めて頬《ほお》を染めた。

そろそろお腹《なか》が出てもおかしくはない年齢の彼だが、たるんだところなどいっさいなく、男らしい逞《たくま》しさとしなやかさに惚《ほ》れ惚《ぼ》れしてしまう。

同時に、今夜が初夜であることを強烈に意識して織絵は俯《うつむ》いた。彰の妻に対する素っ気なさから、夫婦の秘め事に興味はないと勝手に思い込んでいたのだ。

愛し合うことはないけれど、夫婦である以上、求めることはできると失念していた。

こういうとき、どのようにふるまえばいいか分からない織絵がうろたえていると、素早く近づいてきた彰が妻の濡れたコートを脱がそうとする。

「待って……っ」

泣きそうな声と表情で夫の大きな手を止めれば、彼の形のいい眉が顰《しか》められた。

「バツイチが清純ぶらなくてもいいだろ」

その言いように苛立ったものの、彰は本気で不思議そうな表情になっている。ここで経験がありませんと言ったら、鼻で笑われるだけだろう。

――バツイチだからって、性に奔放なわけじゃないんです……っ！

心の中で彰を罵りながら、観念した織絵は重くなったコートを脱いで床に落とした。ベシャッ、とあり得ない音が鳴ったため、眉を下げて夫を見上げる。

「あの、洗面所で脱いだ方がいいと思います……」

このままでは絨毯《じゅうたん》が濡れてしまう。だが彰は熱を秘めた眼差しで妻を黙らせた。

「ハウスクリーニングに任せればいい」

短く告げながらフリルブラウスのくるみボタンを外していく。指先の動きはいつもと違って余裕のなさがあり、男の劣情に気がついた織絵はそっとフレアスカートのファスナーを下げた。

水分をたっぷりと含んだオフホワイトのスカート生地は、重力に逆らって肌に貼りついている。淡いブルーのブラウスを脱がせた彰がその場に跪《ひざまず》き、濡れた生地をめくるように肌から剥《は》がして床に落とした。

おそるおそる織絵がキャミソールを脱ぐと、下から見上げる彰の視線が、下着姿となった妻の肌を舐《な》める。

純白のビスチェにショーツ、ガーターで吊《つ》るされる同色のストッキングは、ブライダル用にしてはシンプルなデザインだった。

しかしもともと細いウエストをさらに引き締めているため、見事なくびれを形成していた。まろやかな尻のラインとの対比が実に素晴らしく、男の目を否応《いやおう》なしに惹《ひ》きつけるスタイルの良さになっている。

髪の毛は結婚式用のヘアアレンジのままで、生花とレースリボンを外しただけのふわふわの編み下ろしは、目元を赤くしてオタオタする新妻を可愛《かわい》らしく彩っていた。

その愛らしさから目を逸らせない彰は、織絵が羞恥で顔を背けたことで我に返った。見惚れていたことを後悔するように舌打ちをする。

「恥じらう演技が得意そうだな」

「そんな……」

腹立たしさと屈辱で、カッと頭に血が上る。だが反論は、太腿《ふともも》のレース部分をなぞる彼の指先に翻弄されて出てこなかった。

「あっ、ぁ……」

「……だいぶ濡れてる。脱いだ方がいい」

彰はビスチェからぶら下がるガーターストラップを器用に外し、ストッキングのレースを指先にクイッと引っ掛け、水を吸ったシルク生地を剥《む》いていく。織絵の足首を持ち上げてストッキングを取り去ると、手のひらで足先からふくらはぎへ、ふくらはぎから太腿へと撫で回した。

――あったかい……

冷えた肌には、熱いぐらいの体温が心地いい。男の人の体は、女よりもはるかに温かいと知ってドキドキする。冷静であろうとする意識が熱を孕《はら》んでのぼせそうだ。

心臓がうるさいほど高鳴って叫び出したい気分を抑えている間も、彼の指は素肌の弾力と柔らかさを確かめるように肌をまさぐってくる。手のひらから快楽信号を生み出しているのか、くすぐったいけど悩ましい刺激に織絵は身をよじった。

このとき肢体がよろめいて右脚を一歩下げる。

彰が素早く立ち上がって抱き留めてくれた。

「あ……」

彼の裸の胸を上体で感じ取り、織絵の内部まで火照《ほて》るようだった。カッと頬が紅潮する。

――これが男の人の体……すごく硬くて大きい……

予想外の逞しさに心が惹きつけられ、ためらいながらも彼の背中へ手を伸ばす。鍛えていると思われる厚めの肉体は雄々《おお》しくて、愛のない夫でも縋りつきたい頼もしさがあった。

　このとき体の前面が密着し、恥骨の辺りに彼の股座《またぐら》が当たる。棒状の感触に織絵はギクリと身を竦《すく》ませた。

　ボトムスを盛り上げる硬い肉塊に、処女の織絵でもそれが何かは察せられた。大きく膨らんだ強《こわ》張《ば》りは男の興奮を如実に表しており、押しつけられただけで露骨な生々しさを感じ、アワアワと内心で目を回してしまう。

　彰が挙動不審になった妻の耳へ唇を寄せた。

「お互いセックスの相手は永遠に決まってるんだ。君も開き直って楽しめばいい」

　その言葉は考えようによっては、浮気をしないと宣言するのと同じだった。彼は単に「初心《うぶ》なふりなどしなくていい」との意味で言っているのだろうが、織絵はそれでも心が浮き立つのを止められない。

　愛のない結婚でも、伴侶が自分以外の女を抱いているのは、いい気分ではなかった。自分は貞操を守っているなら、なおさら。

　――自尊心が傷つく。

　織絵はぎこちなく、「はい」と頷いた。セックスを楽しむなんて初心者の自分には難しいだろうが、妻だけしか抱かないと言ってくれる彼なら、この身を任せても後悔はしないと思った。

　素っ気ない態度で刺々《とげとげ》しい言葉を遠慮なく投げつけてくる彼だが、嫌悪感は抱かなかった。乱暴だとも感じなかった。それどころかとても丁寧な手つきで触れてくるから、優しくされていると勘違いしそうになる。

瞼《まぶた》を閉じて体の奥で高まる情動に身を任せていると、織絵の背中へ回された武骨な手がビスチェのフックを外す。着用するときは苦労した下着も、外すときは簡単だった。すとんと下着が床に落ちて転がる。

体を締め付けていた圧迫感から解放されたと同時に、慌てて胸を隠した。

――うう、見られた……。いや、見られて当たり前なんだけど……

初めての行為に萎縮する体が無意識に逃げを打つ。脚を後ろに下げたとき、彰もまた一歩を踏み出す。恐れと羞恥から織絵がさらに下がったとき、ふくらはぎがベッドに当たってカクリと背後に倒れ込んだ。

「うわっ」

驚きすぎて心臓が跳びはねる痛みに硬直していると、最後に残ったショーツを素早く脱がされ、生まれたままの姿にさせられた。

「隠すな」

熱がこもった低い声に、胸と局部を隠そうとした織絵の動きが止まる。彰を見上げれば、威圧にも似た、女を食らおうとする激しい男の熱意を感じた。

――ちょっと、怖いです……

体が縮こまり、まるで金縛りにあったかのように動けない。未知への行為に対する恐れと、ほんの少しの好奇心によって彼と見つめ合う。

彰はまるで妻の秘密を見逃さないよう、頭の天辺《てっぺん》から爪先まで怖いぐらいに射貫いてきた。

仰向《あおむ》けでも崩れないまま揺れる乳房、ビスチェを外してもくびれたままの細い腰、女の秘園を守るささやかな繁《しげ》み、理想的な曲線を描くメリハリのある長い脚、ほのかに匂い立つ発情の香り……ダウンライトの温かみのある光に照らされて、織絵の白い滑らかな肌が発光するようだった。

劣情に取《と》り憑《つ》かれた様子で彼は織絵から目を逸らさず、ジッパーを下ろしてボトムスごと下着を脱いだ。

息を呑んだ織絵はとっさに顔を逸らす。このとき金縛りが解けたのか手足が動いたため、急いでベッドのシーツの中にもぐりこんで自分の体を抱き締めた。

——なっ、なんか見えた……っ。でも、逆光になってたけど、やけに大きくない……？　ていうか太いでしょ。あっ、あれが普通なの……!?

比較できる記憶がない織絵がプチパニックに陥っていると、彰がベッドに入って背後から抱き締めてくる。

ビクッと体が震えたものの、妻を腕の中に閉じ込めたまま彰は動かない。なので織絵は努力して体の力を抜いた。

——あ……、やっぱりあったかい……なんかホッとする。

横臥《おうが》する自分の背面と彼の前面が、スプーンを重ね合わせるように密着していた。こうして人の温もりを感じると、腰から上はそれほど濡れなかったのに全身が冷えきっていると気がついた。

気温が低い晩秋の夜に下半身がずぶ濡れになり、暖房がない部屋でのろのろと裸になって、知らず知らずのうちに体温が奪われていたのだろう。裸でくっ付いていると、凝《こ》り固まった心がぬるま湯で解されるようだった。

ほぅ、と織絵が安心したように息を吐けば、彼女の緊張が弛緩《しかん》したのを彰は触れ合う素肌で感じ取った。彼の手のひらが乳房の際をなぞり、腹部を円を描くように撫で回す。

いやらしく動き始める手を、織絵の薄暗い視野がとらえた。

――彰さんの手……

長い指から手の甲、手首へと続くラインが力強くて頼もしい。初めて会ったときから、大きな手の人だなと思っていた。この手を見るたびに触れてみたいと、手の甲に浮かび上がる骨をなぞってみたいと、はしたないことを願うことだってあった。

歩調が速い彼はいつも自分の前をどんどん進んでしまうから、ゆっくり歩いてと声をかけようとするたびに、声をかけるのではなく、あの手を握って彼を止めたいと思っていた。

自分の中で唯一抱いた、情欲にも似た渇望を向ける先が、彼の手だった。食事中の綺麗な所作を見るたびに、ナイフとフォークを操る優雅さにうっとりして。

何かを考える前に彼の手をつかんでいた。

だが織絵の動きを制止ととらえたのか、彰は彼女の左腕を背中側に回して抑え込んでしまう。

「えっ、え」

慌てて体の下にある右腕を背中に回して解こうとすれば、両腕が捕まって彼に片手で押さえつけられる。

「ちょっ、何するんですかっ」

「いいから大人しくしていろ」

今まで大人しくしてたじゃないですか、との抗議は、お尻を撫《な》でる手のひらの温かさに飲み込まれてしまった。

「ん……っ」

小ぶりの尻の柔らかさを確かめるように揉み始め、ムニムニと柔肉の形を変えては肌の張りと弾力を楽しんでいる。

「あ、ん、くすぐったい……」

ときどき彼の小指が尻の割れ目に沈んで、後孔をするりとかすめていく。

「あっ、そこ、いや……」

自分の背後で何をされるのか分からない不安から身をよじる。だが両腕の自由を奪われた状況ではたいして動けない。その間、手のひらはいやらしく動きながら脚の付け根へと下がっていく。

太腿にギュッと力を入れて抵抗してみたが無駄だった。

指の腹が、織絵の初々しい秘裂をそっと撫でる。

「ひゃあっ」

過剰《かじょう》なまでに反応してしまったのは、織絵が自らを慰めることがないせいだった。急所でもある局部に指が二度、三度と往復して、硬めの皮膚の感触に怖気《おじけ》づき、肌が粟立《あわだ》つ。

彰の方は織絵の反応に頓着《とんちゃく》せず、視姦されたことで滲み始めた蜜を指先ですくい、怯える肉びらを指先でめくる。

「……ふぅっ」

快感とはほど遠い刺激に、織絵は小さく息を詰めた。

――やっ、やっぱり、やめたいかも……

心が委縮してしまい、せっかくゆるんだ体に再び緊張が走る。なのに彰は織絵の腕を拘束したまま、貝のように合わさる襞《ひだ》を強引に開き、中指をつぷりと秘孔へ埋めた。

「いっ！」

潤みかけているとはいえ、異物を受け入れるには全然足りない。爪は伸びていないようだが、皮膚との摩擦で粘膜が引《ひ》き攣《つ》れ、ピリピリとした痛みに織絵はか細く呻《うめ》いた。

「うぅ……」

「……狭いな」

――そりゃ、使ったことありませんからねっ。

そう言ってやりたかったが、彼の低い声に情欲の揺らぎを感じ取って唇を引き結ぶ。取り繕うことさえできない、あからさまな男の欲望を向けられたことで胸の奥がかすかに喜んでしまって。

彰は秘筒の奥がまだ乾いていると悟ったのか、あっさりと指を引き抜いてくれた。痛みが消えたことで織絵が安堵《あんど》の吐息を漏らしたとき、横臥していた体を仰向けにされた。

「えっ」

あっという間に組み敷かれ、織絵が慌てている隙に、頭上で両腕が再び拘束される。万歳にも似た姿勢は心許《こころもと》なく、暴力をふるう人ではないと分かっていても、無条件の降伏姿勢に不安が募って心臓の鼓動が速くなった。

「はっ、離して、ください……」

「いちいち抵抗されると面倒なんだよ」

「なっ……」

冷たく言い放つ声と、相手を労わろうとしない屈辱的な言葉に怒りの水位が上昇する。

しかし彼の手が乳房に触れたことで、身を震わせる織絵の意識が柔肉を揉み込む手のひらへ集中する。女を昂《たかぶ》らせる絶妙な力加減に、じわじわと性感が高まり抵抗する気持ちがしおれていく。

「ううん……っ」

もう一方の胸の突起を、指先でクリクリと刺激された。触られているのは胸なのに、なぜか下腹部がじんわりと痺《しび》れる。

大きな手のひらに与えられる感触で、織絵の体が熱を帯び、荒い呼吸を繰り返した。

「はぁっ、あん……っ」

体が冷えていたことなど忘れ去るほど、織絵の肉体は発熱していく。

――彰さんの手も、熱い……

熱を持った長い指が豊かな胸の形をいやらしく変えるたびに、織絵の体の芯が甘く震えた。

――胸、気持ちいい、かも……

織絵が快楽の萌芽《ほうが》を徐々に拾い上げたとき、彰が乳房に吸いついてきた。彼の口の中で、ぬめった舌が尖端《せんたん》にねちっこく絡みついているのを、織絵は性感として受け止めて身をよじる。ざらざらとした舌が素肌を嬲《なぶ》るたびに、小さな情欲の炎が身の内に点《とも》った。

――あ、あ……私の、胸……彰さんが……

夫の秀麗な顔が自分の乳房に埋まっている。年上のクールな夫にがっつかれているのだと、恥ずかしさが募って目をギュッと閉じてしまう。

しかし視界が塞がれれば、与えられる感覚を余計に鋭く拾い上げてしまう。鋭敏な刺激に瞼の裏がチカチカして、耐えきれずに目を開ければ、やはり彰が己の乳房を美味《おい》しそうに味わっていた。

とんでもなく淫猥《いんわい》な光景に、たまらない気持ちになった織絵の顔が真っ赤になる。

「やだぁ……」

情けない涙声に彰の視線が持ち上がる。目が合うと、織絵の泣き出しそうな顔に彼は一瞬、真顔になった。しかしすぐに瞼を伏せ、唇でぬるぬると乳首を扱《しご》く。

「あっ、あ……」

ちゅぽっ。と卑猥《ひわい》な音を立てて彼の唇が離れる頃、たっぷり味わわれた桃色の尖《とが》りはいやらしく勃《た》ち上がっていた。初めて見る自分の姿に織絵は動揺する。

いつもはこれほど乳首が目立つことなんてないのに、男の舌と唇に翻弄されて充血し、ぷっくりとはしたなく膨張している。

淫らな姿が衝撃すぎて目を背けたいはずが、逆にまじまじと見つめてしまう。

――恥ずかしい……私、すごくいやらしいのかも……

呆然と女としての変化を見つめていると、彰の指先にくすぐられるもう一方の胸も、彼が勢いよくしゃぶりついてきた。

「はぅ……っ」

まるで乳房を食べられるような獰猛さに、織絵の肉体がびくりと跳ね上がる。

彰は興奮しているのか、だんだんと動きが激しくなっていく。

不思議なことに、もう怖いとは思わなかった。局部への刺激は痛みを伴ったが、乳房への愛撫《あいぶ》は戸惑いの中に快感を覚えているせいかもしれない。それか彰によって刻まれる熱が、理性を溶かしているのだろうか。

下腹に感じる痺れがどんどん強くなって、腰の辺りがウズウズする。自分の脈動が速くなっていくのを内側から感じ取って、たまらない気分だ。なんだか頭の中が熱でぼんやりとしてくる。

「はっ、あ……、あっ、はぁん……っ」

喘《あえ》ぎたくないのに甘ったるい声が止められない。恥ずかしくて居たたまれなくて、口を手で押さえたいのに拘束されたまま。

もどかしさと注がれ続ける快感で織絵の意識は朦朧《もうろう》としてくる。

しつこいほど舌先で熱心に乳首が転がされ、カリッと甘噛みされたとき、胸から体の芯に甘い微電流が流れた。

「ふぁうぅっ」

織絵が嬌声《きょうせい》を上げて仰《の》け反ると、彰の唇から突起がするりと逃げだす。男にたっぷりと可愛がられた尖りは、かわいそうなほど腫れ上がっていた。

片方の乳首だけでは物足りないのか、彰が再び反対側の胸をぱくりとくわえる。入念に吸いついては、ねっとりとした舌の刺激を延々と注ぎ続ける。

織絵は無意識のうちに太腿をすり合わせた。

——やだ……これ絶対、あふれてる……っ。

胸をもてあそばされただけで、濡らすなんて恥ずかしい。本当に自分は淫乱なのかもしれない。

うう、と織絵は涙目で腰をくねらせる。

このとき乳房をいたぶっている彼の右手が下がり、肢体の側面をたどって太腿へ向かう。膝に達したとき、素早く織絵の脚を広げて、グッと大きく開いてしまう。

開脚した間に彰の大きな体が滑り込んだ。

「あっ、やだ！」

同時に腕の拘束が解かれたため、慌てて膝裏をつかむ彼の手を剥がそうとする。が、織絵の力など肉体を鍛えている男の前では、小動物が戯《たわむ》れているようなものだ。

悲鳴にも似た声を無視して、彰は妻の両膝の裏をわしづかみ、彼女の体側へと遠慮なく押しつける。

「やめて……」

あられもなくM字に開脚されて、脚の付け根に熱い視線を感じる織絵は、顔を背けて右腕で双眸《そうぼう》を隠した。

恥ずかしいなんてレベルじゃない。幼児を脱してからは誰にも見せていない大切な場所を視姦されているのだ。

目を閉じると感覚が鋭くなったときと同じく、視界を塞いでいても彼が自分を射貫いているのを悟ってしまう。劣情を帯びた視線は熱を持つから、見られているだけなのに炙《あぶ》られて呼吸が逼迫《ひっぱく》してくる。

「ハァッ……、そんなに、見ないで……」

哀れを誘う弱々しい涙声に、秘園を凝視していた彰は妻へと視線を向けた。しかしすぐ、小さく震える女の裂け目に指の腹で触れた。

「ん……」

乳房を念入りに可愛がられたせいか、先ほどよりうんと潤っている。上下に優しく撫でるとさらに蜜があふれてきた。

グズグズにぬかるんだ入り口へ、蜜を絡めた中指がそっと入り込む。

「あっ、ああ……っ」

うねる媚肉の形に沿って慎重に指が最奥を目指す。

織絵は体の中に自分ではない肉体が入ってくると、自分よりずっと太い指が膣《ちつ》をまさぐっている内側から感じる淫らな感覚に、心臓の鼓動がますます激しくなった。

性の知識は人並みにあるつもりだが、男性器以外に指を入れてどうするのかは知らない。何をされるか分からない未知の怖《おそ》れに、体が逃げを打つ。このとき蜜路に居座る指が曲がって、お腹側の媚肉がぐぅっと圧迫された。

「あぁんっ、はぁあ……っ」

ずしんとした重い快感に織絵の上半身が仰け反り、粘ついた卑猥な水音が立ち昇る。

「濡れてきたな」

「う……」

事実を言われているだけなのに、穴があったら入りたい気分だった。

——あ、あれだけ胸を触られたら、誰だって感じちゃうんじゃないの……？

心の中で泣き言を漏らしていたら、根元まで沈んだ長い指が縦横無尽に動き出した。

「ああっ！　ヤッ、待って……！」

温かな蜜沼をかき混ぜるように、丁寧に媚肉を掘り返しつつ、女の泣き所を的確に攻めてくる。

お腹の中で精神を直接撫でられるような、鮮烈で生々しい感覚があった。徐々に追い詰められる織絵の体から汗が噴き出てくる。

——気持ち、いいけど……っ、きつい……っ！

快楽が膨らんでくるのに、決定的な刺激が足りなくて悶《もだ》える。中途半端な焦《じ》れったさと歯がゆさは、織絵の心を針でチクチクと刺してくるようで。

夢中で織絵のナカをかき混ぜていた彰は、彼女の苦しそうな様子に気づいて眉根を寄せた。

「もしかして、イけないのか？」

「……はぁっ、……え？」

――行くって、どこに……？

織絵が潤む瞳で見上げると、困惑する彼女の表情に彰は指を引き抜いた。

「ひゃっ」

「まあいいか……、力を抜け」

蜜口に硬いものがグゥっと押しつけられ、ハッとした織絵が重い頭を持ち上げる。視線を下げると、彼がとんでもない太さの肉塊を挿《い》れようとしていた。

「まっ、やだっ、入らない……！」

怯えが混じる拒絶の声を無視して、彰は容赦なく腰を突き出した。一息に亀頭が蜜沼へ埋められる。

「いぃ――……っ！」

あまりの痛みに逃げることもできず織絵は硬直した。小さな肉の口がめいっぱい開かれて、強制的に肉茎をくわえさせられる。限界以上に蜜口を開けようとする勢いに、織絵の意識がブレて、目を開けているのに視野が霞《かすみ》がかる。

「……キツイな。力むんじゃない」

彼が何かを言っているが脳が理解してくれない。

――いぃっ、痛いぃ……っ！

狭い処女地を、ガチガチに膨らんだ屹立《きつりつ》が強引に進もうとする。織絵の太腿をわしづかんだ彰が、逸物に体重を乗せて上から落とすように挿入してくる。

十分に潤っているが、決定的にサイズが合わないのだ。むりやり埋め込もうとしたため、貫かれた瞬間、織絵の喉の奥から声にならない悲鳴がほとばしった。

「――ッ！」

下腹部の奥から焼かれるような熱さが生じ、目を剥いて天井を見つめる。今まで彼に感じていた淡いときめきを含む熱ではなく、純粋に体が傷つくことによって生じる痛みの熱。

苦痛に涙がぼろぼろと噴き出した。

その様子に興奮していた彰もようやく我に返る。

「……おい？」

演技とは思えない、苦悶《くもん》の表情で震える織絵の様子にやっと気がついた。

「どうした？」

「……ぬ、いて……」

声を漏らすだけで、引き攣るような痛みが広がって呻き、さらに痛みが生じる。

か細い声に視線を下ろした彰が限界まで目を見開いた。

「なっ」

一筋、いや二筋の鮮血が結合部から垂れている。真っ白い肌に描かれる赤い筋は禍々《まがまが》しいほど鮮やかで、数秒ほど見入ってしまった彰は慌てて腰を引いた。

「ヒ……ッ」

織絵はその動きにさえ、腰が壊れるような痛みが下腹部から伝わって苦しい。震えながらのろのろと脚を閉じ、横向きになって腹部を押さえ体を丸めた。

信じられないほどの痛みだった。彼に抱いた温かい気持ちや、絆《ほだ》されそうになった想《おも》いもすべて彼方《かなた》へ吹っ飛んでいく。

目を閉じ、じんじんと響く鈍痛に歯を食い縛って耐えた。

「大丈夫か……？」

彰が織絵の肩まで毛布をかけ、腰に手のひらを添える。

そっと労わるように撫でる動きに、織絵は大丈夫ではないが反射的に頷いた。視界を閉じていても、彼のほっと息を吐く気配は感じ取った。

「すまん、もっと解《ほぐ》した方がよかったな。……バツイチだから処女だなんて考えもしなかった」

大丈夫かと、こうしているだけでいいのかと、他に何かして欲しいことはないかと、矢継ぎ早に問いかけてくる。

行為前と後では別人のような低姿勢に、織絵は安心するどころか疑問で混乱してきた。

どういうことなの、と。

「……なんで、そんなに変わるんですか……？」

重い瞼を持ち上げた織絵が横目で夫を見上げる。彼は眉根を寄せて不快そうな表情になっていた。

「なんでって、俺のせいでこうなってるんだろ。心配ぐらいする」

「あなたは……、自分はこの通りの人間だから、変えようがないって、言ってたじゃないですか……」

まだ下腹部には、じんじんと鈍い痛みが残っている。その疼痛《とうつう》で織絵の心がささくれ立つようだった。

出会ってからずっと冷淡な男が、初めて見せる人情に喜ぶどころか、手のひらを返す扱いに強烈な違和感を覚える。

織絵は下腹部を庇《かば》いながら体を起こし、困惑する様子の夫を真正面から射貫いた。今まで従順で大人しい、言い換えれば自己主張がない人形のような妻が、激しく睨みつけてくるので彼は戸惑っている様子だった。

その人間くさい表情……妻を気遣い慰める態度や声も含めて、初めて垣間《かいま》見せる彼の本質が優しいだけに、なぜもっと早く変わってくれなかったのかと絶望感を抱く。

「帰宅したとき……逃げればよかったのにって、私を突き放しておきながら、処女だと分かったら手のひらを返すんですか……？」

「いや、それは君を傷つけたからだ」

「……はあぁ？」

地を這《は》うような低いドスのきいた声に、彰が軽く仰け反っている。面食らう彼を見て、織絵はだんだんと頭に血が上ってきた。

これは怒りだ、と思った。苛立ちや腹立たしさとはレベルが違う、恨みにも似た怒り。

「お見合いのときからもうずっと、私はあなたの態度に傷ついています。でもあなたの言う傷つけたって、体のことですよね。心はいくらでも傷つけていいと思ってるんですよね。目には見えない傷だから、いくらでも斬りつけても構わないと」

彰がすぐに口を開いたが、言葉を発しないまま口を閉じる。

以前の彼なら威圧を込めてすぐさま言い返しただろう。なのに蒼《あお》ざめてボロボロの妻を前にした途端、「同情しています」的な態度で下手に出る。

その変わりように織絵は猛烈な憤りがこみ上げてきた。

処女だったのは単に偶然の産物だ。前夫が妻に興味を持っていれば、織絵は夫婦の行為にも慣れていたはず。そうしたら今頃、彰はヤることだけやって、さっさと部屋を出て行っただろう。

「処女って、あなたにとって、そんなに大切なんですか……？」

「大切というか、初めては男だって緊張するだろ」

「緊張はしたけど、ぶっちゃけ処女膜なんて日常生活で破れたりするし、処女でも痛くない人だっていますよ。ちなみに私が出血せず、痛みも感じなかったら、あなたは今どうしていました？」

グッと詰まる彼の秀麗な顔には、こんなふうに妻を労わることなどなかったと、正直に書かれている。

それは織絵のことを軽んじ、侮《あなど》っているのと同じだった。妻など情けをかけるに値しない存在だと。

ブチッと頭の中で何かが切れた気がした。考えるより早く動いた手が枕をつかみ、彼へ思いっきり投げつける。

油断していたのか彰はよける間もなく顔面で受け止めた。

「うわ！」

「馬鹿にするな処女厨ッ！　私はあなたのサンドバッグじゃない！」

処女厨と呼ばれたことに驚いたのか、彰は口をパクパクと開いたり閉じたりしている。

珍しく動揺を表す素《す》の表情を織絵は睨みつける。

彼との十ヶ月もの付き合いの中で、どれほど尽くしても頑《かたく》なな態度は変わりそうにないと、もう諦めていた。けれど彼は言葉はきつくても暴力など振るったりしない人だから、愛されなくてもそばにいると心に決めていた。

――なのになんで、処女だからって、私が痛そうにしてたからって、こうも変わるのよ……

呆然とする彰を気に留めず、織絵は毛布を引っぺがしてベッドから降りる。その途端、ズキンッと脚の付け根から痛みがほとばしり、呻きながらその場に崩れ落ちた。

「大丈夫か！」

差し出された手を、パンッと甲高い音が鳴るほど思いっきり振り払う。彼の方を見ずに、床に散らばった服を急いで身に着けた。ショーツもスカートも水を含んで着にくかったが、腹の虫が治まらない織絵はそれどころではなかった。生地から水がしたたるのさえ、どうでもいい。

怒りがそれ以外の感情を麻痺《まひ》させていた。

ビスチェを手に取ったとき、不意に今朝の記憶がよみがえった。二回目の結婚式のために、体を締め付けるきつい下着を頑張って身に着けた。あのときの重い気持ちを繰り返したくなくてビスチェは床に落とす。ノーブラで構わない。

素肌の上にキャミソールとブラウスを着た時点で、織絵が冷静でないことは彰にも察せられた。彼は慌てて自分の服を身に着ける。

織絵は鈍い痛みによろめきながらウォークインクローゼットへ向かった。新婚旅行への期待から購入した、新品のスーツケースを奥から引っ張り出す。その後、忙しいから新婚旅行は行かないと、彰からにべもなく言われた。ひどく残念に思ったが買っておいてよかった。

しまったばかりの服をスーツケースに乱雑に詰め込む。

「……おい。もしかして出ていく気なのか？」

いつの間にかウォークインクローゼットに入ってきた彰が、硬い声を出した。織絵は返事をせず振り返ることもせず、手も止めない。

彰は背後を振り返って窓へ視線を向けた。ゲリラ豪雨は短時間的な大雨とはならず、いまだに継続している。

「今はやめておけ。せめて明日にしろ」

「……さっき、俺に不満があるなら出て行けばいいって、言ったじゃないですか」

「それは間違いないが、今は駄目だ」

その尊大な言い方が無性に腹立たしくて、織絵は眦《まなじり》を吊り上げて勢いよく振り向く。もう頭の中がグチャグチャで、どうしようもないほど彰にイライラした。

「うるさい処女厨ッ！」

「そっ、その言い方はやめろ！　俺は処女厨じゃない！」

「私が処女だって知って手のひら返したくせに！」

「それは君がものすごく痛そうにしてたからだ！」

「痛くなかったら、どうせヤるだけやって終わったんでしょうがっ！」

子どものケンカのような罵り合いが止まらなかった。

織絵にとって感情を爆発させるなど、十二歳の夏以来だ。十年以上もずっと人の顔色をうかがって生きてきたため、感情のコントロール方法が思い出せない。言い争えば言い争うほど、ますます興奮して自分を止めることができないでいる。

いつしか涙がボロボロと零れ、織絵と同じぐらいヒートアップしていた彰がハッとして口を閉ざす。

すまん、と気まずそうに呟く彼が妻へ足を踏み出した途端、織絵は涙が張る瞳で夫を睨みつけながら声を張り上げた。

「近寄らないで！　もう私に触らないでぇっ！」

甲高い、絶叫に近い声に彰が硬直する。全身で拒絶を示す妻を凝視したまま動けない。

しかし数秒後、織絵に近づくと素早く抱き上げた。

「下ろしてっ、触らないで！」

「俺を嫌ってても憎んでもいいから、出ていくのは明日だ」

「明日でいいなら今でもいいじゃない！」

彰はそれには答えず足早にウォークインクローゼットを出て、織絵をベッドに下ろそうとする。

「まだ痛いだろう。もう休んだ方がいい」

「……ここは嫌ッ！」

身を縮めて震える織絵の苦痛が混じる声に、息を呑んだ彰はすぐさま踵《きびす》を返した。器用に肘でドアレバーを押して隣室へ向かう。

織絵をゲストルームの床に立たせたようとしたが、彼女は力が入らずに床に座り込んでしまった。

織絵の額が大きな手のひらで覆われる。

「君、熱が出てる」

「……え」

「だいぶ体が冷えてただろ。たぶんそれが原因だ」

ゆっくりと額から離れていく温かい手のひらを、織絵は自然と目で追った。

密《ひそ》かに憧れた形のいい男性の大きな手。自分に対して無味乾燥な彼の中で、ただ一つ恋焦がれたパーツ。

あの手に惹かれた己の純粋な想いが、興奮や嫌悪の情をなだめてくれた。ようやく昂っていた精神が落ち着いて、織絵は床でうなだれる。

「なんで、優しくするんですか……、十ケ月も、私を、蔑《ないがし》ろにしたくせに……」

「すまん。言い訳のしようもない」

「謝ったら、なんでも許してもらえる環境にでもいたんですか……。身勝手だわ……あなたも、坂井の人たちも、私を利用することしか考えない……、みんな同じ穴の狢《むじな》だわ……」

うつむいた顔からポロポロと涙が零れ落ちて、濡れたスカートの上で雫《しずく》が跳ねる。

跪く彰が織絵の頭頂部を撫でようとしたが……ためらうように彼女のそばで静止する。宙でふらつく手のひらは、やがて拳を握りしめると床に下ろされた。

立ち上がった彼は、壁面収納の中から客用の新品のバスローブを取り出す。

「とにかく着替えた方がいい。これ以上、体を冷やしては駄目だ。熱が下がらないと出て行きたくても出ていけなくなるだろ」

ビニール袋から取り出したバスローブを織絵のそばの床に置き、彼はクルリと半回転すると彼女に背中を向けて座り込んだ。

すんっ、と鼻を啜《すす》って涙をこらえる織絵は、大人しく濡れた服を脱いでバスローブに着替える。興奮していた精神が落ち着きを取り戻せば、たしかに身に覚えがある寒気——風邪の症状があると感じたのだ。

さすがにこの状態で家を出て行くことはできない。それにもう帰る場所などどこにもないのだから、探さなくてはいけない……

ベッドに入ると、寝具がこすれる音を聞き取った彰が振り返って胡坐《あぐら》をかく。

頭まで毛布をかぶった織絵はかすれた声で、「出てってください……」と漏らすが、彰は妻の訴えを右から左へ聞き流した。

「腹は減ってないか。さっき出かけたとき、何か買ってきただろ。俺は料理は苦手だから、食べたいものがあれば取り寄せる。あと——」

織絵が帰宅したときに、「なんで帰ってきたんだ？」と告げたのは、このマンションはデリバリーやケータリングを手配したり、一階のカフェテリアから軽食を取り寄せることができるため、大雨の中、家を出て行った織絵が逃げたと思い込んだという。

身勝手な言い訳に織絵は毛布を握り締めた。

「そんなサービス、私、知りませんよ……ここに来たの、初めてなんですから……」

「そうだな。何もかも俺が悪い。君のことを誤解していた。申し訳ない」

彼はたぶん、頭を下げているのだろう。見えなくても織絵にはなんとなく分かった。

「……お腹は空いていません」

「そうか。……出て行くのはいいが、どこへ行くつもりなんだ？　実家に帰るのか？」

「それを聞いて、どうするんですか……」

「夫婦での仕事が入ったとき、君の居場所を把握してないと迎えに行けないだろ。あと、この機会に君のことを知っておきたい」

「そんなの、婚約している間に、言ってくださいよ……」

「その通りだ。本当にすまない」

悔恨の情を感じさせる彼の声音に、はあ、と織絵はやるせない溜め息を吐いた。

「……ほんと、あなたも坂井の人たちとまったく同じ……普段は私のことなんて歯牙にもかけないくせに、自分たちの都合が悪くなると、私を利用しようとご機嫌を取って……言うことを聞かなかったら、脅迫するんですよね……」

「俺はそんなことはしない。……もしかして君は、あの人たちに脅されているのか？　まさか俺との結婚も脅されて――」

「違いますっ。結婚は自分で受け入れたんです！」

　脅されるのに近いものではあったが、否定しておかないと両家の関係が悪化する可能性があった。毛布の中でかなり慌ててしまう。

　彰との婚約と時期を同じくして、ハヤセホールディングスと坂井家が経営するフォルマフーズ株式会社の間で、資本業務提携が締結《ていけつ》された。プレスリリース後、フォルマフーズの株価が今年度の最高値を記録するなど、すでに多大な恩恵を受けているのだ。迂闊《うかつ》なことは言えない。

　すると彰はそこから口をつぐんでしまい、張りつめた空気が部屋の中に漂った。しかも一向に立ち去る気配がない。自分が不用意に漏らしたひとことを、問題視しているのかもしれなかった。

　もう一人にして欲しいところだが、眠りの世界に逃避しようとしても、心が軋《きし》んでいるのか眠気は一向に訪れない。

　――ああ、もう……私の馬鹿。

　織絵は迷いに迷ったが、口止めされてはいないと自分に言い訳をして、己のことをぽつぽつと話し出した。

　織絵はごく普通の、一般家庭出身の平凡な子どもだった。

　当時の姓は村沢《むらさわ》を名乗り、長野県の田舎で育ち、活発で人見知りをしない性格のため友人も多く、両親の愛情を一身に受けて幸せに暮らしていた。

しかし織絵が十二歳、中学一年生の夏に生活が激変する。

お盆休みに家族三人で旅行に行く途中、高速道路上で玉突き事故に巻き込まれたのだ。

大型トラックや乗用車などが五台も巻き込まれる大惨事で、織絵たち村沢一家は重傷を負い、病院に搬送されたが両親は頭部を強く打って死亡。織絵一人の命が助かった。

親権者を失った彼女は、ほとんど交流のなかった母方の伯父、坂井幸一郎《こういちろう》に引き取られることになる。

伯父といっても幸一郎と織絵に血のつながりはない。

昔、織絵の母の恭子《きょうこ》は両親が離婚した際に父親に引き取られ、その父親が再婚した相手女性の連れ子が幸一郎なのだ。

兄妹となった幸一郎と恭子は仲が悪いわけではなかったが、性別が違っていたのもあって仲がいいわけでもなく、互いに家庭を持ってからは疎遠となっていた。

しかし織絵が孤児になってしまったため、坂井家が彼女を引き取ることになったのだ。

そこそこ幸せに暮らす織絵だったが、高校三年生の冬に不穏な空気が流れ始める。

伯父には二人の子どもがいた。織絵より七歳年上の幸介《こうすけ》と、四歳年上の優美《ゆみ》だ。

幸介は年上の美しいプライドの高い女性が大好きで、既婚の有名女優と不倫関係を続けていた。

それが週刊誌にスクープされそうになったのだ。

幸いなことに記事を握り潰すことはできたものの、長男のスキャンダルが親族や会社関係者の間で広まってしまったため、家族は幸介をほとぼりが冷めるまで東京から遠ざけることになった。

その際、身を固めさせた方がいいと親族会議で決まったのだが、噂の渦中となった長男の相手が見つからない。

そこで伯父夫婦は、高校を卒業予定の織絵へ、『息子と形だけの結婚をしてくれ』と頼むことになった。

幸介は高校生の織絵を妹のように思っていたため、夫婦ではなく兄妹として中国地方で暮らし始めた。

仮初めの夫は織絵を放置して自由気ままにふるまって、三年後、再び幸介は不倫に走り、離婚届を置いて浮気相手と海外へ駆け落ちしてしまう。

織絵はこのとき二十一歳。大学生であるが成人していたため、離婚届を役所に提出して自分の戸籍を作り、村沢姓に戻って一人で生きていくことにした。

しかし間を置かずして、今度は優美の方に問題が発生する。彼女は早瀬家から持ち込まれた結婚話を全力で嫌がり、家出してしまったのだ。

坂井家からはたいへん断りにくい縁談のため、伯父夫婦はちょうど独身になった織絵へ、再び結婚を頼むことになった。

……そこまで大人しく話を聞いていた彰は、形のいい眉を盛大に吊り上げて不快感を示した。

「やっぱり、脅迫されたんじゃないのか？」

坂井家への怒りを滲ませる声に、織絵は毛布の中でうっとうしそうにため息を漏らした。

「だから違いますって。彰さんだって好きで私と結婚したわけじゃありませんよね？　結婚しなければいけない事情があって、仕方なく結婚したはずです。私もあなたと仕方なく結婚しました。同じことです」

「まったく理解できない。君はすでに一度、養父母のために結婚しているだろ。たしかにそこだけなら理解できる。一度目の結婚は引き取ってもらったとか育ててもらったとか、恩を返す意味で受け入れたんじゃないのか？」

「……よくお分かりで」

織絵は毛布の中で皮肉そうに呟いた。

両親が亡くなった後、織絵はしばらくの期間、児童養護施設に入っていたことがある。

事故直後、警察関係者が織絵の親戚を探して伯父の居場所を調べ、連絡を取ってくれた。しかし伯父は坂井家に婿養子として入っており立場が弱く、血のつながらない姪《めい》を引き取ることを渋ったのだ。

それで織絵は八ヶ月ほど、施設のやっかいになっている。

その後、児童福祉司が伯父へ何度か問い合わせをしたところ、偶然、伯母が織絵の件を耳にした。

未成年の親族を放置しているのは世間体がよろしくない。そう考えた伯母は、金銭的な余裕もあって織絵を引き取ることを決めた。

「……坂井家に引き取られてしばらくして、もう施設には絶対に戻りたくないって、強く思ったんですよね……。私は物心ついたときから施設にいるわけじゃなく、虐待されてつらい毎日を送っていたわけでもなく、親に愛されて幸せに暮らしていたんです。そんな子どもがある日突然、施設で他人に囲まれて暮らすって、結構きついんですよ……」

とはいえ児童養護施設での生活は、特につらいものではなかった。児童指導員や保育士などの職員はみんな親切で、施設の生活に慣れるよりも織絵の心のケアを最優先してくれた。

彼らや行政の人々には心から感謝している。

……だが、己の意識が前を向かないのだ。本当なら自分はここにいるはずではないと、強烈な違和感が心を支配して。

児童指導員やカウンセラーと話をしたり、食事をしているときに、ふと『家に帰らなくちゃいけない』との想いに突き動かされ、いきなり玄関を出てフラフラと外をさまようことがあった。白昼夢を見ているかのように。

施設の職員は、そのような織絵の症状を丸ごと受け止めてくれた。織絵を否定することは決してなかった。

しかし坂井家に引き取られると、こういった不可解な症状はぴたりと治まった。

坂井家は親族といっても今まで交流はなく、伯父夫婦は他人という感覚が消えないし、従兄弟《いとこ》になる二人も本当の兄弟のように仲良くするわけではない。

それでもあの家には、両親と共に暮らした十二年間の生活に近いものがあった。織絵にとって偽《いつわ》りでも〝家族〟や〝家庭〟がそこには存在した。

新しい生活に馴染《なじ》むに従って、織絵は坂井家にしがみつくようになった。

――私を捨てないで。

その気持ちは織絵の精神《こころ》の奥深くで、根を張り巡らせるほど強いものになっている。

しかし納得できないのか、彰は腕を組んでしかめっ面を見せた。

「けど二度も唯々諾々《いいだくだく》と従うなんて解《げ》せない。もう成人していたなら、情の薄い養父母なんて他人と同じだろ。しかも一度恩は返した。そこまでするものなのか？」

理解できないといった渋い口調に、織絵はゆっくりと毛布から顔を出し、半回転して彰へ視線を向ける。

「……坂井の人たちのことは嫌いですけど、今でも恩義は感じているんです。大学だって行かせてくれました」

「そんなの当たり前だろ。引き取った以上は育てる責任が発生する」

「私は伯父さんの養女になったわけじゃありません。未成年後見人になってもらったんです。……知ってます？　後見人って被後見人が結婚したら、その子が成人してなくても後見の任務が終了するんです。だから私が十八歳で結婚したとき、伯父さんは私を養育する義務がなくなり、ただの親戚に戻ったんです。学費を出さなくてもいいし、私に対してなんの責任も負わなくなった……」

一度目の結婚は、返しきれないほどの大恩がある負い目で受け入れた。

二度目の結婚は、さすがにためらったが拒否しきれずに押し切られた。

優美は年下の可愛らしい男が好みだ。しかし見合い相手の彰は七歳年上で、女嫌いとの噂さえある。『こんなおじさんとの結婚なんて絶対無理！』と泣いて嫌がった。

……坂井家に呼び出されたあのとき、床で泣きわめく優美をなだめる伯母は、織絵へ『育ててやった恩を忘れたの!? 学費だって出してあげたのに！ 誰のおかげで大学まで行けたと思ってるの！』と詰ってきた。

それを言われると、織絵が弱いと知っているから。

大学の学費は、幸介と結婚する際に坂井家から祝い金として受け取ったものだ。本来なら伯母の主張は間違っている。

ただ、児童養護施設に預けられた子どもは、十八歳になった春に独り立ちせねばならない。伯父夫婦が引き取ってくれなければ、織絵は進学費用も自分で賄《まかな》わねばならなかった……

口を閉ざした織絵が眼差しを伏せると、彰は遠慮なく不愉快そうな声を出した。

「それで、君は今後も育ててもらった恩とやらで、彼らの言うことを延々と聞き続けるのか？」

「いえ……お見合いを承諾したときに約束しました。もうこれが最後ですって。これからはあなたたちの要望にはいっさい応えませんって……」

「当然だな。でもそれを聞いて、君をここから出て行かせることはできなくなった」

「……え」

ぱちくりと目を瞬かせる織絵が、彰の怜悧《れいり》な美貌を見つめると、彼は吐き捨てるように言葉をつなげた。

「そういう連中はな、これで最後だって言っても、何度でも無理難題を押しつけてくるんだよ。たかりやゆすりと一緒だ。骨までしゃぶられるぞ」

きっぱりと言い切る彰の厳しい視線に織絵は目を逸らす。たしかにそういう予感はあった。彼らは織絵を都合のいい駒としか思っていない。

「……分かっています。だからこのお見合いを受けたんです。早瀬の人間になれば、伯父たちも口を出しづらいかなって……」

「その通りだ。俺なら君を坂井家から守ることができるし、君に新しい恩を植えつけることができる」

「……恩、ですか？」

いきなり話が変わって戸惑う織絵に、彰は強い眼差しで射貫いてくる。

「そう。話を聞いて思ったんだけど、君は今、ちょっとした洗脳状態になっている」

物騒な言葉が飛び出て織絵は目を丸くする。二の句が継げない彼女へ、彰は噛んで含めるような口調で話しを続けた。

「君は施設から引き取ってくれた養父母へ、底なしの恩義を感じている。坂井家での生活の中で、そういうふうに刷り込まれたんだろう」

「…………」

「その気持ちは美しくもあるが、呪いみたいなもんだ。手っ取り早く抜け出すには、恩義以上の大恩を感じて優先順位を変えればいい」

たしかに織絵は、伯父たちに対して弱腰で頭が上がらない。その消極的な態度が彼らを増長させていることには気づいていた。変えられるなら変えたいと思う。

「……どう、やるんですか」

織絵はシーツに手を突いて上体を軽く起こした。すると毛布の中でバスローブが着崩れたのか、胸元が大きくはだけている。

パッと彰が顔を背けたことで自分の姿に気づいた織絵は、目元を赤くしてバスローブの襟をかき合わせた。

気まずい空気が二人の間に流れたが、彰の方が深い息を吐いて話を戻した。

「俺が君を雇うというのはどうだろう」

「えぇっ？」

「もともと君には、俺の個人資産を管理してもらうつもりだった。それを仕事として対価を払おう。俺が動けないときの対応を君に任せたい」

「えっ、え……」

「あとは、そうだな……家のことはハウスキーパーに任せるつもりだったが、それを君にやってもらおうか。報酬《ほうしゅう》は――」

提示された月払いの給与額に織絵はギョッと目を見開く。

――えっ、ちょっとおかしくない？

新卒社員の平均初任給の倍以上になる。社会人として働いた経験がない織絵でも、絶対におかしいと気がついた。

「あの、それは高すぎます。受け取れません……」

「ほら、それだよ」

彰が長い人差し指を立てるから、それって、どれ？　と織絵は困惑する。

「君がいま感じた、申し訳ないって気持ちは俺に対する義理や恩になる」

「あ……」

「その気持ちを積み重ねていくんだ。自分に良くしてくれる相手を優先させたいって、自分に思い込ませるんだよ」

「でっ、でも、私、ここを出て行くつもりで……」

「やめた方がいい。もしそのことが養父母に知られたら、また利用されるだけだ」

彰や早瀬家へ、自分たちにとって都合がいい要求を呑ませようと、織絵を使って画策する可能性さえある。そして織絵はそれを断れないと彼は断言した。

――この人、私の身の上話だけで、なんで伯父さんたちのことをこんなに分かるんだろう……？

反論できない織絵は、ありがたいと思いながらも納得しがたい感情を胸に抱えて顔を伏せる。うまく言い含められているような気もするのだ。

釈然としない顔つきになる織絵だが、彰の方は妻の反応をスルーして淡々と話を続ける。

「この家は他人が入ろうと思ってもセキュリティで弾かれる。養父母とトラブルになってもここなら安全だ。それに君、行くあてはあるのか？」

「……ありません。でもやっぱり、彰さんのことは、怖いんです……」

織絵が悲しそうにうつむくと、彰は唇を引き結んで眼差しを手元に落とした。しかしすぐに顔を上げて身を乗り出す。

「絶対に手は出さない。なんなら契約書を作ろう。君に触れないことや、労働についての条件を記して公正証書にする。もし俺が君を裏切ったら、契約書をもとに訴えてくれればいい」

……そんなことができるのだろうか。織絵は彼の真剣な表情を見て、嘘《うそ》のようには感じられなくて戸惑ってしまう。

そして織絵の不安は正しく、実は難しかったりする。

婚前契約《プリナップ》であれば効力を発揮するが、婚姻後の契約は、いつでも夫婦の一方からこれを取り消すことができると、民法で定められている。

ちなみに織絵は知らないが、彰は知っていたりする……

返事ができずに困惑する織絵へ、彰は「すまない」と深く頭を下げた。

「君を誤解して、ずっと不当な扱いをしてきた」

「……それ、さっきも聞いた覚えがあります。私のこと、どんな誤解をしていたんですか？」

顔を上げた彰は視線を横へずらしていた。どうやら言いたくないらしい。

織絵は心の中で、「今まで雄弁だったくせに、自分のことになると黙るなんてずるい」と思う。

「私、彰さんについて聞いたことがあります。二度ほど婚約破棄をされたとか、すごい女嫌いだとか……」

「…………」

「私はもう、あなたへ一ミリグラムも興味は持っていません。でも私ばっかり自分のことを話すのは不公平です」

彰が、はー、とわざとらしいため息を吐く。彼は不承不承といった様子を隠さないで口を開いた。

「……俺はこんな性格だからな。何度お見合いしても女の方が逃げていく。それで親父《おやじ》が見かねて、資本事業提携を餌に坂井社長へ見合いをねじ込んだんだ。断りにくいのを見越して」

「……そうですね、坂井家側に拒否権はなかったので、彰さんの方から断ってくれたらいいなって、ずっと思っていました」

「そうか。……俺もいい歳《とし》だし、親がやきもきしてうっとうしいし、もうじき俺の仕事は国際事業がメインになるから、たしかに結婚はしておいた方がいいと考えた」

ハヤセホールディングスは海外拠点を多数持っており、グローバルに事業戦略を推進していると織絵も聞いたことがあった。特に国際事業は好調に推移しており、利益率は増加傾向だと。

彼はいずれ海外で働くことになるのか、だったら結婚はしておいた方がいいだろうな、と思いつつ織絵は声を出した。

「それで優美さんにお見合い話が来て、優美さんが嫌がったから私に回って来たんですね……」

「君が俺との結婚を拒むなら、破談になってもまったく構わなかった。坂井家にペナルティを課すつもりはないし、親父もすぐに別の女性を探しただろう。でも——」

織絵は自分の意思で断ることはできない立場だった。

彰はどうせ相手が逃げるだろうと、自分から断らなかった。

互いに消極的でありながら縁談を進めてしまい、とうとう本当に結婚してしまった。

織絵は、気まずそうに首の後ろをかく、極上の美貌を誇る彰を見つめる。

こうしてただぼんやりと見つめていると、本当に綺麗な人だと場違いな感想を抱く。今まで出会った男の人の中で、これほど美しい人は滅多《めった》にいなかった。自分より十三歳も年上の人だが、老けているとか、おじさんくさいなどとは全然感じない。初めて会ったお見合いのときから、ただただ格好いい人だと思っている。

「……どうして、彰さんは女の人が嫌いなんですか？　こんなに綺麗なのに……」

ぼうっと思ったことを漏らした途端、彰が一瞬だけ織絵を見て目を逸らす。今の彼の表情は、面はゆいとか、居心地が悪いといった感情にあふれていた。

――照れているのかしら……言われ慣れていそうなのに……

思いもよらない反応をまじまじと見つめていたら、彰はその視線を断ち切るように、乱暴な口調で話し出した。

「俺はもともと女運が超絶に悪いんだよっ」

「はあ。こんなにイケメンで……？」

「その顔とやらに、ヤバい女性ばかりが近づいてくるんだ」

若い頃から自分に近づく女性は、そろいもそろって常識を持ち合わせない人間か、メンヘラ系ばかりだったと、彰はため息混じりに告白する。

見知らぬ女性に付きまとわれ、「付き合ってくれなかったら死んでやる！」と家の前で刃物を振り回されたり。

女の髪の毛で作られた筆を送りつけられ、「これであなたの体に私の名前を書かせて」と意味不明なことを迫られたり。

　裸の自撮り画像を送りつけられ、その本人から「彰さんに盗撮された！」と喚《わめ》かれたり。

　どこぞのお嬢様から、「あなたは王子様だから、白馬に乗って私を迎えに来て」と本当に馬運車で白い馬を家に運ばれたり。

「……まともそうな子と付き合っても、どういうわけか必ずメンヘラっぽくなった。俺の行動を逐一監視したり、プレゼントにＧＰＳを仕込んだり」

「…………」

「仕事の都合で会う約束をキャンセルすると、泣きながら家に押しかけてきた。出張先のホテルにいきなり現れたときは、部屋のドアを一晩中ノックされて一睡もできなかった」

「…………」

「二十代のときにお見合いしたお嬢様も、俺の顔から一度も視線を外さないで食事をするから、鼻の穴に料理を突っ込んだりする姿に幻滅して、縁談を断ったんだ。そしたら……」

　そのお嬢様に一服盛られて、一夜を共にするという罠《わな》にはまってしまった。もちろん彰は熟睡していたため未遂である。しかし裸で抱き合っている写真を撮られ、お嬢様が妊娠したと騒ぎ立てたため、責任を取って婚約する破目になった。

　とはいえ妊娠していないのは明らかなので、やがて芝居であったことが発覚し、揉めに揉めたがなんとか婚約破棄できた。

その後、ごく普通の優しげなお嬢様と出会って婚約まで進んだ。が、その女性はとある新興宗教にハマっており、彰を怪しい集会に誘って入会させようとしたのだ。

信者が集まる道場に連れてこられた彰は、頭から水をぶっかけられ、同じように水をかぶった信者たちが自分の周りを取り囲み、狂ったように踊る様に恐れをなして逃げ出した。

幸いなことに婚約はすぐさま破棄できた。

「……そんなことが続いて、女性不信というか、女性嫌悪になっている。物心ついたときから恋愛にいい思い出なんか一つもない。一つも、だ」

彰が深くて重いため息と共に吐き出した過去は、メンヘラホイホイともいえる内容だった。おそらくトラウマになっているのだろう。

織絵は口内に溜まった唾液をごくりと飲み込む。

「すごく、大変だったんですね……」

「うん」

彰はしみじみと頷くが、その子どもみたいな返事と仕草に、なんだか可愛い人だなと織絵は感じた。

このような感情を彼に抱くなど初めてだ。ざわざわとした胸の感覚が徐々に落ち着いてくる。

こうやって話していると、彼にはどこか憎めない人の良さがあった。女性不信が大きすぎて織絵への態度は最悪だが、織絵が妻でも婚約者でもなければ、扱いは変わっていたかもしれない。

根は悪い人ではないように感じた。

「……それで彰さん、私を誤解して遠ざけたんですね。私もメンヘラになるというか、非常識な行動に走って彰さんに迷惑をかけるって」

「すまなかった」

何度も頭を下げる彰へ、自分に素直な人だな、と思った。そして謝りながらも、こちらを本心から信じていないだろうな、とも思う。今後、妻が変わっていくかどうかは誰にも分からないのだ。

それでも結婚した以上、訳ありの妻を守ろうと譲歩してくれる。ありがたいし、己の非を認めて謝罪する、その潔《いさぎよ》さが羨ましい。

自分は伯父夫婦から、「聞き分けはいいけど、可愛げがない子」と評されているのを知り、人前では作り笑いを欠かさない品行方正な優等生になった。

誰かにへつらっていた方が楽だったから。

でもそれは心を少しずつ摩耗《まもう》させる。いつの間にか織絵は、自己肯定感が低い後ろ向きな人間になってしまった……

黙り込んでしまった織絵は、しばらくして見つめてくる彰の視線に気づいた。慌てて自分の思考を打ち切る。

「……そうですね、あなたのことは怖いですが……この家で働くことはできると思います。私、メイドをやります」

「メイド!?」

素っ頓狂《とんきょう》な彰の声に、私は何を言ってるんだと赤面する。ハウスキーパーの代わりと聞いて、スーパーで見たデジタルサイネージが脳内に浮かんだのだ。

「いえ、その、なんとなく……」

「……まあ、メイドでもいいけど」

不思議そうな表情と声に、織絵は恥ずかしさで委縮する。視線をさまよわせたとき、自分の左手に目が留《と》まった。

薬指から銀色の美しい指輪を抜き取る。

「これはもう、はめていたくないです。……彰さんもそうですよね」

数時間前の結婚式で交換した、プラチナのシンプルなリング。だが彼の左薬指におそろいの指輪は見当たらない。

帰りの車中ではたしかにシルバーの煌《きら》めきを認めたので、部屋にいる間に外したのだろう。

これを選んだのは織絵一人だ。

早瀬家を担当する外商部員が坂井家に来て、好きな指輪を選ばせてくれた。彰は「なんでもいい」と指輪選びに関わらなかった。

夫婦の思い出など何も詰まっていない結婚指輪。彼への気持ちが消えた今、外すことに抵抗はなかった。

「……分かった。預かっておく」

「処分してもらっても構いません」

それには答えず、彼は手のひらを差し出してきた。

滑らかな肌を見た織絵は、一瞬、自分の手を重ねたいと思ったが、すぐにそれを忘れることにした。

彼の手へ指輪を置いたとき、かすかに指先が皮膚に触れる。燃えるような熱を感じたのは気のせいだろうか。己の心がひどく揺れる。

もうこの手に触れてもらうことはないのだと、ひどく残念に思った。でも、それは考えなかったことにした。

第二章

十二月中旬の木曜日。二階のリビングにある陶器の置き物を、織絵は羊毛のハンディワイパーでそっと撫でるようにホコリを取っていた。

このときエプロンのポケットに入れたスマートフォンから、メッセージの着信音が流れる。コンシェルジュカウンターからだ。

『○○食品会社様よりお届け物がございます。いつ頃、お部屋にお持ちしましょうか』

今からお願いしますとの返信をして、ハンディワイパーを床に置いた織絵は、一度手を洗ってから階下へ降りると玄関へ向かう。

新居は広すぎるほど広いうえに上下階に別れているため、二階の部屋から玄関までが遠い。足首まであるロングワンピースの生地を指先でつまみ、裾を踏まないよう小走りで急いだ。ショートボブの髪先がぴょんぴょんと飛び跳ねる。

結婚式のためだけに伸ばした髪は、肩甲骨を覆うぐらいの長さがあってうっとうしかったので、ばっさりと切っていた。

玄関ホールの姿見で自分の姿をチェックすれば、メイド服のままであることを思い出し、慌てて白いエプロンを外す。

――またやっちゃうところだった。

以前、食事の用意をしているときに、調味料が足りなくて買いに出かけたことがあった。その際、一階のコンシェルジュカウンターの前を通り過ぎようとしたとき、橘に呼び止められた。

『早瀬様、エプロンは外された方がよろしいのでは？』

織絵に与えられた制服は、服自体は重厚感のある焦げ茶色のロングワンピースだ。白の立ち襟《スタンドカラー》と白い大きな袖口《カフス》のバランスが可愛く、厚めの生地も上等でチープさはない。とはいえ今の流行に沿わないクラシカルなデザインなので、ヘッドドレスこそ着けていないものの、白いエプロンを合わせたらまぎれもないメイド服である。

見られた織絵は真っ赤になって、『これは主人の趣味でして……！』と彰に罪をなすりつけてしまった。実際、選んだのは彼である。

だが焦りまくる織絵に対し、コンシェルジュたちは嗤《わら》うこともなく、いつも通りに接してくれた。さすが接客のプロである。

澄んだ鐘の音が鳴り響いて姿勢を正した織絵は、モニターで来客の姿を確認してから玄関扉の鍵を開ける。今日のお使いは橘だった。

ここは宅配ボックスもあるが、大型の荷物はコンシェルジュカウンターで保管してくれる。そのうえ在宅時には部屋まで届けてくれるのだ。

台車で運ばれた荷物を礼を述べて受け取ると、橘は笑顔で去っていった。お仕事お疲れ様です。

彰と結婚して共に暮らし始め、もうすぐ一ヶ月になろうとしていた。自分に不釣り合いなほど豪華なセレブマンションにも、ようやく慣れてきたところだ。

最悪の初夜の翌日、熱もあっさり引いた織絵は、その日が祝日というのもあって契約について彰と話し合った。

織絵の仕事はメイドの他に、奥様業というものがある。彰の個人資産となる株式や不動産、プライベートに関することの管理がメインだ。その他、夫婦同伴の接待や社交など。

メイドの仕事内容はハウスキーパーと同じだ。

彼は報酬の額と支払日を決めるとき、『月に一回の支払いだと、君は金を受け取るのが遅くなるだろう』との謎理論を展開させ、給料は週払いとなった。振込手数料がもったいないから月払いでいいと告げたら、手渡しになった。

しかも必ず有名店のケーキや美味しい焼き菓子などを添えてくれるので、現金にも給料日が楽しみだったりする。

そして細かい契約を決めた後、彰がタブレットで制服のサイトを見せてくれた。

『メイドって言ってたけど、メイド服はどれがいい？　俺としてはチャラチャラしたデザインより、落ち着いた感じの方が制服としては好ましいけど』

と、いたって真面目な表情で提示していた。

それがこのワンピースである。

メイドになると口走ったのは自分で、彰はふざけて制服を選んでいたわけではないため、断ることもできず〝落ち着いた感じの服〟を選んでおいた。

内心では織絵も気に入ってる。

――可愛いもんね、これ。

メイドコスプレと言われても否定できないデザインだが、今まで好みの衣服を自由に選べなかった――伯母が口を挟んでくる――ため、まるで夢の中で働いているような気分で楽しい。

口元を緩めて届けられた荷物をキッチンへ運ぶ。これは彰の母親、つまり姑《しゅうとめ》が送ってくれる食材だった。

魚介類が好きな彰のために、口の肥えた彼の御眼鏡《おめがね》にかなう水産加工品が詰められている。乾物に干物、燻製《くんせい》、練り物、瓶詰などなど。

彼の実家から贈られてくる鰹節《かつおぶし》など、削って出汁《だし》にしたときには、あまりにも美味しくて天地がひっくり返りそうなほど驚いた。

――今回はみりん粕漬《かすづけ》かぁ、美味しそう。前に頂いたカレイや帆立の粕漬もめちゃくちゃ美味しかったもんね。ありがとうお義母《かあ》さん。

よだれが垂れそうな気分で食材を冷蔵庫や冷凍庫へしまい、織絵は再び二階へ向かう。夕食のことを考えていたら、掃除の途中であることを忘れそうになった。いかんいかん。

ここへ来たときは二階に立ち入るなと告げた彰だったが、織絵をメイドとして雇った時点で撤回せざるを得ない。契約後は彰が自ら二階を案内してくれた。

リビングの隅にある階段を上ると、左右に伸びる廊下に三つの扉がある。織絵はいつも中央の扉から入っていた。

重厚なドアを開けば、そこは広大なリビングダイニングだ。キッチンも併設されており、階下のリビングに下りなくても料理を用意できる。

リビングダイニングの右側の部屋が彰の寝室で、左側の部屋が書斎兼仕事部屋。二階には一階同様、広いパウダールームとバスルーム、トイレもあって、この階だけで暮らしていける仕様になっている。

織絵は床に置いたハンディワイパーを拾って掃除を再開する。高価そうな芸術品や、アンティーク調の家具などのホコリを慎重に払った。

二週間に一回は清掃業者が入って、素人では気づきにくい箇所や、織絵の手が届かない高所の掃除をしてくれる。しかし基本は織絵が家の中のことを一手に引き受けていた。

——まあ、あんまり汚れてないけど。彰さんは寝に帰ってくるようなものだし。

そんなことを考えながら、てきぱきとホコリを取りつつ二階の掃除を済ませ、階下へ降りる。

ここで織絵は、リビングの壁に飾られている額縁に入った大判スケッチをみて、複雑な顔つきになった。

十七世紀に活躍した著名な画家のスケッチだそうで、結婚祝いに早瀬家の親族から贈られた品の一つだ。わざわざ銀座の美術商が届けにきた。

こういった美術品の管理も織絵の仕事だったりする。管理とは掃除をするだけでいいのかと思ったのだが、とんでもない。

例えばこの画家の作品を集めて、個人宅のサロンで鑑賞会をやりたい人がいたとする。

この家にあるスケッチを貸して欲しいとの依頼があったとき、『どうぞ持っていってください』と手渡しする……わけはいかないのだ。美術品の価値が高すぎて。

万が一の破損や紛失に備えて保険をかける必要があり、その交渉を主催者側としなくてはいけない。もっと大型の作品ならば、美術品専門の運搬業者とのやり取りもある。

貸し出しから返却までの諸々《もろもろ》を織絵が担《にな》うことになるのだ。

その他、主催者側から鑑賞会に招かれたりしたら、当然貸し出す美術品の話題になるため、作品について造詣を深めないと話にならない。無言で鑑賞して終わりではなく、社交の場であるのだから。

これを聞いた織絵は、『めんどくさい……』と思わず漏らしてしまい、彰が苦笑していた。

彼もサポートすると言ってくれたが、給料をもらう以上、いつまでも甘えるわけにはいかないだろう。上流社会《アッパークラス》のお付き合いは大変である。

——そういえば伯母さんも、しょっちゅう出かけていた気がする。セレブの奥様って色々あるんだろうな。

織絵は高価そうな装飾品のホコリをそっと払い、床で動かしているお掃除ロボットが充電台に戻った後、食事作りに取りかかった。

彰は頻繁に接待やビジネスディナーの予定が入るけれど、今日のように早く帰ってくる日もある。

せっかく自由な時間ができたなら、気が置けない友人と飲みに行けばいいと思うのだが。

一度それを指摘してみたところ、彼は数秒ほど間を置いてから、新婚なので誘いの声はかからないと告げた。

まあ、彼は好き嫌いがなく、なんでも食べてくれるので作り甲斐《がい》がある。義母からの差し入れも消費したい。

織絵は鼻歌を歌いつつ、冷蔵庫から食材を取り出した。


午後十時を過ぎて彰が帰宅すると、織絵はパタパタと軽い足音を立てて玄関へ急ぐ。

「――お帰りなさいませ、旦那様」

スカートを指先で持ち上げつつ、カーテシー――片脚を引き膝を曲げる挨拶――で出迎える。

「……ただいま」

彰はあいかわらず微妙な顔つきになって鞄《かばん》を差し出してきた。受け取った織絵は、うふふ、と小さく笑う。

メイド業の初日にこの挨拶をやったとき、旦那様ではなく早瀬様と呼んだせいもあってか、彼はあんぐりと口を開けて凝視してきた。そんな顔をしてもイケメンだなと、織絵は感心したものである。

反応が面白かったので毎日続けていたが、さすがに最近は見慣れてきたのか冷静だ。残念。

とはいえ素っ気なく不愛想な彼が、こうして多少なりとも感情を表してくれるのが織絵には嬉《うれ》しい。……無反応は無視と同じだから。

こんな他愛《たあい》ないやり取りができるようになるとは、婚約中に想像していた生活とは雲泥の差だ。絶対、カラカラに乾いた孤独の毎日になると思っていたのに。

一度目の結婚よりずっと過ごしやすい日々を実感し、織絵は口元を緩めて微笑む。

彰は笑顔を見せる妻を見てすぐに目を逸らし、着替えるために二階へ向かった。織絵はリビングのソファに鞄を置くと、すぐに夕食の支度に取りかかる。

義母からいただいたみりん粕漬の銀だらに、ほうれん草のおひたしやひじきの煮物、根菜のきんぴらなど、定番の副菜を並べていく。彼は接待や会食で凝《こ》った料理を食べる機会が多いため、家ではおふくろの味的な料理を好んだ。

炊き立てのご飯をよそってお味噌汁《みそしる》と共にテーブルに並べたとき、ちょうど彰が二階から下りてきた。濃紺のデニムにグレーのざっくりとしたセーターというラフな姿でも、やはり格好いい。イケメンはただ歩いているだけでもイケメンである。

と、馬鹿なことを考えながら彰と共に席に着いた。

メイド初日、彰の食事をテーブルに並べて織絵がそばに控えていたら、彼はしばらく料理を睨んで箸を取ろうとしなかった。

『お気に召しませんか、早瀬様？』

嫌いな食材はないと聞いたが、嫌いな料理はあるかもしれないとオロオロしていたとき、意外な言葉をかけられた。

『早瀬様はやめてくれ。君も早瀬だろ……それより、なんで君の分がないんだ？』

『なんでと申されましても、私は使用人なので――』

一緒の席には着けないと続けようとした言葉は、彰がすごい勢いで立ち上がったため飲み込んだ。同時に椅子がけたたましい音を立てて背後に倒れ、『ヒッ！』と織絵の喉の奥から短い悲鳴が漏れる。彼は怯える織絵に慌てて謝罪した後、君は雇用しているが妻に変わりはなく、食事は一緒に食べるべきだと告げてきた。

後から思えばやはり固辞した方が良かったと反省するのだが、彼がこちらを射貫く瞳を見て何も言えなかった。なんとなく、泣いているのかと感じてしまったのだ。涙も浮かんでいないのに。

まあ、織絵も一人で食べる食事は味気ないので嬉しい。

いただきます、と挨拶をしてからさっそく銀だらをいただく。脂の乗った銀だらの身はとてもジューシーで、口の中であふれる旨味《うまみ》が素晴らしい。

「うわー、これ、すごく美味しいです……！」

「ああ、旨いな」

互いに黙々と箸を進めてしまった。それぐらい美味しい。

その後、綺麗に食事を平らげた彰へコーヒーを出し、織絵は食器を片づけ始める。機嫌よく汚れ物を洗っていると、背後から声をかけられた。

「来週、クリスマスだろ。何か欲しいものはないか？」

声がやたら近くて驚きながら振り向くと、ダイニングにいたはずの彼は、コーヒーカップを持って調理カウンター越しに話しかけていた。

織絵は彼の言葉にきょとんとしてしまう。

「えっと、クリスマスですか……？」

「ああ、今年のクリスマスは平日で帰りは遅くなるから、その前に買いに行かないか。ついでに何か食べに行こう」

予想外の提案に織絵の視線がせわしなく揺れる。クリスマスを彰と楽しむなんて考えもしなかった。

「でも、プレゼントなんて……」

「ボーナスだと思ってくれればいい」

契約をして一ヶ月も経《た》っていないのに？　との疑問が浮かんだものの口にしないでおいた。彼が自分にとても気を遣っていることは、短い同居生活の間に察していた。

——初夜のこと、気にしてるんだろうな……

強引に処女を散らされたことは、夫婦なのだから納得している。それに自分は処女性というものをあまり重要視していない。本来なら一度目の結婚で失っていたはずだから。

自分が怒り心頭に発したのは、彼の態度が豹変《ひょうへん》したことをきっかけに、溜まりに溜まった不安や恨みが爆発したせいだ。

今、こちらに話しかけている彼と結婚前の彼とでは、別人かと思うぐらい妻の扱いが違う。それを思うと、いまだに胸の奥で寂しい気持ちが胸を苛んでくる。

現在の暮らしに安らぎを感じているからこそ、彼に愛されることはないと諦めた過去の自分が泣いているようで。

……ただ、いつまでも引きずってはいけないとも考えている。彼とは離婚しない以上、死ぬまで共に生きていくのだから。

己に言い聞かせた織絵は、あえてにこっと微笑んだ。

「では、プレゼントはサンルームで園芸をやる許可が欲しいです」

今度は彰がきょとんとした表情になった。彼は振り向いて、リビングと続き間になっている真っ暗なサンルームに視線を向ける。それから再び織絵を見ると、怪訝《けげん》そうに眉根を寄せた。

「ガーデニングをするってことか？」

「はい。それで苗とか土とか道具とかが欲しいんです。一からそろえると、結構お金がかかるんですよ」

「……そうか。他にはないのか？」

「いえ、それだけで十分嬉しいです」

彰は納得しがたい顔つきになっている。それはそうだろう、女性が喜ぶクリスマスプレゼントの定番といったら、ジュエリーやブランドの品だと彼は考えていたはず。

それでも週末は、一緒にホームセンターへ出かけることを約束してくれた。

「じゃあその後、メシでも食べに行こう」

「……そうですね、でも、せっかくだから家でクリスマスパーティーをしませんか？　私、クリスマスケーキを作ってみたかったんです」

彰とレストランで豪華なディナーは食べたくない。つらい思い出が多すぎるから。

それだったら居酒屋の方がよっぽど嬉しいが、さすがにそこまでは譲歩してくれないだろう。

「その、クリスマスにブッシュドノエルを作るのが夢というか……でも一人で作って一人で食べるのはさすがに虚しいから、作ったことはなくて」

焦っていたため失言に気づけなかった。彰の顔がみるみるこわばっていく。

「クリスマスに一人だったのか？　坂井家で？」

――あ、しまった。

言わなくてもいいことを言ってしまったと、彼の表情が語っている。彰が遠慮なくしかめっ面になるから、困ってしまった。

織絵の過去を聞いて以来、彼は坂井家の義両親をひどく嫌っている。織絵の代わりに彼らへ憤る気持ちをありがたいと思うが、何度も身の上話などしたくない。不幸自慢をするような気がして。

だが彼は、事あるごとに妻の過去を知りたがるのだ。

彰に厳しい視線を向けられると、織絵は責められているような気分になる。だがその裏にこちらを気遣う想いも感じ取るから、早々に白状することにした。

「一人っていっても、家政婦さんはいましたから、ご飯は食べられたし……、伯父さんたちは夫婦で出かけるから、子どもたちは好きなようにしなさいってスタンスだったんです」

自分だけが一人だったわけではないと主張したが、彰は不機嫌そうに腕組みをした。

「どうせ君の従兄弟たちは、親の監視がないからと遊んでいたんじゃないのか。たしか兄の方は君と結婚しても、君を放って自由にふるまっていたと言ったな」

「よく覚えていますね。はあ……あの人は伯母の最初の子で跡継ぎだったから、親戚中から甘やかされて育ったそうです。それはもう、わがまま放題の子どもだったらしいですよ」

坂井家で長年働いている通いの家政婦が教えてくれた。あの頃の坊ちゃんは本当にやんちゃで大変だった、と。

織絵が坂井家に引き取られたとき、彼はすでに大学生だった。中学生の従妹と話が合うわけもなく、家に帰らない日も多かったので、仲良くすることもなかった。

「で、女優さんとの不倫がスクープされそうになって、私と結婚させられて、岡山県の小さな関連会社で働くことになったんです。でも女性を渡り歩いて帰ってこないから、お正月に帰京するときぐらいしか会いませんでしたね」

「最低のクズ野郎だな。……まあ、俺も似たようなもんか」

「えっ」

自嘲気味に笑う秀麗な顔を、織絵は目を丸くして見上げた。

「君を妻として扱おうとしなかったのは、俺も同じだからな」

彰が肩を竦めてコーヒーカップに口をつけたとき、織絵は思わず調理カウンターへ身を乗り出した。

「あの人と彰さんは全然違いますよ！　生活費を入れてくれますから、私はすごく助かって――」

「生活費を払わなかったのか⁉　その頃、君は大学生だろ？」

目を吊り上げる彰に織絵はすぐさま口を閉じたが、一度発した言葉は取り戻すことができない。

――またやってしまった……

今度は彰が身を乗り出してきたため、迫力に気圧《けお》される織絵は仰け反って距離を取る。

「落ち着いてください。仕方ないんですよ。あの人は遊び歩いているうちに無断欠勤を続けてクビになったから、支払おうにも支払えなくって……」

「よけいに悪いじゃねーか！　そいつ何歳だよ!?」

だんだん彼の言葉使いが粗野《そや》になってる。育ちのいい御曹司のはずなのに。

「今は二十九歳、いえ、もう三十歳になってますね……その、毎月養父母からかなりの額のお小遣いがあの人の口座に振り込まれていたらしく、それで働かなくなって……」

「夫婦の財産は共有されるもんだ。その振り込まれた金は君のものでもあるだろ」

「あの人が帰ってこなければ、ないと同じお金ですから……」

生活費は自分で稼がなくてはいけなかったが、不幸中の幸いなのは、養父母が新居のマンションの家賃を管理会社に直接支払っていたことだ。幸介に渡していたら、家賃分まで使い込まれていただろう。住居費がかからないのは大きかった。

大学の学費も一括で織絵が受け取っていたため、生活費さえ稼げば生きていけた。

結婚した最初の一年は、愚直なまでに夫の帰りを待ち続けていた。

織絵は京都の大学に合格していたため、岡山から新幹線通学をして、大学の授業が終われば急いで新幹線に飛び乗り、岡山の自宅で夕食を作ってからアルバイトへ向かう毎日。

だが夫は帰宅せず、手つかずの料理は翌日のお弁当になった。

勉強とアルバイト以外は、ずっと一人だった。

既婚者なので飲み会に行くのも遠慮したし、合コンなんてもってのほか。不誠実な夫のように、夜な夜な遊び歩いているなんて噂されたくない。

けれどそうやって過ごす毎日は、心に少しずつ虚しさや澱《おり》を溜め込んでしまう……

「――ゴミクズと同じレベルの、救いようがないダメ男だな」

舌打ちせんばかりに憤る彰の口調に、沈んでいた織絵は我に返った。不機嫌そうな美しい顔を不思議な気分で見つめる。

自分のために怒ってくれる気持ちは嬉しいし、面はゆい。こういうとき、再婚相手に恵まれたと実感して心が温まる。このまま共に暮らしていけば、彼への感謝が伯父夫婦へ抱く負い目とやらを超えるだろう。

織絵はにこりと微笑んだ。

「そうですね、だから、あの人と彰さんは全然違うんです」

彰は織絵名義の家族カードを作って、『たいていの車は買える限度額になっているから、なんでも好きなものを買いなさい』と渡してくれた。一度も使ったことはないが。

なにせこの家の金庫には、生活費として帯封のついた札束がいくつもあるのだ。自宅にこんな大金を置いて盗まれないのかと恐ろしくなったが、これだけセキュリティが厳重なマンションだと、住民以外はおいそれと入れない。

そんなことを考えていたから、彰が自分を真っすぐに見つめていると気づくのが遅れた。

ふと視線を上げた織絵は、熱っぽく注視してくる美貌を認めて、心臓が大きく跳ね上がる。

「……なんですか？」

「いや、いい女だなと思って」

「へっ⁉」

この流れで、なぜそのセリフが出てくるのか理解できず、織絵は目を真ん丸に見開いてうろたえる。

「い、いきなりっ、どうしたんですか……っ」

「俺は君に捨てられてもおかしくないことをしたのに、こうしてそばにいてくれるじゃないか。それにゴミクズ以下の元旦那と同類にしない……俺はずっと、君の優しさと懐の深さに救われている」

口説き文句のような台詞《せりふ》を大真面目に伝えてくるから、赤面する織絵は首をぶんぶんと左右に振ってしまう。

「すっ、捨てるというか、出て行かなかったのは、彰さんに止められたからですし、そばにいるのは、あなたに雇われて、そのっ、洗脳ってやつが、なくなればいいなと……」

「そうだな。俺は君が、誰にも振り回されない強くて自由な心を取り戻せるよう、協力していきたい」

「……ありがとう、ございます」

彰の雰囲気がいつもと違う。なんだか艶っぽいというか、色気があるというか。

このような彼に見つめられると、肌を合わせた記憶がよみがえって体の芯が熱くなってしまう。すると突然、脚の付け根に粘り気のある水分を感じた。内心で悲鳴を上げる織絵は、焦りながら強引に話を変える。

「あのっ、週末ですが、ホームセンターに行きたいんです。いろいろ買いたくって……」

「もちろん車を出す。荷物運びぐらいさせてくれ」

「ありがとうございます……」

引きつった笑みを浮かべる織絵は、急いで洗い物を片づけることにした。ついでにシンクの掃除をしつつ、「初夜を思い出して濡れるなんて、私は痴女か……」と涙目で嘆いていた。

週末の土曜日。この日は朝から寒風が吹きすさぶ気温の低い日であった。織絵も彰もダウンコートを着込み、マフラーと手袋を装備をして家を出る。

なにせホームセンターでは、園芸用品は屋外に置いてある場合が多いのだ。この北風の中で商品を選ぶとなると、冷え性の織絵は早々に帰りたくなってしまう。

この日は少し遅めの朝食を一緒に取った後、彰の運転で近くのホームセンターへ向かった。

驚いたのはマンションに横づけされた車が、国産のミドルセダンであることだ。彼の愛車は外国産スポーツカーだったはず。

「この車、どうしたんですか？」

助手席に乗り込んだ織絵がマフラーを外しながら聞くと、彼は「ああ、買った」とあっさり告げたため、意味を理解するのに三秒かかってしまった。

「……かっ、買ったんですか……？」

「俺の車は荷物があまり載らないんだよ。これはトランクが広いし、後部座席をたためばスペースを拡大できる」

車に興味がない織絵は、そうですか、と曖昧に頷いて空を見上げる。明日は寒冷低気圧の影響で、東京でも雪が積もるらしい。

もうちょっと遅く降ったらホワイトクリスマスになったのに、残念。と織絵がぼんやり考えていたら、彰がためらいがちに口を開いた。

「車に乗るのは平気なのか？」

「平気とは……？」

「その、ご両親のことがあっただろ」

彰は前を向いたまま渋い表情になっており、その顔と言葉の内容から、彼が何を考えているかを織絵は悟った。

「急にどうしたんです。結婚前も何度か彰さんの車に乗せてもらいましたよね」

「あの頃は、君の事情なんて知らなかったから」

そりゃあ、お互いに乗り気じゃない縁談でしたからね。と、意地悪なことを考えながら織絵は視線を前方に戻し、意図的に話を逸らした。

「前から聞こうと思ってたんですが、どうしてそんなに私のことを知りたがるんですか？」

「これ以上、君を傷つけたくないから」

きっぱりとした声で即答されて、織絵は再び彼の横顔を見遣《みや》る。

「君のことをよく知らず、下手を打ってさらに苦しませたくない」

真剣な口調に、織絵は瞼を伏せてシートに背を預けた。

彼はいつまで気にするつもりだろうか。もしかしたら、こちらが許すまでずっと己自身を責め続けるのかもしれない……。

目を閉じた織絵は、彼と暮らし始めてからの短い時間を瞼の裏に映す。精神的に余裕のある生活は、両親を亡くしてから初めて〝自由〟を感じさせてくれた。

早瀬家の人々は次男の嫁にうるさいことを言ってこないため、メイド業の稼ぎと自由な時間を得て自立心も芽生えてきた。

この生活を与えてくれた彰には心から感謝している。今後は決して夫を裏切らず、彼の女性不信を治す一助になりたいとも思う。

織絵は瞼を開いた。

「……傷つけたと言っても、私は彰さんのことを、もう恨んでなんかいません。今が幸せだから、この生活を与えてくれたあなたを尊重しています」

嘘じゃありませんと小声で続けたが、彰は何も言わなかった。前方を睨むように見て運転している。織絵も意識をフロントガラス越しの空へ向けた。……だからこのとき、彼が呟いた言葉を聞き取れなかった。

「敬意は、愛じゃない」

「……え、なんですか？」

「いや、なんでもない……それより車に乗ってて気分が悪くなったりはしないか」

話を元に戻されてしまった。

意外と執念深い。内心で苦笑する織絵は諦めることにした。

「たしかに車に乗ることは怖かったんですけど……ちょっと話はずれますが、岡山にいたころ運転免許は持っていた方がいいかなと思って、教習所へ通いました」

自動車教習所では学科教習はたやすくクリアできたのに対し、技能教習はなかなか合格できなかった。やはり事故を思い出してしまって。

それで規定時間をオーバーして追加受講料が発生したとき、やけくそなことを考えた。

「……どうせ事故っても、お父さんたちのところに行けるから私にはご褒美だわ、って」

その途端、彰がすごい形相で織絵を見てから慌てて前を向いた。運転しながらも意識が横に向けられていると感じる。

織絵は気づかないふりをして話をつなげた。

「そう思ったら、霧が晴れるように不安とか恐怖心がなくなったんです。ちゃんと試験も合格しました。ペーパードライバーですけど」

あの頃は知らない土地に移って頼る人が誰もおらず、遠くの大学に朝早くから通う生活リズムに慣れておらず、お金も時間もギリギリで精神的に追い詰められていた。少し鬱っぽかったのだと思う。

やがて生活に慣れてくると心も落ち着き、少しずつ立ち直っていった。

「今はもう、両親を懐かしんでも馬鹿なことは考えませんよ」

あえて軽い口調で答えると、彰は険しい表情のままだったが、「そうか。よかった」と少し肩の力が抜けた様子だった。

なので織絵も、結婚した日に寝室で、両親のところへ行くには早すぎると心が揺れたことは、言わなかった。

近所のホームセンターへ到着すると、織絵はきょろきょろと辺りを見回し、まっすぐに園芸コーナーへと向かう。ここは倉庫のような場所の中に園芸用品が置かれているため、風が遮られて震えることがないのは幸いだった。

野菜の種をじっくり選ぶ織絵に対し、彰はあたりを観察しながらマフラーを引き抜く。

「で、何を買うんだ？」

「葉物野菜がいいですね。水菜とか春菊とか、お鍋をやるときに重宝します」

鍋をやるのが夢だったと、織絵はウキウキしながら苗や種を買い物かごへ入れていく。彼女を見守る彰は奇妙な顔つきになった。

「ガーデニングじゃなくて、家庭菜園をやりたいのか？」

「……実はそうなんです。岡山で暮らしていた頃、お隣の方から野菜作りを教えていただいて」

マンションの隣室に住む七十代後半の女性と、彼女が落とした荷物を部屋まで運んだことがきっかけで仲良くなった。

高島と名乗った彼女は夫を亡くして一人暮らしで、ベランダに設置した小さなビニールハウスで家庭菜園を楽しんでいた。

一人暮らしが続く織絵は人恋しさもあって、アルバイトが休みの日は高島の部屋に入り浸った。そのとき、家庭菜園を手伝ってコツなども教えてもらったのだ。

やがて彼女は軽度認知障害が認められ、息子夫婦と同居することになった。織絵はその際、用具一式や野菜のプランターを丸ごと譲り受けている。息子夫婦は家庭菜園に興味がなく、捨てるしかなかったので。

「一人で挑戦した当初は失敗もしましたけど、意外とたくさん収穫できるときもあって、ハマったんですよね」

おかげで食費が浮きました、と嬉しそうに語っていると、彰の表情が今度は渋いものになる。

「まさか、そのために育ててるわけじゃないよな？」

「違います。育てて食べることが好きなんです。それにサンルームって、緑も何もないじゃないですか。ちょっと殺風景かなって思ったんです」

彰はこちらが隠しごとをすると食らいついてくる。だから彼の気持ちの負担にならない程度に、なんでも話した方がいいと諦めた。

それから織絵は、野菜用の培養土やプランター、支柱、虫と病気対策の薬品、野菜の種を選んでいく。

　サンルームは南向きというのもあって、今日のような晴天だと室温が十五度前後まで上昇する。秋まき野菜ならばちょうどいいだろう。

　だが彰は温室用ヒーターを見つけて、園芸スタッフから用途の説明を受けると、「これも買った方がいい」と注文してしまった。いわく、雨が降ったり曇りの日が続き、サンルームの室温が上がらないときがあるから、と。

　広大なサンルームを温めるタイプなので、お値段は二十万円弱なり。

　織絵はその場で卒倒するかと思った。

「まって彰さん……っ、リビングの窓を全開にすれば、部屋の暖気がサンルームを温めるから……！」

「でも寝るときは空調を切るだろ。ヒーターがあれば夜間も温かいままにできるぞ」

「そっ、それは、そう、だけど……」

　家庭菜園は趣味でもあるが、貧しい時期の織絵には生活費の節約という目的があった。そのため大金を投入することに違和感がぬぐえない。

　もう注文した、と彰に押し切られ、織絵は力なく笑って頷いた。……ずいぶんとコストをかけた野菜を食べられそうだ。

　さすがセレブ、気にしたら負けなのだろう。

　気持ちを切り替えて苗のコーナーへと移動する。冬場にしてはハーブの苗も豊富に売られていた。

これも買おうかなと迷っていたとき。

「――何か探しているんですかぁ？」

甲高い女性の声を耳がとらえた。それほど大きな声量ではないが、この場にそぐわない甘ったるい口調に視線を上げる。

二人の女性が彰に話しかけていた。

「私たち、ガーデニングには詳しいんですよー」

「この近くでガーデンカフェを経営しているんです。それで」

「よかったら、少しお話しませんかぁ？」

二人の女性たちは、微笑みながら彰をうっとりと見つめている。

――美人さんだ。

一人はアッシュブラウンのふわふわロングヘアが可愛く、守ってあげたくなるような小悪魔的な女性だ。もう一人は肩につくかつかないかの長さのボブヘアで、黒いまっすぐな髪質はきりっとした知的な印象を感じさせる。

共に、織絵の従姉《いとこ》で義姉である優美と同じぐらいの年齢に見えた。どちらもお洒落《しゃれ》で、自分に自信があるオーラがバンバン滲み出ている。

カフェの経営をしていると言っていたから、当たり前かな。と、織絵が納得しながら彰の顔をちらりと盗み見る。……表情が抜け落ちているうえに、気配がぴりぴりしていた。おそらく彼女たちが声をかけたあたりからだろう。

女性嫌悪の彼にとって、こういうシチュエーションはまずいのかもしれない。織絵がハラハラしていたら、彰がゆっくりと口を開いた。

「いや、間に合っている」

「でもぉ、ここに来るぐらいなら園芸がお好きなんですよね？　だったら――」

「すまないが妻と来ているんだ」

彰が織絵へ視線を向けたため、目が合った織絵はそろそろと彰に近づき、奥の培養土が置かれているコーナーを指で示す。

「……彰さん、あっちの土を見にいきませんか？」

頷いた彼が二人の女性に背を向けた同時に、彼女たちが、ふふっと笑い声を上げた。

「やだぁ、指輪をはめてないから、違うって思ってたのに」

「ねー、旦那さんだけ指輪って、おかしいもの」

わざと聞こえるような囁《ささや》きに、ぎょっとした織絵の動きが止まってしまう。

彰は今、指輪をはめていたりする。結婚した当日にすぐ外していたのに、なぜか再び使うようになっていた。一方の織絵は指輪を彰に渡したので、当然はめてはいない。

――そりゃあ、カップルの片方だけ、それも男性だけが指輪をはめていたら、色々と勘繰《かんぐ》りたくなるだろうけど……口に出すもんじゃないでしょう。

おそらく彼女らは、既婚男性と独身女性の組み合わせだと邪推しているのだろう。

不快感をあらわにして二人の女性を睨むと、彼女らは織絵をちらっと見て、くすくすと笑い合う。

「それに、ねぇ？」

「釣り合わないっていうかぁ……」

織絵に向ける意味深長な視線に、隠しようがない嘲《あざけ》りが含まれていた。それを感じ取った織絵はさらに眉を顰める。容姿的に釣り合わないなんて言われなくても分かっているが、目の前で本人に告げるなど常識がなさすぎる。

しかも彼女たちの言動から推測すると、彰に女性の連れがいることは知っていたはず。それでもなお自分たちの方がふさわしいと話しかけるなんて、ずうずうしいというか……

いや、それよりも彰の気配がどんどん尖っていくから、そっちの方が織絵には気がかりだった。早くこの場から離れた方がいいと思ったとき、彼は振り向いて彼女たちを真正面から見下ろす。

そして尊大な態度で腕を組み、皮肉そうに言い放った。

「君ら程度の容姿で俺に声をかけるなんて、ずいぶん恥知らずなんだな。身の程をわきまえた方がいいんじゃないか」

そのセリフに、美女二人だけでなく織絵までも絶句した。

――ちょぉ、彰さんっ、それ、ブスがイケメンに声かけるんじゃねぇって言ってるのと同じ……！

たしかに彰はそう告げても許されるほどの美男子だが、声をかけた彼女らも、それぞれ趣《おもむ》きが違う美女であるのに。

そして彼の全身から、冷淡な、憎しみさえ感じさせる禍々《まがまが》しい雰囲気が滲み出ていた。相当怒っていることが感じられて、織絵は反射的に夫の腕に抱きつく。

「彰さんっ、コーヒー飲みたい！」

彼がハッとしたように見下ろしてくるから、織絵は返事を聞く前にたたみかける。

「外に軽食を売っているお店がありました。ちょっと行ってみましょう！」

ぐいぐいと腕を引けば、彰は動揺した様子で大人しく脚を動かしてくれた。身長百八十五センチもある大柄の男を引きずることはできないので、歩いてくれて助かった。

駐車場の隅に向かうとキッチンカーが営業しており、お好み焼きやたこ焼き、焼きそばなどの定番の軽食が売られている。

朝食が遅かったのでお腹が空いているわけではないが、キッチンカーがある辺りは休憩スペースになっているので、テーブルや椅子、自動販売機が置かれているのがありがたい。

「……彰さん、何か飲みますか？」

特に飲みたいものはないけれど、すぐに元の場所へ戻ったらあの二人とかち合う恐れがある。そう思って彼を見上げると、なぜか彰は目元を赤くして織絵がいる反対側を睨んでいた。

「どうしました？　熱でもあるんですか？」

「……俺に触っても、大丈夫かと思って……」

そこでようやく、彰の腕を抱き締めて胸を押しつけていることに気がついた。慌てて腕を離して数歩下がる。

「すみません！」

触れ合うことを禁止する旨を契約書に書いておきながら、自分で約束を破るなど厚かましいにもほどがある。

　しかし彰は首を左右に振った。

「俺の方こそすまなかった。不愉快な思いをしただろう、すまない」

　頭を下げる彰に織絵は思いっきり焦った。

「いいえ！　不愉快に思ったのは、あの人たちに対してですから！」

　気分を変えようと自販機を指で示し、「私、ミルクティーが飲みたいんです」と笑顔で告げると買ってくれた。

　彰は温かいお茶を選び、二人して木製の椅子に腰を下ろす。ちょうど風が止んでくれたので、温かい飲み物があるとそこまで震えることはない。

　ホッと息を吐くと、彰がペットボトルを見つめながら口を開いた。

「……さっき、あまりに腹が立ったから、ああいうタイプの女がダメージを受けやすい言葉をあえて選んだんだ。本心じゃないから……」

「まあ、言いすぎな気もしますが、失礼なことを言い出したのはあちらですからね……」

　なるほど、と織絵は思う。容姿に自信がある女性なら、それを貶《おとし》められたら傷つくだろう。

　女連れに堂々とアプローチするとは、自信過剰なのか、はたまた彰の魅力に惹きつけられたのか。

「ああいうの、仕事中でもよくあるんだ。指輪をはめているのに個人的に会いたいとか言われて」

　女よけに指輪をはめているのかと納得したものの、あまり効果がない状況に彼の苦労を思う。

同時に彼の女性不信、女性嫌悪を垣間見た気がする。恋愛で楽しい思い出など何もないと告白した彰にとって、やはり自分も心から信用されていないのだろう。女嫌いの彰が妻と同居を続けているのは、織絵に刷り込まれた意識を変える以外にも、女として迫ってこないからという理由が大きいかもしれない。

……なぜか無性に寂しいと感じた。彼を拒絶したのは自分だけれど、一ヶ月近い生活の中で彰に対する認識は改めている。

婚約期間のつれない態度を謝り、その後は織絵の意思を尊重して、ニアミスが起きないよう注意し、以前とは別人かと思うほど妻を気遣ってくれる。

自分のような異性にうとい小娘でも、彼はもともと優しく、純粋で生真面目な人なのだと察していた。もしかしたら彼に近づく女性や以前の婚約者たちは、そういった部分を見抜いてうまく懐に入ったのかもしれない。

そして彰の方は相手を受け入れた以上、誠実であろうと心がけたはず。……それを裏切られて心が傷ついて、望んでもいないのに似たような女性に囲まれて、どれほどつらかっただろう。

結婚を決めた相手さえ信じることができないなんて。

――私が男だったら、彰さんも信用してくれたのかな……男だったら結婚してないけど……

考えすぎるあまりおかしな方向へ思考を傾けていると、彰がいきなり「織絵」と呼んだ。自分が呼ばれていると彼女の脳が理解できるまで、数拍の間が空いた。

「……あっ、はい！　なんでしょうか!?」

家では名前を呼ばれることがないので反応が遅れた。「なあ」とか、「君」と呼びかけられていたから。

たかが名前を呼ばれただけなのに、心臓がドキドキと高鳴る。ミルクティーの缶を両手で包んで彰を見つめると、彼はいまだにペットボトルへ視線を向けている。

「もし俺との生活がつらくなったり、他に好きな男ができたら言ってくれ。必ず君を解放する」

まるで己へ言い聞かせるように硬い声で呟く彰は、織絵が呆然と見つめているのに気づいていない。

「俺は君に恨まれても仕方がないと思っている。それでも妻である君に裏切られるのは、正直きつい。……勝手な主張だと分かっていても」

すまない、と続ける彼の端整な横顔を見ながら、どれほど傷ついてきたのかを織絵は察して、呼吸が止まりそうなほど胸が痛んだ。

「私は、彰さんを裏切ったりはしません。あなたは……前の夫とは、違いますから……」

口元をゆるめた彰の笑みには、寂しさが含まれているような気がして織絵は落ち着かなかった。

やがてペットボトルのお茶を飲み干した彼が、「そろそろ戻っても大丈夫だろう」と提案してきたため、織絵も戸惑いながら立ち上がった。

必要な品を買いそろえて帰宅すると、二人は協力して荷物をサンルームに運び込む。

ガラスで覆われた広いサンルームは八畳の広さがあり、屋根や開口部も全面ガラス張りだ。陽《ひ》の光がさんさんと降り注いで温かいうえ、気密性が高く外気を遮断できる。温室と呼んでもしっくりするほどポカポカしていた。

――夏場は暑くなりそうだけど。

とはいえ天井部分には日よけシェードも展開できるため、日差しが強すぎても日陰を作ることができる。そして三方のガラス壁は折戸パネルになっているため、フルオープンにすると風通しがよい。

織絵は今まで洗濯物を干すときに利用していたが、ここへ出るたびに冬場の園芸にはもってこいの場所だと思っていた。床土間は水はけのいいタイル敷きで、立水栓《りつすいせん》がすぐそばにあるのもいい。

汚れてもいいよう、スキニーデニムと黒ニットに着替え、さっそく作業に取りかかった。

野菜の種は水菜や春菊、小松菜、ほうれんそう、リーフレタス、ラディッシュなどなど。冬とは思えないほど温かいサンルームで、ふんふんと鼻歌を歌いながらプランターに種をまいていく。

このとき不意に、体全体が日陰になった。周囲の明るさとの落差に驚いて顔を上げると、彰が大きな体を使って織絵に降りかかる光をさえぎっている。

「……何をやっているんですか？」

「いや、これだけ暖かいと暑そうだなと思って。それに女って紫外線が敵なんだろ？」

「まあそうですけど、日焼け止めは塗っていますし、家庭菜園で日焼けを気にしていたら、やってられませんよ」

気にしないでください、と笑って告げたら、彰はあらぬ方角を見つめてからリビングの中へ入っていく。すぐに紺色の日傘をもってきた。

「どうしたんですか、それ？」

「メイド服を買ったときに付いてきた」

どうやらノベルティのようだ。それを何に使うつもりなのか。

織絵が見守っていると、彰はやはり妻が日陰になるように日傘をさすではないか。

――人の話を聞いていないのかな……？

彰が引く様子はなかったため、呆《あき》れつつも手を動かすことにした。が、織絵が動くたびに彰が日傘を動かして光をさえぎってくる。

はたから見るとお嬢様に付き従う下僕ではないか。それに思い至り、織絵は恥ずかしさから彼を見上げる。

「もういいですって」

「でも日に焼けるだろ。君、肌が白いんだからもったいない」

「そこまで白くはないですっ」

「そんなことはなかったが……」

彰が宙を睨んだとき、織絵は彼が自分の裸体を思い出していると悟った。猛烈な羞恥がこみ上げて両手の拳を握り締める。

「もおぉっ、気になって落ち着かないんです！　作業が終わるまでシェードを張りますから、大人しく家の中で座っててください！」

ピッ、と人差し指でリビングのソファを指すと、目を瞬く彰は小さく頷いた。

「そうやって怒った顔も可愛いな」

「へっ⁉」

目を丸くする織絵には構わず、彰は大人しく傘をたたむと電動シェードを動かし、サンルーム全体に日陰を作る。ようやく満足したのか、彰は機嫌よくリビングに戻っていった。

その様子を呆然と見つめていた織絵は、やがてノロノロと作業を再開しつつ、混乱の渦に巻き込まれ動揺していた。

——怒った顔が可愛く見えるの……？　彰さんって視力はいい方よね……？

男の人の感性は女とはだいぶ違うらしい。激しく戸惑う織絵だったが、可愛いと言われて自分がドキドキしていることと、ちょっぴり嬉しかったことは自覚していた。

§

クリスマスを過ぎた翌週には、彰も年末休みに突入した。

が、休みといっても休むことはない。なぜなら彰から、「悪いけど奥様業をやってもらうから」と言われ、内々の集まりに夫婦そろって出かけるようになったのだ。結婚したばかりというのもあって、招待する声が例年より多いという。

お招きの数だけ服や靴、装飾品を新調するため、彰と買い物に出かけたりして意外と忙しい。

そして彰と迎える初めての新年、二日目は早瀬家へ挨拶に向かった。毎年、本邸に親族が集まるとのことで、地方から泊りがけで来ている一家もいるそうだ。

織絵は正月に早瀬一族が集まると聞いて、女性陣が台所に立って男性親族は宴会をするという、昭和的な集まりを想像していた。が、そんなことはなかった。

いつもより数の多い使用人たちが、料理やお酒をどんどん運んでは、使い終わった皿やグラスを片づけていく。親族の女性で台所に立つ人は誰もいない。

とはいえ織絵は一族の中で新参者なので、何か手伝おうと台所で働く人々に声をかけてみた。すると使用人たちは微笑み、「若奥様は座っていてください。必要な物があれば仰《おっしゃ》ってくださいね」と気遣われてしまった。

――そうか、私は若奥様になるんだった。

とはいえ付き合いの薄い親戚の中では居心地が悪く、ほぼ姑にくっ付いて過ごしていた。

義母は名家出身のお嬢様で、おっとりした性質の優しい女性だ。伯母よりもずっと好感が持てる人だった。

義母と一緒に親族の人たちと話したり、小さな子どもたちにお年玉を配っていたら、二時間ほどで彰が「妻の実家へ挨拶に向かいますから」と早々に席を立ってしまった。

義両親と義兄夫婦に見送られて坂井家へ向かう車中で、織絵は彰へ不安そうに声をかけた。

「こんなに早くおいとましても大丈夫ですか？」

「いいんだよ。宴会好きな奴《やつ》らはいつまでも残ってるけど、挨拶だけして帰る連中も多いし」

嫁としては大変ありがたかったので、文句はない。

それよりも坂井家の方が憂鬱《ゆううつ》だった。

年末に伯母から「彰さんと一緒に遊びに来なさいよ」とメッセージが届いていたが、なんとなく伯父夫婦は、彰にマウントを取りたがっているような気がする。早瀬家の子息が義理の息子になったのが嬉しくて。

それを彰へ伝えたところ彼は肩を竦めて「取引先を相手にしていると思っておくよ」と、なんでもないように告げた。

実際に坂井家ではそつなく過ごし、午後から夫婦同伴で挨拶回りをすると告げて、一時間ほどで退出した。さすがに妻の両親へ、正月から喧嘩《けんか》を売るつもりはないようだ。

――これでしばらく伯父さんたちに会うことはないわ。

安堵から機嫌のよさそうな織絵に対し、彰は何事かを考えこんで無言だった。しばらくして彼が話し出す。

「なあ、坂井社長とは養子縁組じゃなく、後見人になってもらったって言ってたよな」

「あ、はい。なので一度目の結婚で後見人からは外れました」

「でも俺や両親は、坂井社長から君のことを、養女にした姪だって聞いたけど」

「そうです。私は離婚した際に元の姓に戻していたので、彰さんとのお見合いの前に伯父さんと養子縁組をしました」

でなければ織絵は〝村沢織絵〟として嫁ぐことになるため、伯母が反対したのだ。しかし養子になると養親《ようしん》の財産を相続する権利が発生してしまうため、何年かしたら養子縁組を解消すると伯父夫婦に言われていた。

　彰が苦虫を噛《か》み潰《つぶ》したような表情になる。

「勝手なこと言いやがって……」

　結婚の際に坂井家の娘として送り出したいがために、限定的な養子縁組を結ぶなど、道理に悖《もと》る行為だと彰は憤る。こういった公的な制度は、双方に利益があって互いに納得する内容でなければ、了承する必要など何もないと彼は断言した。

「そうですね。今では、そう思います……」

　当時の織絵は、養父母らしいやり方だな、と疑問にも思わなかった。しかしこの考え方がいけないのだと、織絵も徐々に気づき始めている。彰との生活で正常な思考になりつつあるのだろう。それが嬉しい。

　己の毒された意識が消えれば、いつか離縁《りえん》——養子縁組を解消——したとき、真に坂井家から解放されるだろう。

　このとき彰がひっそりと呟いた。

「まあでも、離縁予定ならちょうどいいな」

「えっ、何がです？」

「いや、なんでもない。それより帰ったらメシを食いに行かないか。俺が休みになってから、君の休みがなくなってるだろう」

織絵のメイド業務が休みになる日は、基本的に平日で、彰が夕食を食べない日と定められている。または出張で不在の日。

この日は朝食も作らないでいいと、好きなだけ寝ていたらいいと言ってくれる。だがメイドの仕事など大して忙しくないのだ。特に掃除などいくらでもサボることができる。

織絵は性格的に手を抜くことができないため、愚直なまでに毎日掃除を続けて、休日も彼の朝食を用意する。自分の分を作るついでなので、仕事とはとらえていない。

しかし今の時期は奥様業の毎日だ。織絵としては「セレブの年末年始ってすごい」と、ただただ感心していた。しかし彰の方は休みがないことを気にしていたらしい。

たまには家事を休んではどうか、との気遣いを悟った織絵は、ふと思いついたことを口にしてみた。

「じゃあ、お鍋を食べたいです」

「鍋か。……分かった、カニでいいか？」

「えっ、いえ、そんな、お高いものじゃなくても……」

「嫌いじゃないなら、食べに行こうか」

織絵の遠慮など右から左へと聞き流し、彰は営業している店を探し出すと、予約を入れてから進路を変更する。

銀座の商業施設にある店はお客でにぎわっていた。とはいえ場所柄なのか全体的に落ち着いた雰囲気になっている。

案内されたテーブルは衝立《ついたて》で仕切られているうえ、ゆったりとしたテーブル配置なので隣の席の声は気にならない。

織絵はカニしゃぶを食べるのは初めてだ。沸いた出汁にカニの身を泳がせて食べると、口の中で蕩《とろ》けるほど絶品だった。

「おっ、美味しい……っ！」

そのまま食べても、ぽん酢を付けてさっぱり食べても、何をしても美味しい。

しかも彰が鍋に野菜を入れたり織絵の皿に取り分けたりと、かいがいしく世話を焼いてくれる。

一度自分がやると申し出たのだが、「今は君の休日」と彼は言いきって手を出させてくれない。

鍋奉行といった感じではないのに、マメな人だ。

最初は織絵も戸惑ったが、美味しいカニを食べているうちに慣れてしまった。それだけではなく。

「誰かと鍋を食べるのって、すっごく久しぶりなので嬉しいです」

カニに合う冷酒も頼み、ほろ酔いになった織絵が手で頬を押さえながらうっとりと呟く。ご満悦の表情を見つめる彰の手が止まった。

「そうか……君はずっと一人だったもんな」

「はい。結婚してからはもちろんですが、坂井の家では家族がそろうってほとんどなくて、食事の時間はバラバラでしたから」

伯父は仕事。伯母は社交。義兄と義姉は遊び歩いて夜遅くまで帰ってこなかった。

「……また、家でも鍋をやるか」

「はいっ。まだまだ寒い日は続きますし、もうちょっとしたら葉物野菜が収穫できますから」

極上のカニと日本酒を心ゆくまで堪能し、いい気分で食事を終えて体もぽかぽかと温まった。

この商業施設内に来たのは初めてと織絵が告げたため、食後は施設内を散歩してから帰ることにした。ちなみに彰も酒を飲んだので代行運転を頼んである。

フォトスタジオの前を通り過ぎたとき、ディスプレイに飾られている写真に織絵は目が留まった。華やかな朱色の色打掛を着た新婦と、羽織袴《はおりはかま》の新郎が寄り添っている結婚写真だ。

立ち止まった織絵が感嘆のため息を漏らす。

「綺麗……。色打掛って、憧れだったんですよね」

二回も挙げた結婚式は、どちらともウェディングドレスだった。二回とも〝家〟の威信にかけて、ドレスは豪奢で美しいデザインだった。

生地から選んで縫製したのだが、デザイナーへの指示は伯母が織絵の意思など無視して決めたため、まったくもって自分の好みではなかったが。

「お色直しで色打掛を着るプランもあったんですけど、自分で衣装は決められなかったから諦めたんですよね……」

いい感じに酔っ払っていたため、思ったことが素直に零れ出た。彰がやや驚いた表情で織絵を見下ろす。

「着たかったのか？　これ」

「はい」

あっさり頷く織絵は写真を眺めて満足した表情になり、すぐに歩き出してフォトスタジオから離れていく。慌てて追いかける彰は歩きながら、ためらいがちに話しかけた。

「それなら写真だけでも撮り直そう。君が好きな打掛を選んでくれ」

「もったいないですよ。もう結婚式は挙げたんですから」

「写真だけだ。式をやり直すわけじゃない」

「まあそうですけど、打掛ってレンタルでも高いんですよ。結婚情報誌を見ていたから知っていますもん」

だから必要ないと、アルコールでほんのりと赤くなった顔で織絵は微笑む。艶《あで》やかな微笑に一瞬見惚れた彰だったが、すぐに話を元に戻した。

「仮に、だ。もし打掛を着るとしたら、何色がいいんだ？」

「そうですねー、ピンクの打掛なんて綺麗で可愛いなって思います」

「ピンクか、いいな。織絵ちゃんに似合いそうだ」

「――織絵ちゃんっ⁉」

酔いも吹っ飛んだ気分で彰を見上げると、彼はすごい勢いで横を向いた。

「いや、なんでもない。気にするな。そんなことより今日はさすがに無理だが、明日には外商を家に呼ぶ」

「へ……？」

「君の好きな打掛を選んでくれ。ああ、仕立ててもいいな」

早瀬家が懇意にしている百貨店の外商部には、法人と個人の担当者がそれぞれいるという。
どんどん話を進めてしまう彰を、織絵は止めることができなかった。ちゃん付けで呼ばれたインパクトが強すぎて呆けていたため。

そして翌日の一月三日。本当に老舗百貨店の早瀬家個人部門を担当する外商部員が、わざわざ午前中の早い時刻からやって来た。彼とは結婚指輪を選んだとき以来だ。

しかもその人だけでなく、呉服とブライダル部門の女性担当者がそれぞれ一人ずつ付いてきたではないか。

外商部員以外は織絵と会うのは初めてなので、菓子折りと共に名刺を渡され、「末永くよろしくお願いいたします」と丁寧に挨拶をする。さらに全身の採寸をしてもらうと、織絵も「打掛はいりません」なんて言えなくなった。

とはいえ持ち込まれた反物や完成品のカタログを見ていくと、やはり一度ぐらい着てみたいという現金な気分になっていく。

打掛は仕立て直しをすれば普通の着物としても着られると言われ、一緒に彰用の羽織袴も仕立てるからついでだと言われ、それならいいかとセールストークに頷いてしまった……。

織絵が選んだ打掛は、淡いピンクの生地に、ピンクと白の糸で牡丹《ぼたん》や桜が刺繍《ししゅう》された品だった。金色の箔《はく》がアクセントになって実に華やかだ。

外商部員が伝票を切ってすべての手続きを終えた頃には、織絵も彰と結婚写真を撮ることが楽しみになってきた。

三人を見送ってから、彰へ照れつつも礼を伝えておく。

「ありがとう、彰さん。……すごく嬉しい」

「どういたしまして。俺も楽しみにしている」

彰の口角が少し持ち上がって、その気持ちが社交辞令ではないと感じさせる。

彼がたまに見せる優しい眼差しに、織絵は胸をときめかせて小さく微笑んだ。

§

新調した月めくりカレンダーが一枚破られ、暦では立春となる二月上旬の朝。織絵は彰と一緒に朝食を食べながら、夫の秀麗な顔をまじまじと見つめていた。

今日の彼は光沢があるウールの濃紺ウェストコートを着用し、ネクタイはまだ締めていないが、青色にも見える薄紫色のストライプ柄を合わせることは知っている。

出勤前でも彼は常にパリッとした雰囲気で、いかにも仕事ができるビジネスマンといった風体だ。が、今日だけは朝から渋い表情を消さず、しかも全体的にしおれている。まるで徹夜明けか二日酔いといった印象だった。もちろんそのどちらでもない。

「はあ、行きたくない……」

彰は会社や仕事のスケジュールについて、ちょくちょく織絵に話すことがあった。とはいえ愚痴っぽいことはめったに漏らさないのだが、今日はたいへん珍しいことに朝からぼやいている。

半月前から入っていた本日の予定は、彰を個人的に気に入っている老齢の実業家と、お相手の自宅に招かれての食事会だ。子どもの頃から世話になっている人なので無碍《むげ》にできないと、彼はうんざりしながら話していた。

織絵もその人物とは、結婚した際の挨拶回りで会ったことがある。

八十歳近い老紳士で、そのときはごく普通の対応をする人との記憶があった。この日はスケジュールが押していたため、すぐに辞去したから為人《ひととなり》はよく分からない。だが直感で悪い印象はなかった。

今夜の食事会は奥方も一緒にと誘われたらしいが、彰は『ずっと体調不良が続いているため遠慮する』という大嘘《おおうそ》をついたそうだ。

織絵を連れて行きたくない理由というのが……

「あのじいさん、ザルというか蟒蛇《うわばみ》というか、酒量がすごいんだよ。じいさん一人で飲むならいいんだけど、必ず客にも勧めるんだよな。もう飲めないいってもグラスに注いでくるし、儂《わし》の酒が飲めないのかってすごんでくるし……あれはアルハラだよ」

吐くまで飲まされるし、吐いても飲まされるとのこと。相当、厳しい思い出があるのだろう。「酒が絡まなければ悪い人じゃないんだけど」と、ため息混じりに話していた。

「そういう方って、本当に今でもいらっしゃるんですね」

「あの世代にはごろごろいるよ。いったいあと何年すれば、昭和の感覚を引きずってる連中は淘汰《とうた》されるのか……」

いかにも行きたくないと言わんばかりの様子で彰は出かけて行った。玄関まで見送った織絵へ、

「インフルエンザになりたい……」と零していたから、本気で行きたくないのだろう。

接待とか上流階級同士のお付き合いも大変だなと思いつつ、織絵はちくちくする心を持て余していた。

自分は社会人として働く本当の苦労やつらさを知らない。

メイド業など、完全に彰の厚意で成り立っている特殊な仕事だ。こんな割のいい仕事など、この世にありはしないと理解している。

もともと就職活動はしていなかった。幸介と結婚したときに伯父から、『卒業後は中国地方にある子会社に就職しなさい。席は用意しておくから』と言われていたのだ。

当時は就活をしなくて助かったと愚かなことを考えていたが、それはおそらく社会に出た織絵が、伯父夫妻の影響力から離れるのを防ぐ措置だったのかもしれない。それか幸介を東京に呼び戻す際、織絵の退職をスムーズにするための布石かもしれなかった。

どこまでも自分は坂井家に飼われる忠犬でしかなかった、と今では思う。

己の意思で彼らに反発ができるのは、彰と結婚してからの変化だった。それもこれも彼が妻の人権を尊重し、自我を守り、一個の人間として大切にしてくれるからだ。

結婚して二ヶ月程度しか経過していないが、短い期間でも、己がいかに捻《ね》じ曲《ま》がった環境で毒されてきたかを自覚する。

とはいえ自分が人形でなければ、彰との結婚には頷かなかったのだが。

生まれも育ちも違う自分たちの人生が交錯する不思議に、織絵は感動にも似た情感を覚える。最近はこの気持ちを抱くことが増えた。彰に対して言葉にできない、泣きたいようなもどかしい想いが膨らむことがあると。

同時にひどく後ろめたい、胸をかきむしりたいような痛みがともなった。

それというのも彰の正月休みが終わった直後、義母から連絡があった。今まで織絵を単独で連れ出すことは彰が禁止していたが、そろそろお嫁さんと出かけたい、と。

寝耳に水の話に織絵はその日の夜、彰へ聞いてみた。契約内に奥様業が含まれているのだから、義母の誘いを受けるべきではないかと。

しかし彼に渋い顔をされた。

『君が望むならいいが、乗り気じゃないかもと思ったんだ。一人で義理の家族と付き合うって、ストレスにならないか？』

『お義母さんとなら全然構いませんよ』

本心からそう思ったのだが、それ以降、義母の連絡はいっさい来なかった。彰は何も言わないが止めているのだろう。

それは織絵を排除しようとしているのではなく、わずらわしさから守っているように思うのだ。

こういうとき、感謝の気持ちと共に申し訳なさが膨らむ。このまま見せかけの妻という立場に甘んじていても、許されるのかと。

——もちろんそれが目的なんだから、彰さんは肯定しそうだけど……

最近、思うのだ。彼は妻にとても甘いと。自分はとても大切にされていると。

それを考えるだけで体の芯が熱を持ち、もぞもぞと落ち着かない気分になる。同時に、もうそろそろ彼との関係を改善するべきかと思うのだ。

とはいえ、それには色々と高いハードルがある。

――私、彰さんのこと、受け入れられるのかな……？

土壇場で恐怖を感じて彼を傷つけたくない。だがそれは試してみないと分からないわけで。

不意に初夜を思い出した織絵は、赤面して立ち上がる。朝から桃色の記憶を再生させたと恥じ入り、自分を誤魔化《ごまか》すように慌てて食器を片づけ始めた。

このときの織絵はまだ、初夜のことを負の記憶としてとらえていないと気づいてはいなかった。

時計の針が午後十一時五十分を示す深夜、彰はまだ帰ってこない。

明日も仕事なのに深酒をして大丈夫だろうかと心配で、織絵はパジャマのうえにナイトガウンを羽織ってリビングをうろうろしていた。

ときには温かいココアを作ってゆっくりと味わったり、スマートフォンでＳＮＳをチェックしたりと時間を潰しているが、どうも気持ちが落ち着かなくて眠気も訪れない。

ソファに座ったと思えばすぐに立ち上がってまた座るという、無駄な動作を繰り返してしまう。

今日の食事会は個人的な集まりだが、相手が大物なので帰宅予定を聞くメッセージなど軽々しく送れない。

——彰さん、大丈夫かな……？

ソファの上で膝を抱え込んで顔を伏せたとき、玄関から物音が聞こえてきた。勢いよく立ち上がった織絵はリビングを飛び出して走り出す。

彰が玄関ホールで座り込んでいた。

「大丈夫ですかっ⁉」

しゃがみ込んで彼の顔を覗《のぞ》き込《こ》むと、いつもより目元と耳が赤い。強い酒の匂いを放っており、体力を消耗したのか肩で息をしてつらそうだ。

「すまん、水……」

うつむく彰が呟いたので、織絵は慌ててミネラルウォーターとグラスを持ってきた。

グラスに注いだ水を一気に飲み干した彼は、ネクタイの結び目に指をさして緩めるものの、その動作さえ緩慢だった。

初めて見る彰の弱った姿に、おろおろする織絵が動揺しまくった声を漏らす。

「あのっ、吐いた方が楽になるんじゃないですか？」

「……いや、一回、吐いてきた」

「ええっ」

そこまで飲まされたのかと、今日の主催者に憤慨する。とはいえ怒りをぶつける相手はいないので、彰をなんとかする方が先だ。

「とにかく休みましょう。立てますか？」

ためらうことなく彼の脇から抱きつくように体を支え、彰が立ち上がる際の支柱になる。

このとき契約書に記した〝触れてはいけない〟という項目を思い出したが、あれは彰から織絵への接触についてだ。ならば自分が触るのはセーフのはず。と、都合よく解釈して彰を支える。

彼の方は酔いが回っているのか、抵抗せずによろよろと歩き出した。ときどき壁に手をついて止まってしまうが、このまま床に座り込んだら眠ってしまいそうなので、必死に励ましながら織絵の寝室へ向かう。

「今日は下で休みましょう。階段を上るのは危険ですから」

織絵は現在、ゲストルームを自分の部屋として使っている。ちょうど一階の寝室が空いているのだ。

がらんとした寝室へ入ったと同時に、彰の体が震えて歩みが止まった。よろめく彼は壁に背を預け、がくりと頭を前に垂らして動かない。

「わわっ、待ってください、座るならベッドへ！」

だが彰は顔を伏せたまま目を閉じてしまう。

「彰さん、もうちょっと頑張ってください。とりあえず上着は脱ぎましょう。ねっ？」

子どもに言い聞かせるように告げてコートを脱がせようとすれば、彰は大人しく頷いた。これ幸いとジャケットとウェストコートも一緒に脱がせ、ネクタイを引き抜く。

彰のスーツやコートはオーダーメイドの高級品だ。床に落とすのは気が引けて、織絵は衣服を左腕にかける。

このとき彰が小さな声を漏らした。

「……俺に、触っても……、大丈夫、なのか……？」

「え、あ、大丈夫です。気にしないでください。それよりベッドで寝た方が——」

「なんで俺を…………れないんだ……」

「彰さん？」

声が小さすぎて聞こえなかった。織絵が彼の口に耳を寄せた途端、彰が思いっきり抱き締めてきた。

「ぐえっ！」

カエルが潰されたかのような声を上げる織絵に構わず、ものすごい力で妻を持ち上げた彰は、大股で歩きベッドに押し倒した。

「せめて……でくれれば……」

彼が耳元で呟いているが、織絵はそれどころではない。

——おおっ、重いぃ……っ！

彰の正確な体重は知らないが、長身で筋肉質の男性が遠慮なく体重をかけてくれれば、重いに決まっている。

胸が圧迫されて苦しく、慌てて彼の両肩をつかみ必死に持ち上げるがビクともしない。それどころか織絵の背中へ回された逞しい両腕が、さらにガッチリと抱き締めて身動きが取れなくなった。

「あきら、さん……」

初夜以降、ただの一度も触れようとしなかった彼が、契約を破って抱き締めてくる。想像さえしなかった事態に驚き、人肌の温かさと男性の体躯の硬さを自らの肉体で感じ、硬直してしまう。だがそれは恐怖ではなく、かつて味わった快楽を思い出したからだった。冷えた肌を這《は》い回《まわ》る大きな手のひらの感触と、そこから生み出される気持ちよさを体が覚えていて。

彼の腕に捕らわれて動けない状況は、初夜に両腕を拘束された状態に似ているから、余計にいやらしい記憶を反芻《はんすう》してしまう。乳房を揉みしだく指の卑猥な動きや、胸の尖りを美味しそうに味わう唇と舌を思い出して。

一瞬にして頭に血が上り、カッと顔面が紅潮する。あられもなく善がった自分の姿を妄想して体が萎縮した。

それでもやはり嫌悪感は抱かなかった。

――酔っぱらってる、から……仕方ないわよね……？

自分は深酒をしたことはないが、酒に強い彰が酔い潰れたのなら、相当の量を飲まされたはず。錯乱《さくらん》状態になってもおかしくはない……と思う。

しかも彼は妻を押し倒したまま動かないのだ。眠ってはいないようだが、こういう場合はどのようにふるまえばいいか分からないため、とりあえず大きな背中を撫でてみることにした。

ワイシャツのさらりとした手触りを心地よく思いながら、撫でがいのある広い背中を慰撫《いぶ》し続ける。

このとき突然、耳を舐められた。

「ひゃあっ」

　ぬるりとした温かい感触に身を竦めると、彼は唇ではむはむと甘噛みまでしてくる。

「君は、優しいな……いい女だ……すごく……」

　耳朶《じだ》を舐めながら囁いてくるからくすぐったい。というか、今の彼は正気なのだろうか。

　――正気だったら、こんな……殺し文句みたいなセリフ、言わないよね……？

　酔っ払いの戯言《ざれごと》だと自分に言い聞かせる。

　それでも〝いい女〟とは以前にも言われた覚えがあって、どうやらあれはその場のノリ的なリップサービスではなく、彼の本心ではないかと期待する。

　その途端、胸の高鳴りが止まらなくなり、早鐘を打つ心臓の音が漏れて彼に聞かれている気持ちになってきた。

　嬉しくて切なくて胸がいっぱいになって、涙があふれそうだ。

　泣き出したいような情感に身を任せると、背中を撫でていた自分の腕に自然と力がこもって彼を抱き締め返す。

　そのとき。

「……好きだ」

　ぴくんっと織絵の体と心が大きく弾んだ。何度も激しく瞬《まばた》きをして天井を見つめ、口内に溜まった唾液をごくりと飲み込む。

「そ、れは……私の、こと、ですよね……？」

思わず彼と同じように耳元で囁いた。

念押ししてしまうのは、女性不信の彰が妻を好きになるものだろうかと、一抹の不安が消えなかったせいだ。この状況では告白されたとしか思えないとしても。

しかしいくら待てども、彰から返事はなかった。しかも覆《おお》いかぶさる肉体の重量がさらに増したように感じる。

完全に脱力して体重を預けてくるのだ。

「ぐぅっ、ぐるじぃぃ……っ」

息苦しさにときめきも淡い気持ちも吹っ飛ぶようだった。圧迫による呼吸困難の想像まで脳裏に浮かび、必死になって彼の下から抜け出す。

彰は気持ちよさそうに寝息を立てていた。

「……なんなのよ、もう」

はぁはぁと肩で息をする織絵は、悔しそうに彼の耳をぐいーっと引っ張って八つ当たりをしておく。熟睡している彰は身じろぎさえしない。

しばらくの間、あどけなくも感じる美しい寝顔を見つめていた織絵は、はーっと肺を空にするほどの深いため息を吐き出して立ち上がった。

結局、床に落としてしまった彼の衣類を、皺を伸ばしながら腕にかける。このときジャケットの胸《アウト》ポケットから小さな光が零れ落ちた。

音もなく部屋の隅に転がっていく光の軌跡が壁で止まる。それを目で追って近づいた織絵は、きょとんとした表情のまま壁際にしゃがみ込んだ。

初夜で織絵が指から引き抜いた結婚指輪がそこにあった。

まじまじと見つめる織絵の顔に戸惑いが浮かんでくる。やがて細い指が、かつて己のものであったプラチナの細いリングをつまみ上げた。

手のひらの上に載せると、ひんやりとした冷たさを感じさせる。それはあのときの自分の心のようで、永遠を誓ったはずの指輪が夫婦の現状を示している気がして、悲しかった。

指輪ごと左手を握り締めて彰を思う。

——なんで、私の指輪を持ち歩いているの……？

捨てるためか。……いや、それならこんなふうにポケットに入れる必要はない。ゴミ箱に放り込めばいい。

いつか妻に返すつもりなのか。……違う。やはり持ち歩かずとも、部屋の中で保管すればいいだろう。職場に持っていかなくても。

では、単に持ち歩いていただけなのか。

——毎日？　それとも今日だけ？

今日だけ持ち歩いて、偶然転がり落ちたなんて考えにくい。おそらく毎日スーツのポケットに入れていたのではないか。

……たまに取り出しては見つめていたのだろうか。

このとき唐突に、彰とホームセンターへ行ったときのことを思い出した。

彼の容姿に惹かれて声をかけた二人の美女は、男性だけが指輪をはめていることで、織絵たちの関係性を勘繰ってきた。

この後に年末年始に入って、夫婦で動く際に彰が指輪を着けたり外したりしていることがあったが、何か理由があるのだろうと大して気にしなかった。指がむくんできつく感じるとか。

しかし今になって思えば、新婚夫婦の妻だけが指輪をしていないのはおかしい。逆ならともかく、そういったことに目ざとい女性は必ずいる。おそらく人と会うときにだけ指輪を外していたのだ。なのに織絵は指輪について特に意識しなかった。

……意識しなくて済むよう、自ら外した指輪を罪悪感からはめなくて済むよう、彼が気遣ってくれたのだとようやく気がついた。

――私は本当に彰さんに守られている。

握り締めた手のひらを開くと、人肌の温もりが移った温かいリングが光り輝いた。先ほどのような冷たい印象はなく、心が凍りつく気分を感じることはない。それどころか胸がドキドキと高鳴って顔全体が火照る。

心が熱く、高揚感が膨らんで落ち着かなくなってきた。自分たちしかいないのに周囲をキョロキョロと見回してしまう。

『好きだ』

あの言葉は、彼の本心なのか。それとも酔った勢いで漏らした戯れなのか。それとも使用人としての信頼から出た言葉なのか。

男心がさっぱり分からない織絵だったが、彰が大切にしている指輪がこうして転がり落ちて傷ついたり、紛失につながるのは嫌だと強く思った。

織絵は眠りこけている彰の秀麗な顔を見つめてから、自分の部屋へと足を向けた。

翌朝、メイド服を着て朝食を作っていたところ、ものすごい勢いでリビングの扉が開いて壁にバウンドし、すさまじい音が響き渡った。

小さな悲鳴を上げて身を竦めた織絵が振り返ると、寝ぐせで髪が乱れ、無精髭《ぶしょうひげ》が生えた彰が蒼ざめた顔で入り口に突っ立っている。

「おっ、おはようございます。いったい、どうしたんですか……」

手を拭いて彰に近づくものの、彼は目を血走らせて織絵を見つめたまま動かない。錯乱しているのかと織絵は不安になるが、同時に心の中で「こんな姿でもイケメンだなぁ」と心から感心する。

「あ、お水を飲みますか？　まだお酒が抜けていませんよね」

冷蔵庫へ向かおうと踵を返した途端、待ってくれ、との弱々しい声に動きを止める。

「……なんで、俺は、君の部屋で寝てたんだ……？」

「覚えてないんですか？」

頷く彰は、記憶は消えているというか、あやふやで正確には分からないと告げた。

——そっか、忘れちゃったのか……

本人に昨夜の真意は聞けそうにない。やや残念に思いながらも織絵は説明する。泥酔した彰を二階に連れて行くのは危険だったため、階下の寝室へ案内したと。

それを聞いた彰は大きく息を吐き出してうつむき、背中を丸めた。

「そうか……よかった。いや、よくはないな。迷惑をかけてすまない……」

「私はゲストルームを自分の部屋にしているので、あの寝室が客間のようなものです。気にしないでください」

「……そうなのか？」

「はい。ですから本当にお気になさらず」

彼のことだから、酔った勢いで織絵の部屋に乱入したと考えたのかもしれない。リビングに入ってきたときの形相はひどいものだった。

そこで悪戯心を発揮した織絵は、「ちょっとこちらに座ってくださいますか」と彰をソファに誘う。

まだ衝撃から抜け出ていないのか、彼は大人しく付いてきてくれた。

彰の隣に並んで腰を下ろした織絵は、ポケットからプラチナのリングを取り出す。

「――それっ！」

限界まで目を剥いた彰が仰け反り、口を半開きにして硬直する。

その反応から、私に見つけられたくなかったんだな、と気づいた織絵はあえて微笑んだ。

「ジャケットから落ちたんです。このままポケットに入れておいたら、いつか失くしますよ」

話しながらプラチナの丈夫なネックレスチェーンも取り出し、指輪に通して彼の目の前に掲げる。

このチェーンは年末の挨拶回りの際、彰が買ってくれた装飾品の一つだ。

「お嫌いじゃなければ、この方が紛失を防げるかと思いまして」

指輪について追及せず、微笑んで提案する織絵の落ち着いた様子に、彰は妻を凝視したまま、うんともすんとも言わない。

いつもの調子を取り戻せないのか、彼の全身から動揺や疑問、若干の怯えさえも感じられる。手のひらが汗ばんでいるようで、皺のついたスラックスにこすりつけている。

スーツの皺を認めた織絵は、早く彼に身支度《みじたく》をさせなければいけないと、使用人としての使命を思い出した。

「彰さん、後ろを向いてください。首にかけますので」

「え、あ……」

いまだに頭が真っ白になっているらしい彰は、数拍の間を空けてのろのろと背中を見せた。シャツも皺だらけだと思いながら、織絵はチェーンの両端を左右の手に持つとソファで膝立ちになる。

ペンダントトップになった指輪を、そっと彼の首元に垂らした。

彰を背後から見下ろすアングルは初めてのことで、不意に織絵は奇妙な感慨《かんがい》を覚える。

急所となる背面をさらけ出してくれる信頼感、とでもいうのだろうか。しかも両腕とネックレスで作った輪で彼の頭を閉じ込め、逞しい首にチェーンを——首輪をつけるという倒錯的なことを考えて、ドキドキと心拍数がはね上がる。

——私、こんな性癖だったっけ……?

高揚感が炎となって体の芯を炙り、熱を持った血潮が全身を巡って、肺の空気が熱せられるよう。

熱い吐息を漏らせば、無意識のうちに色っぽい官能的なため息になった。女の色香が綯《な》い交《ま》ぜになった蠱惑的《こわくてき》な吐息に、男の体が小さく揺れる。

織絵は初めて知る己の内面にドギマギして、彰の動揺に気がつかない。おまけに精神が昂っているせいでチェーンの留め具がうまくはめられない。彼のうなじで織絵の指先が幾度も肌をかすめる。

ふと、発熱したかのような彼の熱い体温を感じて、織絵は目を瞬いた。

「もしかして熱が出ていませんか？　ちょっと失礼しますね」

背後から彰の額に手のひらを当てる。……特に高温というわけではない。寝起きで体温が上がっていただけかもしれない。

このとき彰が何事かを呟いた。

「ん？　何かおっしゃいました？」

彼の顔を後ろから覗き込むと、彰は膝の上で固めた拳を睨みつけ、上ずった声で何かを唱えている。

「……如是我聞一時仏在舎衛国祇樹給孤独園与大比丘衆千二百五十人倶皆是大阿羅漢衆所知識長老舎利弗……」

——えっ、これってお経？

早瀬家では夏の終わりに先祖の法要を執り行い、一族のほとんどが菩提寺《ぼだいじ》に集まるという。その際に参列者もお経を読むと義母が正月に教えてくれた。

『結婚したとき覚えるのがすっごく大変だったから、織絵さんも今から少しずつ覚え始めた方がいいわよ。口パクは結構バレちゃうから』

と、他家から嫁いできた義母は苦笑していた。

昔からのしきたりならば、早瀬家に生まれた彰ならお経を唱えることができるだろう。

ただ、なぜ、今？

疑問が脳内を占めて、彼の広い背中を見つめたまま呆けてしまう。するといきなり彰が勢いよく立ち上がり、下腹部を押さえながら脱兎《だつと》のごとくリビングを出て行った。

――トイレに行きたかったのかな？

不可解な彼の行動に首をひねる織絵だが、「指輪を返すことができたから、まあいいか」と考え、朝食作りの続きをのほほんと再開するのだった。

第三章

結婚式を挙げたあの日。

二階の自室で仕事をしていた彰は、窓を揺らす風雨の音で集中が途切れた。すでに外は暗くなっている。

この少し前、妻になった女性から夕食についてのメッセージが届いた。自分は気にも留めず、『好きなようにしてくれ』と素っ気ない返信をして、彼女のことはすっかり忘れていた。今どうしているのか。

スマートフォンでメッセージを確認すると、『では、すぐにご用意しますね』との最後の連絡から一時間ほどが経過していた。

——用意すると言っても、冷蔵庫は空に近いだろ。食材を買いに行くにしても、この天気では……

仕事に没頭していたため、外の雨がいつから激しくなっているのか思い出せない。式場から帰って来るときは降っていなかったはずだが。

そこまで考えた彰は、「まあ、コンシェルジュに頼んでなんとかするだろ」と、すぐに思考を放棄した。妻とはいえ女のことで労力を割《さ》かれるのは煩わしい。仕事の続きをしようとパソコンに向かい合った。……しかしなぜか集中力が戻らない。

雨風が強くなってきたせいかもしれない。

……彰はなんとなく、本当に理由もなく過去に想いを馳《は》せた。

十ヶ月ほどの婚約期間中、何度か義務的に彼女を食事に誘い、ある日のデートはホテルの高層階にある〝夜景が綺麗に見えるレストラン〟だった。

とはいえこの日は朝からあいにくの雨で、夜景は雨のベールに包まれて濁って見えた。しかも天気予報では雷注意報が発表されており、分厚い黒い雲が都内を覆っていた。

空を見渡せる窓際の席に通された彼女は、食事が始まる前から落ち着きがなかった。

いつもの彼女なら素っ気ない婚約者へも笑顔を絶やさず、気丈に振る舞っていたが、この日は口数が少なく、食もワインも全然進まない。

具合でも悪いのかと彰は思ったが、当時は婚約者に対して親切心さえも抱くことができず、それを問うこともなかった。

しばらくすると雨脚が強くなり、遠くでゴロゴロと雷が鳴る音が聞こえて、彼女の顔色がどんどん蒼ざめていく。

彰が窓へ視線を向けたと同時に、すぐ近くの雲が光を放って轟音《ごうおん》が鳴り響いた。

すごい音だな、と平坦《へいたん》な感想を呟いたとき、真っ青になった彼女が席を立って洗面所へ向かった。

なかなか戻ってこない彼女を不審に思ったとき、店のマネージャーから、『お連れ様の体調が悪いようです』と言われ、慌てて織絵のもとへ向かう。

ホテルなのでトイレは店の外にあり、長い廊下の途中で、彼女は壁に寄りかかるようにして蹲《うずくま》っていた。

大丈夫です、と彼女はか細い声を漏らしたが、体は小刻みに震えている。食事は中断して家まで送り届けることにした。

まだ早い時刻に娘が帰ってきたせいか、坂井夫人は眉を顰めていた。

『まあ、なんてこと……』

娘の失態を非難する口調に、彼女を心配するニュアンスは感じられなかった。

彰は恐縮する坂井夫人に引き止められたが、義母となる人でも女性は苦手だ。織絵を引き渡して帰ろうとした。

このとき家の奥から、『雷が鳴ってたもんねー』と、のんびりした女の声が聞こえた。この家の長女のものかもしれない。

――もしかして雷が苦手だったのか？　それなら今日の席は苦痛だっただろう。

言ってくれれば席を替えたのにと肩を竦め、すぐに彼女のことは意識から締め出した。デートが早く終わったなら仕事の続きをしたかったから。

……そんな過去を、新居の窓から見える雨風で思い出し、彼女のことを連想した。

彰は迷いながらも立ち上がって階下へ降りる。リビングにもキッチンにも妻の姿はなく、玄関へ向かうと彼女の靴が消えていた。明り取りの窓から見える外の景色は、雷こそ鳴っていないものの豪雨と化しているのに。

――もう逃げだしたのか、早いな。

諦めが混じるため息を漏らしたと同時に、それも当然かと自嘲の笑みが零れ落ちる。こんな非情な男が伴侶では、自分が彼女の友人なら「結婚なんてやめておけ」と説得するだろう。

そこまで考えて、己の矛盾した思考に右手の拳を握り締める。

いったい、自分は彼女をどうしたいのか。妻にした女性をこうも粗略《そりやく》に扱って、逃げるように仕向けるなど何様のつもりだ。

思わず壁に背を預けて天を仰ぐ。

彼女の姿を脳裏に浮かべると、初めて会った見合いの席を思い出す。

落ち着いた大人しい印象の、唯々諾々と男に従う人形のようなお嬢様。以前の婚約者たちと違うところといえば、自己主張をまったくしないことか。

織絵がこちらに何かを望んだことは一度もなかった。

十ヶ月もの婚約期間中、デートとも言えないような食事を繰り返し、ビジネスディナーと大差ない会話しか交わさなかった。女性の中には自分の理想と違う彰に幻滅し、去っていくのではなく、彰自身を変えようと躍起になるタイプが多かったのに、織絵は一向に変わらなかった。

ただ静かに、自分の半歩後ろを歩いているだけ。

もしかしたらこの子は違うのではないかと、心のどこかで期待したこともある。だがすぐに己の甘い考えを打ち消した。

そうやって次こそは、今度こそは、と期待を持ち続けるから女に付け込まれるのだ。彼女だって今は変わらずとも、結婚したら馬脚を露《あらわ》すか、豹変するかもしれないのに。

今までずっとそうだった。彼女だけが違うなんて甘い夢を信じるなど不可能だ。結婚したからには自分が相手を裏切ることはないが、その相手が同じ誠意を返してくれるとは限らない。

長く共に暮らして、情が湧いた後に裏切られるのはつらすぎる。

――どうしてここまで女運が悪いんだよ。俺、前世で悪行の限りを尽くしたのか？

こんなふうに考えるとき、いつも自分と似た容姿を持つ兄を思い出す。彼も政略結婚ではあるが、理想の女性を見つけて見合いに持ち込み、我が世の春を謳歌《おうか》していた。

同じ親から生まれた兄弟で、どうしてこうも違うのだろう。

――羨ましい。本気で羨ましすぎて妬《ねた》ましい。

それというのも早瀬家は両親の仲がとても良く、愛情が絶えない幸せな家庭で育った兄弟は、親たちがロールモデルになっている。彼らのように愛情でつながる伴侶を迎えたいと、漠然と考えていた。

あれだけ女の嫌な面を見続けていながら、彰はいまだ女性に夢を抱いているのだ。

兄いわく、『おまえは女運が悪いのもあるだろうけど、相手が女だと情に絆《ほだ》されやすいんだよ。そこを相手に見抜かれてハメられる』とのことだった。

一人勝ちしている兄の言葉を思い出し、ムカムカした彰は頭を左右に強く振る。壁に寄りかかったまま窓越しに外を眺めた。台風並みに風と雨が横殴りに降っている。

彰は次第に、もう彼女は帰ってくることなどないと思い込んだ。これほど悪天候のときに家を出るなんて、やはりここから逃げ出したい気持ちがあるからだと。

新婚だというのに、傷つきすぎて臆病になった心が保身に走った。気分がどんどん沈んでいく。

こんな想いを抱いて夫婦生活を続けるぐらいなら、彼女の顔を見ていたくない。夫婦同伴のときだけ妻の役目を果たしてくれれば、それで十分ではないか――

……彰はたまに、時間を巻き戻すことができるなら、この時点に戻りたいとよく思う。織絵を心配する気持ちは心の片隅にあるのだから、彼女を信じなくても人として尊重しろと己を説得したくて。

そうすれば濡《ぬ》れ鼠《ねずみ》で帰ってきた彼女を、まず案じることぐらいできたはずだ。手に持っていた荷物から、やはり夕食の買い物に行っていたのだと察することもできたはず。

――時間を戻せたなら……

あれほど彼女を傷つけることはなかったのに。

これほど後悔し続けることもなかったのに。

三月上旬の、まだまだ気温が低く春を感じさせない水曜日。

午後十時、隠れ家的な料亭で接待相手を見送った彰は、秘書に明日の指示を出してからすぐに帰宅の途《と》に就《つ》いた。

今朝の天気予報では、日本付近で急速に発達した低気圧が、夜になって春の嵐を巻き起こすだろうと告げていた。それは正解だったようで、日中はここまで強くなかった雨風が横殴りに降っている。スマートフォンの天気ウィジェットには、強風注意報が表示されていた。

――あのときも窓を鳴らす強い雨と風に、織絵を思い出した。

初夜のことを想い返すたびに、彰の心は悔恨と罪悪感に責めさいなまれる。

早く織絵のもとへ帰りたいが、この強風ではハイヤーも慎重に走らざるを得ない。速度を上げられないことがもどかしい。

彰は諦念のため息を吐いて目を閉じた。

結婚前までは、移動や隙間の時間は仕事のことしか考えなかった。なのに今は自然と妻を思い浮かべてしまう。特に今夜は、『もうすぐ帰る』とのメッセージを送ったのに、いまだ既読がつかないのが不安だった。

このとき北西の空が一瞬光って、暗雲の輪郭を浮かび上がらせる。遠くに雷鳴も轟《とどろ》いており、こちらに近づいてくるかもしれないと思った。

再びスマートフォンのメッセージアプリをチェックする。自分が帰宅の連絡を出したのに、彼女から反応がないのは初めてだ。

早く帰ると送れば、『ご飯を温めますね』とか、今日のような接待帰りのときは、『お疲れ様です。お風呂を用意しておきます』といったテキストと一緒に、可愛らしいスタンプが送られてくる。

そのチョイスが三十路《みそじ》の男には面はゆく感じるほど可愛らしく、微笑ましい気持ちになって疲れが癒やされた。

同時に、妻との間にある十三年もの年齢差を感じて落ち込むこともあった。

考えてみれば織絵は、今月末にようやく二十三歳になる若い娘だ。しっかり者の彼女も、言動に幼い部分が出るときもある。契約以降、よく見せてくれるようになった裏表のない明るい笑顔は、可愛さの中にあどけなさを含んでいた。

彰はそんな妻を見るたびに、俺の奥さんが可愛いと思う反面、胸にしみ込んだ罪悪感が痛みを生みだして呼吸が苦しくなる。

近寄らないでと、もう私に触らないでと、泣いて叫んだ彼女の声と表情が脳裏に貼りついて離れなかった。

——俺、一回死んだ方が彼女のためかも……

それだけのことをしたと自覚している。

『……私は彰さんのことを、もう恨んでなんかいません。今が幸せだから、この生活を与えてくれたあなたを尊重しています』

恨みはないと言ってくれた彼女だが、本当に許されたとうぬぼれてはいない。笑顔を向けてもらえるからといって、彼女の中で自分がしたことは永遠に残っている。

なのに憎まれることがないのがつらかった。愛憎なんて言葉があるように、憎しみの裏には愛があると彰は考えている。彼女が笑ってくれると嬉しい反面、もう男としての関心はないと言われている気がして。

——いや、気がしてじゃなくって、男としては見られていないよな……

尊重しているとの言葉通り、敬愛は常に感じている。だがそれは雇用主とか上司に対するもので、その気持ちに愛は含まれていない。

敬意や尊敬は誰にでも抱くことができるけれど、愛は一人だけだ。これらを同じだと思っている人間もいるだろうが、彰は明確に違うと考えている。

自分は敬《うやま》われたいわけじゃない。

――俺となら破滅の道を進んでもいいと思ってくれる、唯一の愛情が欲しかった。

初夜のとき、出て行くと泣く彼女を引き止めたのは、坂井家に精神的に囚《とら》われている彼女を、その呪いから解放してあげたかったのもある。身勝手に傷つけた彼女へ、償いたいと思ったのもある。

最初はそれぐらいの気持ちしかなかった。

しかし純粋無垢《むく》で優しい彼女と一つ屋根の下で暮らし、契約とはいえ自分の帰りを待って健気《けなげ》に身の回りの世話をされたら、どうしても意識してしまう。

あれほど女から裏切られるのを、相手の変容を恐れていたくせに、あっという間に彼女に堕《お》ちた。

織絵になら裏切られても仕方がないと、恋心に負けた。

なのに初めて欲しいと思った女性は、自分から触れることができなくなった。

――せめてもっと俺を憎んで、恨みをぶつけてくれたら……

だがすぐに彰の口から、嘲りを含む乾いた笑い声が漏れた。

どうせそのときはそのときで苦しく思うのだろう。人間は本当に馬鹿で身勝手で救いようがない愚かな生き物だ。

彼女のためにも、このままプラトニックの関係でいる方がいい。生涯、死ぬまで彼女に触れることは許されないと覚悟している。

――生涯って言ったら、俺の寿命が八十歳として、もうちょっとしたら三十六歳になるから、残り四十四年か……。一年が八千七百六十時間だから、残り三十八万五千四百四十時間……長いな、早く死にたい……

それだけの時間を妻に捧《ささ》げたら、来世は彼女ともっといい出会いができるだろうか。それとも出家した方がいいのだろうか。神も仏も信じてはいないが、とりあえず毎日お経を唱えた方がいいだろうか。それとも写経するべきか。

だんだんと思考がおかしな方向へずれていく。

なかなか家に着かないのがいけない。こうやって彼女について考える時間が続いてしまう。

彰は背中をシートに預けてぼんやりと窓の外を眺めた。彼女に憎まれたいなんて考えていたせいか、頭の奥の方で記憶がざわめいている。

『なんで俺を………れないんだ……』

なんで俺を憎んでくれないんだと、あのとき八つ当たりのような気持ちが心に渦巻いた。

『せめて……でくれれば……』

せめて憎んでくれればと、恨みにも似た願いがあふれそうで、それでも彼女が愛《いと》しくてたまらなくて、細い肢体を思いっきり抱き締めてベッドに押し倒して――

「……え？」

彰の脳内でいきなりパンドラの箱が開いた。だんだんと鮮明になる記憶に彼は限界まで目を見開く。

勢いよく片手で口を押さえ、叫び出したい衝動を必死にこらえた。バクバクと激しい鼓動を打つ心臓を、もう片方の手でスーツの上から押さえ込む。

——思い出した……っ！

しばらくの間、その状態で荒れ狂う激情にひたすら耐える。だいぶ時間がかかったものの、やがて気持ちが落ち着いてから大きく息を吐き出した。

手の甲で額に浮いた冷や汗をぬぐい、再び窓の外へ視線を向けながら酔い潰れた夜のことを思う。

あのとき、たしかに好きだと本音を漏らした。密着していたのだから彼女も聞いていたはず。

それで翌朝、指輪のネックレスをつけてくれたり、額に触れてきたのだろうか。

しかしそれ以降は普通の態度だったと思う。……もしかして聞こえていなかったのだろうか。それとも聞いていていて無視した、とか。

ショックでうなだれる彰は両手で頭を抱え込んだ。

あの夜、本当はあれほど飲まなくても帰ることはできた。なのに自分が酔い潰れたら織絵が心配してくれると、卑怯《ひきょう》で狡猾《こうかつ》なことを期待したのだ。

……ばちが当たったらしい。真意を測《はか》りかねて、しばらく眠れない日々が続きそうだ。

そう呻《うな》る反面、もっと彼女を舐めておけばよかったと馬鹿なことを考えていた。

いつもよりかなりの時間をかけて帰宅すると、今日に限って彼女は玄関ホールに姿を現さない。彰は急いでリビングへ向かったが、そこにも織絵の姿はなかった。彼女は先に休んでいなさいと言われても、健気に夫を待っているのに。

――まさか、出て行ったとか……？

契約途中で姿を消す子じゃないと分かっていても、悪い予感に全身から冷や汗が噴き出す。

「織絵ちゃ……、織絵、どこだ？」

父親が家庭内では妻を、「朋子《ともこ》ちゃん」と臆面もなく呼んでいることに影響されて、彰も脳内では妻を「織絵ちゃん」と呼んでいたりする。兄も妻をちゃん付けで呼んでいるから、これはもう刷り込みなのだろう。

油断すると声に出るため、やめようとは思っているが。

そんなことを考えながら彰はゲストルームへ足を向ける。もしかしたら体調が悪くて横になっているのかもしれない。

だがドアをノックしても返事はなかった。

もし眠っているなら起こすのは申し訳ない。しかしメッセージさえ確認できないほど弱っていたとしたら、遠慮している場合ではなかった。

「すまない、入るぞ」

やや大きめの声で宣言し、そっとドアを開けると中はもぬけの殻だった。すぐさま隣の寝室を確認するが、やはり織絵はいない。

——もしかして風呂に入っているとか？

一階のバスルームは二階より広く、専用の中庭に面した大きな窓もあって、織絵は『開放感がすごいんです！』とバスルームを気に入っていた。

風呂のドアを開けるわけにはいかないと彰がためらったとき、ふとベッドメイクが乱れていることに気がついた。織絵はこの部屋を使っていないため不審に思う。

契約以降、彼女のプライベートには極力立ち入らないよう努力しているため、酔い潰れた翌朝まで織絵がゲストルームを自室にしているとは知らなかった。

おそらく初夜を思い出すベッドを使いたくないのだろう。なのにそのベッドシーツが剥がされている。

家を管理している几帳面《きちようめん》な彼女が、使っていない部屋とはいえ、このような状態にしたままとは思えない。間違いなく彼女はここに来たはず。

部屋をぐるりと見回す彰は、ウォークインクローゼットの扉で視線を止めた。近づいて扉をノックしたところ、中からかすかな音がする。

勢いよくドアを開けたのと同時に、彰の背後の窓で雷が光った。

ドンッ！　と、近くに落雷したかのような大音量が鳴り響き、ウォークインクローゼットの中から悲鳴が上がった。

「織絵！　大丈夫かっ⁉」

ウォークインクローゼットの隅に、シーツと毛布でできた布の塊があった。慌てて近づいた彰が布を引き剥がすと、目を真っ赤にしたメイド服の織絵が自身を抱き締めて蹲っている。

「彰さん……っ！」

彼女は夫を認めて泣きながらしがみついてきた。華奢《きやしや》な肢体を抱き留める彰は硬直する。

——彼女から抱きついてきたから、これはセーフだよな……？

若干ドキドキしながら、震える彼女を抱き締めて背中を撫でておく。

涙を零して怯える織絵は、力いっぱい彰にしがみついて離れようとしない。雷が光ったり鳴ったりするたびに体を震わせ、細腕に力がこもる。

しばらくすると少し落ち着いたのか、腕の中で「ごめんなさい」と弱々しいかすれた声が響いた。

「気にするな。雷が怖いんだろ？」

「……はい。両親を……、亡くしたときを、おっ、思い、出して……」

「ご両親の……たしか玉突き事故に巻き込まれたって言ってたよな。今日みたいな天気だったのか？」

小さく頷いた織絵は恐怖を紛らわせたいのか、雷鳴に悲鳴を上げながらも、ぽつぽつと話し出した。

「あの日は、中央道を走ってて……突然、激しい雨が降ってきたんです……。でもお父さんは、いつも安全運転を心がけていて……、そんなに速度は、出していなかったんですよ……」

雷を伴う局地的な集中豪雨のため、織絵の父親は慎重すぎるほどに走っていた。

視界不良のうえ、豪雨の影響で土砂や大きな岩が高速道路上に流れ込み、前方を走るワゴン車が急ブレーキを踏んだ。このとき村沢家の車の横に大型トラックが走っていた。

様々な要因が絡まり合い、織絵たちは横転したトラックの下敷きになった。

フロント部分から前部座席が大破。織絵が重傷を負いながらも助かったのは奇跡だと言われていた。

「……事故直後のことは、あまり覚えていないんですけど……ものすごく体が痛くて、周りがうるさくて、それで目を開けたら……車体の隙間から、雷の光が見えたんです……」

天を引き裂くような光が幾度も視界を染めて、地を揺るがす轟音が聴覚を狂わせるようだった。

このとき動けない織絵の意識に光と音が刻み込まれた。

血の匂いと共に。

……それ以上は話せない様子の織絵は、彰の胸に取り縋ってむせび泣いた。彼女の背を撫で続ける彰は、空いた手で頭部も優しく撫でる。

――それでこんなにも怯えているのか。

女性は雷を恐れるという一般論に当てはまるわけではなく、稲妻が命を脅《おびや》かす現象になってしまったのだ。

しばらくの間、彼女を慰めていた彰だったが、やがて意を決したように肢体を抱き上げた。

このベッドに彼女を下ろすわけにはいかないと思い、部屋を出る。一瞬、隣のゲストルームに運ぼうと思ったが、あれはシングルベッドで狭い。

迷ったのはほんの数秒だった。彰はすぐにリビングへ向かうと階段を上り、自分の寝室のベッドに織絵をいったん下ろそうとする。

　しかし泣き続ける彼女は、男の首にぎゅっと縋りついて離れない。仕方なく彰はコートを着たまま彼女を抱き締めて横になった。涙が止まらない様子の彼女を撫でながら囁く。

「このまま眠った方がいい。そのうち雷も遠ざかるだろう」

「でも……、メイク、落として、ない……」

「メイクで汚れていようが、可愛いから大丈夫」

　彼女は美人といった顔立ちではないのだが、人を癒《いや》す笑顔が魅力的な愛らしい子だと、彰は本心から思っている。

　抱き締めながら背中を撫で続けているうちに、だんだんと雷鳴が遠くなっていった。それに安心したのか、やがて彼女から寝息が聞こえてくる。

　そっと織絵の顔を見下ろすと瞼が腫れていた。恐ろしい経験を思い出した彼女は、窓のないクローゼットへ逃げ込んで泣き続けていたのだろう。明日からはこまめに天気予報をチェックしなくては。

　彰はそっとベッドから抜け出してコートを脱ぎ、スーツからパジャマに着替えて再びベッドに戻る。織絵のメイド服は脱がせるわけにはいかないので、彼女を起こさないようエプロンだけそっと外して抱き締めた。泣き疲れているのか彼女は目を覚まさない。

　あどけなさが増す寝顔は、思春期の少女のような脆《もろ》さと儚《はかな》さが前面に押し出されている。こうして腕の中に閉じ込めていると庇護《ひご》欲を否応なくかき立てられた。

その反面、愛しい者の肉体と密着しているから、このまま襲ってしまいたい欲望が鎌首をもたげる。

自分から触らないとの契約を破って、体から篭絡《ろうらく》すれば彼女も恋に堕ちてくれるだろうかと、愚かなことを考えてしまう。

「……どうしようもないクズだな」

織絵の元夫を貶《けな》す資格などない。彼女の言う通り、同じ穴の狢だ。

このとき不意にあることを思い出した。はるか昔に付きまとわれた、名前も顔も思い出せない年上の女から聞かされた言葉を。

『恋は麻疹《はしか》に似ている。年を取ってから罹《かか》ると重症化する』

本当にその通りだと、身をもって知る破目になった。寝ても覚めても織絵のことばかり考えてしまう。この先、彼女につらいことが起きないようにと、彼女が幸せであるようにと。

彰は織絵の静かに眠る表情を見つめる。やがて顔を寄せると、唇をそっと触れ合わせた。

体の関係はあっても、キスはしたことがなかった。初夜にキスさえもせずに突っ込むなど、自分がどれだけ不誠実な男だったかを思い知る。

だからこそこうして彼女が苦しいとき、寄り添って慰めることが許される信頼を得ても、いつかすべてを失うことは覚悟していた。

身から出た錆《さび》によって。

『もし俺との生活がつらくなったり、他に好きな男ができたら言ってくれ。必ず君を解放する』

そうでなくてはいけないと、自分に言い聞かせるつもりで彼女へ告げた。それが今になって、心臓を絞られるような痛みを感じる。

――どうかこのまま、俺のそばに……

ふっくらとした唇を啄《ついば》んで離れた彰は、彼女の顔を間近で見られる幸福に喜びながら、胸の鈍い痛みが消えないことを感じて目を閉じた。

§

翌週の土曜日。この日は結婚写真を撮り直す日だった。

仕立てたばかりの色打掛と羽織袴を着た織絵と彰は、挙式当日よりずっと親密な雰囲気で撮影に臨んだ。

織絵の現在の髪はショートボブと短くなっており、和装には似合わないかと思っていたのだが、スタイリストが花飾りを使って見事なヘアアレンジをしてくれた。これには織絵も大喜びで、彼女のはしゃぎように彰も喜びを隠せない様子だった。

帰る頃には正午を過ぎていたため、点心が美味しいというお店へ彰が連れて行ってくれた。熱々の小籠包《しょうろんぽう》や水餃子《すいぎょうざ》など、お腹いっぱいご馳走になった。

上機嫌で帰宅した織絵は寝室のウォークインクローゼットへ向かい、着物や帯を専用のハンガーにかける。ここには今日のために彰が購入した総桐《そうぎり》の収納タンスもあった。このタンスは着物だけでなく、洋服やバッグまでしまえるのがいい。

自室にしているゲストルームに置いてもよかったのだが、なんとなく……、そろそろ、いいかげん、客間ではなく、彰が用意してくれた寝室に戻った方がいいのではと考えたのだ。別に彼からは何も言われていないが。

そこで織絵はウォークインクローゼットの一角をちらりと横目で見る。先週の雷が鳴った夜、自分が蹲っていた位置だ。

織絵の体がもじもじと揺れる。

あの日、雷鳴によって事故の情景と血の臭いを思い出し、頭痛と吐き気が止まらなくなって、窓がない部屋を求めてここに飛び込んだ。光は見えなくなっても音が消えないため、毛布とシーツにくるまって両手で耳を塞ぎ恐怖に耐えていた。

この症状は雷が遠ざかれば治まる。早く消えてくれと心から願いつつ震えていたとき、こちらの姿を見つけた彰に縋りついてしまった。それだけではなく、自分がコアラのようにしがみついて離れないため、そのまま抱き締めて眠ってくれた。意識が消えるまで彼がずっと背中を撫でて慰めてくれたのは覚えている。

翌朝、彰の部屋で起きたときには何が起きたのか分からなかった。すぐに昨夜のことを思い出して悲鳴を上げたが。

身だしなみを整える余裕もなく、そのまま階下へ降りると彼はすでに出勤していた。

休みの日でもないのに寝坊したことにショックを受けて呆然とする。慌ててスマートフォンを確認したところ、彰からメッセージが届いていた。

『おはよう。今日はメイドの仕事を休みなさい。早く帰るから、夕食は外へ食べに行こう』

いつもと変わらない気遣いにあふれた言葉に、穴があったら入りたい気分に陥ったものである。

自分から触るなと言っておきながら抱きつき、あまつさえ寝入ってしまうなど、まるで幼い子どもではないか。彰の足元にスライディング土下座するべきかと、しばらくは頭を抱えてうんうん唸《うな》ってしまった。

以前、彰が酒に呑まれて押し倒してきた翌朝は、織絵の方に余裕があった。原因を作ったのは相手なので、気まずい想いはまったく覚えていなかった。

しかし今回は自分から抱きついてしまった。めちゃくちゃ申し訳なくて恥ずかしい。身《み》悶《もだ》えるほど居たたまれない。

彰が酔っ払った翌朝、動転しまくっていた理由がよく分かる。たぶん彼は、『やっちまった!』と思っただろう。

――私も、思いました……

とはいえ、やはり彼に嫌悪は感じなかった。それどころかまた背中を撫でてくれないかなと、はしたないことを頻繁に考えてしまう。

あれから彰は今まで通りニアミスを避けてくれる。だからあの夜のことは、錯乱した妻を慰めてくれただけと分かっている。

「はあ……」

裏面へ GO!
初回限定 創刊記念
オトナの恋がした
ルネッタLブッ
毎月14日頃 発売
エロス200%で創刊!!
極戀
ワケあり弁護士の
たったひとつの執着
著:あさぎ千夜春
イケメン御曹司と
甘くて不埒な
政略結婚
著:佐木ささめ
電子書籍版配信中!!

★創刊★
書き下ろし
★SS★

『純白の蜜月』

イケメン御曹司と甘くて不埒な政略結婚

佐木ささめ

織絵《おりえ》が長野県から帰って、東京で結婚生活をやり直してから半月後。

彰《あきら》は約束通りサマースキーを楽しめるよう、お盆休みにニュージーランドへ連れて行ってくれた。

人生初の海外旅行、しかも大好きなスキーを思いっきり楽しめ
って、織絵は大変なはしゃぎようである。実に十一年ぶり
ーになるが、少し滑ったらすぐに勘を取り戻せた。
キーは得意であるため、二人して競うように斜面を下っ
自然を眺めながらゆっくり滑り降りたり、と実に充実し
をすごしていた。……のだが。

っ、さん……もっ、起きよう、よぉ……っ」

に織絵が訴えると、局部で愛妻のきつい締めつけ
彰は、体を倒して唇を塞いだ。言葉ごと舌を搦め
じられた織絵は喘ぐしかない。

んくっ、……ふぁあっ」

掛かる男の手が、若い妻の弾力ある乳
色の突起を二本の指でつまんではこ
敷かれている織絵は、強制的に刻
れ、やがてくたりと体の力を抜
をねだるいやらしい締めつけに

彰が顔を覗き込んできた。その麗しい美貌をつねってやりたいぐらいだが、風呂には入りたいので大人しく両腕を差し出した。横抱きにされると、彼の頭部を抱き締めるようにして上半身を密着させる。この方が彰の腕に負担が少ないと最近分かってきたのだ。

それだけしょっちゅう、お姫様抱っこで運ばれている。

屋外の広いウッドデッキに出た途端、織絵の口から「うひゃぁーっ」と変な声が出た。素っ裸で氷点下へ出るのだから当たり前だ。

織絵は急いでお湯をかぶるとジャグジーに入る。温かい湯に浸かれば一安心だった。

「はぁー……気持ちいい」

四、五人は余裕で入れる風呂で脱力していると、背後から彰に抱き締められる。頬や耳に口づけては、だんだんと下がって顎に吸いついてきた。

「それ以上、目立つ場所にキスマークつけちゃ駄目」

織絵は幼い子どもを叱るような口調で諭し、悪戯な唇を人差し指で止める。彰はそれが不満なのか、がぶがぶと指に齧りついてきた。甘噛みを繰り返す彼に織絵はクスクスと笑い出す。

織絵はスキー場に来た初日、夜遅くまで延々と滑っていた。さすがに彰は途中で別荘《コンドミニアム》に引き揚げ、ゲレンデが一望できるリビングで酒を飲みながら仕事をしていた。

このとき、一人でいる織絵がナンパされたのだ。もちろん彼女はすぐに追い払ったが、どうも彰に見られていたようだ。その日の夜、顔と顎の境界線あたりにキスマークをつけられた。

スキーウェアを着ても見えてしまうギリギリの位置。めちゃくちゃ恥ずかしくて、翌日は口元までマフラーをグルグル巻きにしたものだ。

始めた。織絵が性感に屈服しやすい箇所を、
念入りに引っかく。

「あっ、あぁっ……！」

頭を左右に振って涙を零す織絵は、せり上がる快感に仰け反ってびくびくと下腹部を痙攣させた。そのたびに媚肉が剛直を甘く扱き、彰がさらに勢いづくという繰り返しだった。

――あっ、彰さんっ、精力、強すぎ……っ。

彼はいわゆる絶倫というタイプなのだろう。東京で再び生活を共にしてからというもの、毎晩、ときには今みたいに朝から抱かれている。……まあ、彰からは「君の顔を見ると盛って止まらなくなる」と生理的な事情を聞いているので、旺盛な性欲が落ち着くまで織絵は受け止めるつもりだった。

しかし、だ。半月も執拗に翻弄され続けていると、さすがに怖くなってくる。一生このままではないかと。

――待ってそれ無理だからっ。ていうか絶対妊娠する……っ！

いつも子宮からあふれるほど精を注がれているのだ。たまに飲んだりもするが、そういうときは彰がめちゃくちゃ興奮して必ず二回目に突入する。声が嗄《か》れるほど啼かされたあげく、ナカを白濁でぐちゃぐちゃに染められるのだ。

結局、今朝も彰が満足するまでさんざん嬲られ、胎奥に熱い射液をたっぷり放出されて、織絵はしばらく動けなかった。

「うぅ……ゲレンデ、行きたいのに……」

ここはパウダースノーが体験できるスキー場だ。最高品質の雪の上を滑る楽しさを一日中味わいたいのに、体力がついていかない。おかげで外に出るのはいつも昼過ぎだ。

「――織絵、風呂に行くか？」


手にしないですよ」

「……君が、結構嬉しそうだったから」

拗《す》ねたように告げる彰は、自分より一回り以上も年上なのにとても可愛い。思わず抱きついてその頬に口づけた。

「だって生まれて初めてナンパされたんですよ！　まあ舐められているのもあるんでしょうけど、ちょっと感動しました」

うふふ、と楽しそうに笑う織絵は、彰以外の男に興味はないものの、声をかけられること自体に驚いて感心していた。自分のような普通の女でも興味を持つのだな、と。

それに対し彰はみるみる機嫌が急降下していく。

「……その頬に歯型をつけてやりたい」

「だめですー！」

声を上げて笑う織絵が夫の腕の中から逃げ出した。もちろんすぐにつかまって、肩や胸にキスマークを盛大に散らされる。

彰の嫉妬と独占欲の証。所有印はあまり好きではない織絵だったが、今だけは胸がいっぱいで嬉しかった。

――幸せすぎて、どうにかなっちゃいそう。

妻を抱き締めて離そうとしない彼の妬心に、どうしようもないほど心が弾む。夫から底なしの愛情を注がれて、自己肯定感が低い後ろ向きな自分は、もはやどこにもいなかった。

「ふふ、それじゃあ彰さん、今日はずっと一緒に滑ってくださいね」

最愛の人の唇を啄むと、それでは足りないとばかりに舌が潜り込んでくる。

彼の熱意と愛情を受け止めて、織絵は至上の幸福にうっとりとしていた。

もじもじと不気味に揺らしていた体を止めて、織絵はウォークインクローゼットを出る。

リビングへ戻ると二人分の紅茶を淹《い》れることにした。イギリス出張をしていた義父から、お土産に茶葉をもらったのだ。優しい香りと上品な味をとても気に入っている。

このとき背後から、「手伝うことはないか？」といきなり彰が話しかけて、びくっと体を揺らした織絵の手からティーメジャーが落ちた。茶葉が調理台に広がる。

「すまん！　驚かせて……」

「いっ、いえ！　私が、ぼうっとしてた、から」

しどろもどろに答えながら、自分の顔が熱くなっていると感じた。間違いなく紅潮しているだろう。自分だけオタオタしているなんて恥ずかしい……

あの雷がひどかった嵐の夜から、彰をすごく意識してしまう。彼は帰宅すると一階のリビングにいることが増えたため、織絵はキッチンで食事を用意しているときでも、夫の気配を感じ取って落ち着かなかった。

うろたえながらも紅茶を淹れてリビングへ運ぶ。美味しく淹れることができた紅茶は味も香りもよく、満ち足りた気持ちになった。

とはいえ彰と並んでお茶をしていると、なぜか緊張感が膨らんでくる。今までこんなことはなかったのに、彼の感情を読み取ろうと全神経が隣に集中してしまう。

私をどう思っているのか、と。

——いやいや、どう思うって、手のかかる同居人としか思ってないでしょ……そりゃあ大切にしてくれるけど、男の人にしてみれば触れることができない妻ってどうなの……？

初夜のときに彼は、『お互いセックスの相手は永遠に決まってる』と告げた。その後の彼の誠実さを鑑《かんが》みる限り、浮気相手を作ったとは思えない。というか、この忙しい人にそのような時間などないだろう。

以前は彼の生理的な事情など考えもしなかった。でも今は、禁欲が続いて大丈夫なのかと不安を感じる。その裏には、妻がいるのだから妻で解消して欲しいとの想いがあって、つまり彼に抱かれたいとの本音が――

そこまで考えた織絵は悲鳴を上げそうな衝動を必死に飲み込み、意識を変えようと急いで他の話題を考えた。

「あっ、あの！　お義母さんが、ゴールデンウィークに予定がないなら、一緒に海外へ行かないかって、誘ってくださいまして……」

ヨーロッパ方面に滞在したいとの誘いを伝えたところ、彰は露骨に顔をしかめた。

「なんで親と旅行に行かなきゃいけないんだ」

「……そうですか」

「おふくろは息子しかいないから、嫁を構いたいんだよ。真面目に相手をしない方がいいぞ。疲れるだろ」

彼の兄いわく、義理の親とうまくやっていくコツは、『会わないこと』に尽きるらしい。その自論に従い、義兄は妻を自分の母親に会わせようとはしないという。

「単に兄貴が奥さんを囲っていたいんだろうけど」と、彰は白けた表情で付け加えたが。

——それでお義母さん、私と旅行に行きたいとか言い出したんだ。

織絵にしてみれば、伯母という自己中心的でわがままでヒステリックな養母を相手にしてきたため、一億倍も好ましい姑に付き合うのはまったく構わない。多少振り回されても笑顔でついていくだろう。

「まあでも、そろそろゴールデンウィークの予定もたてるか。どこか行きたいところはないか？」

新婚旅行にも連れて行ってない。そう告げる彰の口調に悔恨を感じ取り、ここは断らない方がいいと思った織絵は、ずっと考えていたことを口に出した。

「じゃあ、お墓参りに行きたいです。去年のお盆に彰さんとの結婚を報告して以来、一度も両親の墓参りをしていないので——」

「それなら明日に行こう」

「えっ、明日？」

ゴールデンウィークの話をしていたのではなかったのか。目を丸くして驚く織絵の視界には、今すぐにでも出かけようと意気込む彰が映っている。

「俺は一度も君のご両親に挨拶をしていない。本来なら結婚前に伺うべきなのに、謝らなくては」

「え、いいえ、結婚したときは、伯父たちが親代わりだったので……」

それに両親の墓は、長野県N市の山のふもとにある。田舎の霊園なので公共交通機関が少ないうえ、車で行くとしても時間がかかる。おまけに今の時期は降雪で運転に危険が伴うため、織絵も道中の安全が確保できるまで墓参りは控えていた。

雪解けを待たないと危険であることを必死に説明すれば、彰は渋々と頷いてくれた。

本当に明日にでも墓参りに行きそうな勢いだったので、ホッとした織絵は紅茶に口をつける。

けれどその気持ちが、彰の思い遣《や》りがとても嬉しい。故人となった妻の両親に挨拶をしたいと言ってくれる、彼の誠意が心に温かくて。

「……長野に行くのは久しぶりです。帰りに、寄り道をしてもいいでしょうか」

いつも墓参りの際に、以前住んでいた家の前を通ったり、家族でよく利用した天然温泉に立ち寄ってから帰ることにしていた。それを聞いた彰は首をかしげる。

「住んでいた家って、生家《せいか》ってことか？」

「はい。両親が結婚と同時に建てたって聞いたことがあります。今は他の方が住んでいるので、本当に家の前を通るだけですけど……」

外観だけでも見て懐かしむことができる。そう話しながら寂しそうに織絵が微笑むと、彰は眉根を寄せて不審そうな声を出した。

「なんで他人が住んでいるんだ？　君のご両親の持ち家なら、君が相続したはずだろ」

「そうなんですけど、住宅ローンが残ってたから、家を売却して返済に充《あ》てたと聞きました」

「……住宅ローンを組んだのなら、団信に加入していると思うんだが」

「なんですか、それ？」

家を購入したことがない織絵はきょとんとする。

団信——団体信用生命保険とは、住宅ローンの契約者が亡くなったり、高度障害状態になった場合、残りの借入金を肩代わりしてくれる生命保険だ。例外もあるが、団信への加入は住宅ローンの借り入れとセットになっているケースも多い。

説明を聞いた織絵はふんふんと頷きながら、「じゃあ、うちのお父さんは団信に入っていなかったんですね」と単純に考えた。しかし彰は険しい表情になって腕を組む。

「そうかもしれないが……。なあ、君のお父さんってサラリーマンをやっていたのか？」

「まあサラリーマンですね。勤め先は郵便局でした」

「——郵便局だと？」

地を這うような低い声を出すため、織絵は彼が怒っているかのように感じて竦み上がる。慌てて彰が頭を下げた。

「すまんっ。驚かせるつもりはなかった」

「あ、いえ、大丈夫です。……あの、郵便局が何か？」

「保険商品を扱う会社の社員は、たいてい自社の保険に入るもんだ。郵便局ならノルマもあるだろう」

「ああ、そういえば郵便局の商品がしょっちゅう家に届いていました。父が買っていたんですよね」

年賀状も大量に出していたから、印刷が大変だったと織絵は懐かしそうに語る。

彰が大きく頷いた。

「そう。だからお父さんは団信に入っていなくても、生命保険の類《たぐ》いには加入していたはずだ。たぶんお母さんも何かしら郵便局の保険に入っていたんじゃないか？　夫婦二人分の死亡保険金があれば、それで残りのローンを返せるはずだ」

目を丸くする織絵は宙を見上げて過去の記憶を思い返す。しかし両親が亡くなった直後は記憶が曖昧で、保険の話を聞いたかもしれないが覚えていない。

申し訳なさそうに伝えると、彰は瞼を伏せて口を開く。

「お父さんが郵便局勤めなら、学資保険に加入していた可能性が高い。でも君は以前、大学の費用を養父母が出してくれたって言っていた……」

「はい。たぶん学資保険に加入していなかったのでは？」

お金のことは、一度目の結婚で生活費を稼ぐようになるまで、深く考えたことはなかった。なぜなら坂井家は裕福な家庭なので、織絵は伯父夫婦の庇護下にいる間は豊かな生活を送っていたのだ。中学は学区内にある公立中学校に通ったが、高校は伯母に勧められて、従姉も通った私立女子高校へ進学した。あそこはお嬢様学校でかなりお金がかかったはず。お小遣いだって結婚するまでは結構な額をもらっていた。

たぶん彰は、伯父夫婦が保険金を横取りしたのではと考えているのだろうが、資産家の彼らにその必要はない。

とのことを指摘すると、彰は宙を睨んでから「そうだな」と話を終わらせた。

「じゃあ、春になったら墓参りに行こう」

「わ、嬉しいです。やっぱり運転は怖いので助かります」

織絵はすぐに墓参りのことで頭がいっぱいになったから、直前に話していた話題はすっかり意識の外に締め出してしまった。

しかし彰の方はそうでもなかったらしい。

二週間後の土曜日、織絵は朝食を済ませた後、彰に呼ばれてリビングのソファに座ると、隣に腰を下ろした彼から角形封筒を差し出された。

「なんですか、これ？」

「調査報告書だ」

「えっ？」

亡くなった織絵の両親の財産についての調査結果だという。

震える手で封筒から書類を取り出した織絵は、読み進めるうちに顔面蒼白《そうはく》になった。

織絵の父親は団信加入条件が付いた住宅ローンを組んでいたという。その他、父親と母親がそれぞれを被保険者とする終身保険、個人年金保険があり、織絵名義の学資保険は二つも加入していた。

事故後、保護者を失った織絵は児童養護施設に入所した際、施設長が親権を行使する者になっている。しかし織絵の相続財産が大きかったため、親権に含まれる〝財産管理権〟のみを分けて保有する者がいた。これは子どもに代わって財産を管理したりする人で、長野県の家庭裁判所が選任している。

この人物が織絵の代理人として、住宅ローンの団信や両親二人分の保険の手続き、定額貯金や総合口座の解約の他、自宅不動産の相続登記などを行った。死亡保険金や両親の預貯金などは、すべて織絵名義の口座に振り込まれている。

その人物によると、織絵の未成年後見人が決定したときに、彼女の財産をすべて手渡したとある。

その部分を何度も読み返す織絵は、やがて書類をテーブルに置いた。

「……私、親のお金とか、不動産とか、聞いたことありません……」

「だろうな。君が坂井家に引き取られた際の所持金は、八千万円を超えていた」

絶句する織絵へ、彰が報告書をめくって財産目録のページを見せる。死亡保険金を含む両親の財産が三千六百万円、交通死亡事故死に対する賠償金が四千五百万円となっている。

後は遺族年金として月額十万円以上が給付されたとある。その他は自宅不動産と、家財道具などが記されていた。

織絵の視線は〝家財道具〟の一点で止まってしまう。

「家の中には、家族の荷物があったんです……私、施設に入るときは学用品や着替え以外だと、アルバムぐらいしか持ち込めなくて、東京に移ったときも、ベッドと机しか、持っていけなくて……」

坂井家で与えられた部屋は広かったが、さすがに両親の思い出の品をすべて収納できるはずもなく、自宅を売却するときに遺品整理業者に処分を任せた。

まだ中学生の子どもには東京から長野は遠すぎて、自分の知らないうちに家族の思い出がなくなるのはつらかった。しかしどうしようもないと諦めた。

諦めるよう、己を説得したのだ。

我が儘《まま》を言って伯父が姪を持て余し、未成年後見人を辞任されたらと想像するだけで、足元に底なしの穴が開いたような恐怖を抱いたから。

唇を噛み締めた織絵は、やがて大きく息を吐いて心の毒を体から出した。過去を悔やみ、彼らを恨んでも、両親の思い出の品は戻ってこない。

「……ありがとうございます、彰さん。調べていただいて……」

「俺は君の金を取り戻すつもりだ。見て見ぬ振りなんてできない」

「いえ……お金は、もういいです……」

「そう言うと思ったよ。だが未成年後見人が被後見人の財産を勝手に使ったら、それは立派な横領になる」

「でも、お金が、返ってきたって……」

思い出を取り戻せないなら、逆にむなしいだけだ。深くうなだれる織絵は、奥歯を噛み締めて零れそうな涙を必死に食い止める。

彰はソファを下りて床に跪くと、妻のうつむいた顔を下から覗き込んだ。

「取り戻したお金で君の生家を買えばいい」

「無理ですよ……どなたかが住んでいるのに……」

「いや、君の家は君が生まれる前に建てたんだろ？　一戸建て住宅は築二十二年以上が経過すると、建物の価値はないに等しいんだ。しかもあの地域は不動産の価格も下がって資産価値は低くなっている。相場の二倍か三倍の金額を住人に提示すれば、明け渡してくれると思う」

まさしく札束で頬を引っぱたくやり方に、織絵の涙も感傷も吹っ飛んでしまった。

彰を見れば、その真面目な表情から、適当な思いつきを口にしたというわけではない様子だ。このままだと本当にあの家を買いそうだ。

弱々しい笑みを口元に浮かべた織絵は首を左右に振る。

「……彰さんと住む家が私の帰る家ですから、あの家は本当にいいんです。私、この家が好きなので……」

二人で暮らすには広すぎるうえに豪華すぎるけれど、結婚してからずっと管理してきたから、愛着も湧いている。

微笑んで告げてみると、彰は視線を逸らして、「そうか」と小さく呟いた。

「でも、坂井社長のしたことを俺は許せない。君が金をいらないというなら、その金を俺にくれないか」

「はあ、構いませんが」

資産家の彼にしては珍しいセリフだったため、驚いて反射的に頷いてしまった。何か大きな買い物でもするのだろうか。

やはり生家を買い取るつもりかと不安になって、「家はいりませんからね」と釘《くぎ》を刺しておいた。

すると彰は聞いているのかいないのか分からない顔つきで、「ちょっと出かけてくる」と外出してしまう。

それから数時間後、夕方近くになって帰ってきた彰は、「君のお金、一部を坂井社長が返してくれるって」とあっさり告げたため、野菜を切っていた織絵は包丁を落としそうになった。

「え……、なんの話ですか……？」

「だからご両親の遺産。ただ、かき集めても五千万円ぐらいしか戻ってこないと思う。すまない」

理由が分からなくて包丁を置いた織絵は、彰に手招きされてフラフラとリビングへ向かう。

いわく、織絵の遺産を使い込んでいたのは伯父一人だった。彼は妻と結婚して坂井家の一員になったが、財布の紐《ひも》を握っていたのは夫人で、伯父は自分の裁量で自由に使える金が少なかったという。

「……言われてみれば、お金を出していたのは伯母さんだけだったような……」

「坂井社長は婿養子だからな。奥方の尻に敷かれているんだろ。それで君の金に目をつけたんだ」

秘密裏に購入したマンションに愛人を住まわせたり、出張と嘘をついて浮気相手と旅行へ行ったり、と遊ぶ金に使ってしまったという。

呆れ果てて何も言えない織絵だったが、使ってしまった、との言葉でしきりに目を瞬く。

「ということは、私のお金って、もう残っていないのでは……」

「三百万円ぐらいは残っていたから、それは君の口座に振り込む手続きをしておいた。月曜日になったら口座を確認してくれ」

残りは伯父が所有している自社株や、愛人と別れた後もそのままにしておいたマンションなど、換金できるものをすべて売り払って金を作るという。

「でも彰さん、お金は俺にくれないかって、おっしゃいましたよね……」

「あのときは欲しいと思ったんだよ」

嘘だと丸分かりの口調で堂々と告げるため、織絵はそれ以上、追及しないことに決めた。やはり妻のためにお金を取り戻そうとしたのだ。

「……それで五千万円ですか。よくあの伯父さんが素直に払うって言いましたね」

「そりゃあ、このことが明らかになったら刑事事件になるからな。そのうえ浮気がばれたら離婚されるんじゃないのか？」

それと彰は、しばらくの間は坂井家や伯父からの電話を着信拒否にしておくこと、と告げた。織絵を使って彰を説得し、今回の件をなかったことにする可能性があると。

ハッとした織絵が充電中のスマートフォンを確認すれば、そこには伯父から怒涛《どとう》の鬼電が入っていた。

「ひえぇっ、すごい数……」

「やっぱり来たか。忠告しておいたのに、人の話を聞かない男だな」

しかもここでスマートフォンが震えだし、画面に〝伯父さん〟と表示された。

貸しなさい、と彰が織絵のスマートフォンを奪い、断りもなくスクリーンをタップする。その途端、伯父の怒鳴り声が吐き出された。

『織絵ぇ！　この親不孝もんがあぁっ！　あの小僧に何を吹き込んでんだ貴様ァ！　おまえのような奴を金の亡者って言うんだよ！　孤児の貧乏人を引き取ったやった恩を忘れやがってえぇ！』

「――あの小僧というのは私のことですか、お義父さん」

彰が冷静な声で応えると、大音声はぴたりと治まった。

「先ほども申し上げましたが、私としてはあなたを業務上横領で訴えても構わないんですよ。ああ、もちろんその前に、あなたと織絵の養子縁組は解消していただきます。私がお義父さんと呼ぶことも、もうありませんね」

『……彰君、その、これは』

「離縁手続きはお義母さんにお願いしておきます。彼女なら会社と家庭を守るために、誰を切り離すべきかよく分かっているでしょう」

『待ってくれ！　これは誤解なんだ！』

との伯父の叫びを無視して彰は通話を切った。そして坂井家に関係ある電話番号をすべて着信拒否にしてしまう。

呆ける織絵にスマートフォンを返した彰は肩を竦めた。

「これだけ脅しておけば、ああいう小物は大人しくなるだろう。また何か言ってきたら俺に必ず教えてくれ。――じゃあ、一緒にメシを作ろうか」

「……は、え？」

伯父の怒りの声に萎縮していた織絵は、彰の切り替えの速さについていけない。

「今日は何を作るつもりなんだ？」

「えっと、水炊きを……」

義母が九州地方の水炊きセットなるものを送ってくれていた。……それよりも伯父をこのままにして大丈夫なのだろうか。

「いいね。俺はネギを収穫してくるよ」

鼻歌でも歌い出しそうな上機嫌で彰はサンルームへ足を向ける。その広い背中を見送る織絵は想像もしていなかった展開に、夢でも見てるんじゃないかとしばらく動けなかった。

しかしその日の夜、伯父が単身でマンションへ乗り込んできたことによって、夢ではなく現実であることを思い知った。

彰が一階のカフェテリアで対応したところ、織絵に会うまで帰るわけにはいかないと伯父が粘ったため、彰は容赦なく警備員を呼んでマンションから叩き出した。

そんなことをして彰の立場は悪くならないのかと、ハヤセホールディングスに影響は出ないのかと織絵はうろたえたのだが、彼いわく。

「あの人ってフォルマフーズのお飾り社長で、たいした影響力は持っていないんだ。会社の実権は舅《しゅうと》の会長が握ってる。婿養子で立場が弱いというより、経営センスがない凡人だって、あの業界じゃ有名らしい。奥さんがいなければ今の地位に居続けることができない人だな」

その妻の怒りを買うネタをこちらが握っている以上、伯父は彰に圧力をかけることさえできない。

そして。

「織絵があの人を心から慕っているなら、俺だって何もしないさ。でも君を苦しめる人を敬うような広い心は持っていない。俺が敬う義理の親ってのは、亡くなった君のご両親だけだ」

それを聞いたとき、織絵は急に涙腺が震えて体内の水位が盛り上がった。でも、ここで泣くのは違うと思って必死に涙を食い止める。

彰と結婚してよかったと改めて思ったのだ。たぶん両親も、娘の伴侶が彼であることを喜んでくれるだろう。

彰はその後、しばらくの間は一人で家から出ないようにと、外を出るときは俺と一緒にと、しつこいほど釘を刺してきた。いきなり過保護になったようだ。

散歩もできないとは運動不足になりそうだと思ったが、このマンションは別棟に会員制スポーツジムがあり、マンションの住人はいつでも利用できる。織絵も伯父が落ち着くまで引きこもることにした。

そして翌日の日曜日、三月二十八日は織絵の誕生日である。

この日の夕食は織絵のリクエストで、近所の寿司屋《すしや》へ行くことになった。

結婚前、彰と高級レストランで味気ない食事デートを繰り返した結果、織絵は敷居の高い店でのかしこまった食事が苦痛になっていた。しかしそれもだいぶ慣れてきたというか、気にならなくなっている。

美味しいお寿司《すし》をいただいて、パティスリーで予約したホールケーキを受け取り、帰宅後に薫り高い紅茶を淹れてケーキを切り分ける。ロウソクを立ててバースデーソングを歌うのは、さすがに羞恥から辞退させてもらった。

「誕生日おめでとう。本当にプレゼントって、これでいいのか？」

「はい！　すっごく嬉しいです！」

織絵がリクエストしたのは、いわゆる〝人を駄目にするクッション〟だった。織絵の両腕では抱えられないほど大きなビーズクッションは、彼女の憧れだったりする。自室に置くと圧迫感を覚えるサイズだが、広いリビングならば問題はない。

　これが届いたときなど、歓声を上げた織絵がクッションに倒れ込みスカートがめくれ上がったため、太ももまで露出した白い脚を見てしまった彰が慌ててその場から逃げ出した。織絵は気づかなかったが。

　嬉しそうにクッションに座ってケーキを味わう織絵を、彰は眩《まぶ》しいものを見るような表情で見つめながら、ぼんやりと口を開いた。

「……今日から二ヶ月ほどは、年の差が十二年になるな」

　ぽつりと零された言葉には、ほんの少しの喜びと寂しさがある。ここで織絵は初めて、彼が自分との年齢差を気にしていたと知って驚いた。

　織絵は考えもしなかったが、女性の方が長生きするとの統計がある昨今、一回り以上も年上の彰の方が先に逝《い》く可能性は高い。

　一人遺《のこ》される未来を初めて意識した織絵は身を乗り出した。

「あっ、彰さん！」

　顔を上げた彼の秀麗な顔を真っすぐに見つめる。

「私たち、長生きしましょうね」

　いきなり何を言い出したんだと言わんばかりの表情の彼へ、織絵はあえて微笑んだ。

「私が八十代、彰さんが九十代になれば、もうお互いしわくちゃの御老人です。その頃になれば年の差なんて、どうでもよくなっていますよ」

彰が驚いた顔つきを見せた後に、ふっと目を細めて微笑んだ。その笑顔はまるで愛しい者を見守るような、無償の愛や優しさが含まれているようで。

彼に愛されていると勘違いしそうになった織絵は、パッと視線を落としてケーキを見つめる。

「……そうだな、その通りだ。長生きしよう」

静かな声に織絵が顔を上げると、今度は彰が眼差しを伏せて言葉を続けた。

「しわくちゃのジジイになるまで、君はそばにいてくれるんだろ」

考えてみれば己の言葉は、ものすごく大胆な告白にもとれる。頬を染める織絵だったが、ここで羞恥から否定はしたくなかった。

「……そうです。だってもう、死ぬまでそばにいるって、教会で誓っていますから……」

「ああ、死が二人を別《わか》つまで、だったな」

あの教会での誓いのときは、これほど胸を熱くしていなかった。式の流れに沿って宣誓《せんせい》しただけで。

けれど今は——

彰が顔を上げると、テーブルを挟んで両者の目が合った。

織絵は今日からの短い時間だけ、十二歳年上になる夫を見つめる。左右対称の造形が実に美しい秀麗な顔は、いつもとは違う雰囲気に染まっているようで目が離せない。

このとき心臓がひときわ大きな鼓動を叩いた。彰の美貌ならすでに見慣れているのに、なぜか胸がドキドキして肌が粟立つ。

心が際限なく昂ってのぼせそうな気分になった。まるで初恋の人を見つけたかのように。

――初恋。

十二歳の夏に両親を亡くすまで、同級生の男の子たちは幼く感じて興味を持つことはなかった。それ以降は生きていくのに必死で、周りの思惑に踊らされてここまで来た。

彰と別れるつもりはなかったが、それは別れる必要がないから別れないという受け身の気持ちだった。もし自分の洗脳とやらが解けて、彰が他に好きな女性ができたなら、別れても構わないと頭の片隅で考えていた。

でも今は別れたくないとの強い気持ちがある。己の意思で、彼と共に在《あ》りたいと望んでいる。

――この気持ちが恋なのか。

胸の奥を焦《こ》がして悶えるほどの熱い想い。彼のことしか考えられなくなるほどの狂おしい気持ち。

あなたがそばにいてくれれば、この先の未来に何があっても、道を踏み外しても恐ろしいなんて思わない。

そんな激情を抱くほど織絵の眼差しが揺れる。泣きたいわけでもないのに涙腺が震えて瞳が潤んでいく。

真正面から見つめてくる彰の頬が上気して、彼の目力が痛いほどだった。それでもこのまま射貫いて欲しくて、自分から目を離せない。

気づけば大きな手のひらが織絵の顔にそっと近づいてきた。嫌々臨んだお見合いの席からずっと、己の視線をとらえ続ける大きな手のひらが。

しかしその指は肌に触れる前に止まる。

一センチにも満たない、肌と指先の隙間に緊張感が高まった。微弱な静電気でも発生しているのか、織絵は素肌にピリピリとした刺激さえ感じる。

このまま触れて欲しいと願う彼女の期待と、このまま触れて許されるのかとためらう彼の感情が、激しくせめぎ合っているようで。

やがて指先は拳を握ると離れていった。彰がそっと顔を逸らす。

「……お茶を、もう一杯もらえないだろうか」

「はい……」

立ち上がった織絵は逃げるようにキッチンへ向かう。湯を沸かし直している間、彼の指先が触れそうになった頬を撫でる。

あのまま触れて欲しいと心のどこかで願っていた。酔った勢いではなく、雷に怯える妻を慰めるわけでもなく、なんの理由もなしに触れて欲しかった。

――そうしたら、私は……

彰との間にある透明な心の壁が、今このときに消えたと感じた。自分が築いた壁を自分で壊したと。

もう彼を隔てる障害は何もない。

――私は、彰さんが、……好き。

己の想いを自覚すると同時に、彼と交わした契約書が脳裏に浮かび上がる。たった一枚の紙きれだというのに、心に重く圧《の》しかかってくるようだった。

第四章

今年の桜は平年並みの開花との予想通り、三月のカレンダーが破られる頃、都内の桜は満開になった。

新年度に入って彰の仕事はますます忙しくなったが、少しでも早く帰ることができると、織絵を誘って夜桜の下を歩いた。休日にはお弁当を持ってピクニック兼花見に出かけ、一年のうち数日しか楽しめない桜を堪能した。

織絵はこうして彼と過ごす時間が増えるに従って、胸に秘めた恋心があふれそうになるのを感じる。

——告白したら、受け入れてくれるかしら……

私に触らないでと、ここを出て行くと叫んだあの夜から四ヶ月が過ぎた。決意を翻《ひるがえ》すには早いような遅いような、どっちつかずの想いがある。そしてこの気持ちを彰に伝えたいと考えるたびに、約束が違うことを理由にフラれたらどうしようと悩んでしまう。

初めての恋は誰にも相談できないこともあって、自分の感情を持て余し、想いのやり場を失くして気分が鬱々としていた。

最近ではメイド服に腕を通すたびに心が重くなる。

彰の妻ではなく使用人として契約をした、その象徴。以前はお気に入りだったワンピースのデザインが野暮《やぼ》ったく感じた。

この服を着て彰から給料を受け取っている以上、好きだと告げる資格はないのではと考える。そのたびに天を仰いだり頭を抱えたりと、おかしな動きをした。

休日に彼と一緒に土いじりをしているときなど、その長い指や大きな手のひら、そこから続く筋肉のついた腕などを目で追ってしまう。すると手が止まって彰が心配そうに顔を覗き込んできた。

今までは彼の美貌に見つめられても、「ああ、イケメンだなぁ」としか感じなかった。しかし現在はささいな瞳の動きや、長めの前髪が揺らぐ様子に心がざわめく。何か言わねばと思うのに口がうまく動いてくれず、ぎこちない態度を取ってしまうことも多い。

彰といるときは楽しい会話をして、ささやかな幸せを噛み締めたいのに。

それというのも彼は今年度から国際事業がメインとなり、海外出張も増えるため必然的に不在期間が長くなる。近いうちに外国で暮らすことになるから付いてきて欲しい、とも言われていた。

もちろん織絵は迷うことなく頷いており、忘れかけている英語の復習も始めている。ただ、海外への移住は早くても来年になるらしく、それまで彰が出張として海を渡るのだ。今以上に彼と会えない時間が増える。

だから彰と過ごせる時間を、一分一秒たりとも無駄にしたくない。それなのに自分ときたら……

――こういうモジモジする感じ、なんか覚えがある……。小学校で早熟な女子たちが、近所のかっこいい中学生のお兄さんについて話していたときと同じ……

　つまり今の自分の恋愛経験レベルは、小学生とまったく同じなのだ。それを思い知ってあまりの情けなさに深くへこんだ。

　——せめて高校生の間に、恋愛の一つや二つ、経験しておくべきだった……

　あの頃は早く自立しなくてはいけないと、勉強に明け暮れていた。女子高通いで周囲に異性がいないというのも、恋愛から遠ざかる一因だった。

　とはいえ同級生の中には彼氏がいる子も何人かいた。それを鑑みれば、単に自分は恋愛ごとに興味が持てなかっただけと自覚し、さらに落ち込んでしまった。

　桜の盛りを過ぎた四月上旬、肩を落としてノロノロと掃除をしていた平日の午後、マンションを訪れる人物がいた。

　アポイントはなかったはず、と訝《いぶか》しげにインターホンのモニターを確認すると、なんと笑顔で手を振る従姉がいて目を丸くする。

「優美さん……。急にどうされたんですか？」

　従姉と会うのは結婚式以来だった。正月に坂井家を訪問したとき、彼女は海外旅行中で不在だったのだ。

『お話したくて来たのよー。だって連絡が全然取れないんだもの』

　そういえば坂井家の関係者はすべて電話番号を着信拒否にしていた。

　まさか伯父が娘を使って会いにきたのかと背筋が震える。伯父の横領はバレたら不倫問題まで露《ろ》呈《てい》するため、家族には決して話さないと思っていたのに。

「あの、伯父さんもご一緒ですか？」

『お父さん？　今日は会社に行ってるわよ』

それもそうだと思い出した。今日は平日である。

『ねぇー、そんなことよりお茶でも飲みましょうよぉ』

優美の誘いに織絵は激しく迷う。

お断りしたい気分だが、このまま素直に帰るはずもない従姉の性格を知っている。しかし家には上げたくない。

お茶を飲もうと言っているので、一階のカフェテリアなら許容範囲かな。そう考えた織絵は優美をマンション内に招き入れた。その際、この後に予定があるため、十分ぐらいしか時間が取れないと言っておく。

織絵はメイド服から私服に着替えて一階へ下りた。広いロビーの一角にある、観葉植物で人の視線をさえぎる優雅なカフェテリアへ急ぐ。

もっとも奥まったソファ席に優美が座っており、織絵を認めて手を上げた。そこへ近づいていく織絵は、ソファから三メートルほど離れた位置でギクリと足を止める。

優美の正面の席に、男性と思われる人物が座っているのだ。その人物は視線に気がついたのか顔をこちらへ向ける。

このとき織絵は本気で悲鳴を上げるかと思った。いるはずのない人物を認め、呆然とその男性を凝視する。

彼は織絵とは対照的に皮肉っぽく微笑んだ。

「やあ。久しぶりだね、織絵」

元夫で、従兄で義兄でもある幸介がそこにいた。

織絵が驚きすぎて突っ立ったまま動けないでいると、背後からウェイターに、「いかがなさいましたか？」と声をかけられて我に返る。ぎこちない動きで二人がいる席に近づき、優美の隣に腰を下ろした。

機械的にウェイターへミルクティーを頼むと、すぐに優美が話しかけてくる。

「久しぶりね。結婚生活はどう？　旦那さんとはうまくいってるのかしら？」

……織絵には、優美がどういうつもりで聞いているのか本気で分からず、混乱から口を開くことができなかった。彼女が彰とのお見合いを拒絶したからこそ、自分は今ここにいる。そのうえで聞いてくるなんて。

しかも織絵の元夫を、現在の夫と暮らすマンションへ連れてきた。目的はなんなのかと心臓がおかしな音を叩いていた。

優美は織絵の心情など、まったく斟酌《しんしゃく》しない様子で見つめてくる。笑みさえ浮かぶ表情に悪意は感じられず、純粋に知りたかったから尋ねたといった印象だ。

なのでとりあえず頷き、「はい」と答えておいた。彰とうまくいっているのは間違いないのだから。

すると優美はあからさまにホッとした顔つきになった。

「よかったぁ。早瀬さんって、結婚式でも笑わないしオジサンだし、織絵ちゃんが幸せになれるのか心配だったの」

その心配する相手を押しつけた織絵に、堂々と本音を告げるところも悪い意味で感心する。だが優美はもともとこういう性格なのだ。他人への配慮に欠けるため、悪気なく人を傷つける言葉をするっと漏らしてしまう。織絵も彼女の言動には慣れていた。

「……彰さんは優しい人です。私は今、すごく幸せですよ」

そう言い切ったとき、なんとなく元夫を意識してしまった。自分の言葉が彼への当てつけのような気がして。もっとも幸介の方は自分と結婚していたことなど、すでに忘れているかもしれないが。

本当に、なぜ彼がこの場にいるのだろう。

「それを聞いて安心したわ！　あなたには幸せになって欲しかったから」

「……ありがとうございます」

「ずっと気になっていたのよ。あのね、私も結婚が決まったの！」

いきなり話が変わって面食らったが、これも優美の特徴なので大人しくおしゃべりを聞いておく。

優美の婚約者は、千葉県の大地主で企業経営者の子息だという。その人物は優美より一歳年下の三男坊で、男性にしては可愛らしい顔立ちの、物腰が柔らかい好人物であるらしい。坂井家へ婿に入ることを前提としたお見合いで、優美は彼に惚《ほ》れ込んですぐさま縁談を承諾したという。

そこで織絵はピンときた。

――なるほど。好みの男性を捕まえて幸せな結婚ができそうだから、心に余裕ができたんだな……。それで身代わりにした私へ、罪悪感でも抱いたってとこかな。

　優美はわがままお嬢様であるが、性悪な人間ではない。あの伯母と比べたら扱いはうんと楽だった記憶がある。

　優美の事情はなんとなく分かった。しかし——

「おめでとうございます、優美さん。それで、幸介さんがご一緒というのは……」

「そうそう、家を出たら門の前で兄さんがウロウロしてて、びっくりしたのよ！　海外に逃げたって聞いてたけど、いつ帰ってきたのよ？」

　後半のセリフは幸介に向けてのものだった。ここでようやく彼が口を開いた。

「ちょっと前だよ。家に帰ろうと思ったけど、母さんに怒られるから迷ったんだよね。でも行く当てはないし、どうしようかなーって家の前に立ってたら、ちょうど優美が出てきて織絵の家に行くっていうから付いてきた」

　不倫スクープを免《まぬが》れて岡山へ移住した幸介は、無断欠勤を続けてクビになったあげく再び不倫を繰り返し、最後は海外へ駆け落ちするという暴挙にでた。

　事の真相を知った親戚や知人、会社関係者にまで顰蹙《ひんしゅく》を買ってしまったため、実家に帰りにくい気持ちは分からないでもない。しかし元妻に会いにくる心理はまったく理解できないので、織絵は同情もしなかった。

　運ばれてきたミルクティーを無言で飲む。

　この人は自分が捨てた元妻に対して、思うところはなかったのだろうか。

そう自問してすぐ、ないんだろうな、と織絵は答えを出した。坂井家の人々に常識的な思考とか、気遣いなどを求めてはいけない。

そこで織絵はちらりと腕時計に視線を落とす。そろそろ十分ぐらいは経過しただろう。

「優美さん、申し訳ありません。この後に早瀬のお義母様と約束があるので、そろそろ……」

義母との約束なんてないが、婚家《こんか》の名前を出せば引くだろうとの魂胆があった。

優美も坂井家のお嬢様ゆえに、上流階級のお付き合いというものを熟知している。自分の家より格上の名家を蔑ろにしてはいけないと。

予想通り、「あら、そうなの？　じゃあおいとまするわ」と、あっさり引き下がってくれた。織絵は気づかれないよう安堵の息を細く吐き出す。

すると幸介が身を乗り出してきた。

「大変だねぇ、姑のご機嫌取りなんて。俺と結婚したままだったら、姑は母さんになるから楽だったのに」

……義母と伯母では器の大きさが違うわよ、とか、離婚届を突き付けたのは誰ですか、とか、織絵はものすごく反論したくなった。が、それよりも早く二人と離れたかったので曖昧に微笑んでおく。心の中で舌を出しておいた。

幸介は織絵が微笑んだことで気をよくしたのか、満面の笑みを浮かべる。

「おまえ、しばらく見ないうちにまぁまぁ綺麗になったなー。以前は乳臭いガキだったのに。いくつになったっけ？」

自分の恋愛経験レベルが小学生並みと落ち込んでいたため、綺麗と言われたことよりも乳臭いガキだったとの言葉に、胸を刺し貫かれた気分になる。

「……二十三歳です」

「若いなぁ。もうちょっと熟した方が好みなんだけど、まあいいか。もう一回結婚してやるよ」

織絵と優美が同時に、「はあぁ？」と素っ頓狂な声を出した。

——え？　この人、頭がどうかしちゃったの？

目を剥いた織絵が衝撃のあまり固まってしまうと、隣に座る優美が刺々しい声を出した。

「何言ってるのよ。織絵ちゃんはもう他の男性と結婚してるのよ。馬鹿じゃないの？」

「馬鹿はおまえだよ。結婚なんて別れたらいいだろうが。こいつは俺とだって文句も言わずに別れたんだ。今の旦那ともすぐに別れるだろ」

——それはあなたと別れたかったから、私にとっても渡りに船だったんです。

織絵が頭の中で悲鳴を上げるが、やはり驚きすぎて声は出なかった。代わりに優美が言い返す。

「あのねぇ、織絵ちゃんのお相手はハヤセホールディングスの社長の息子さんなの。兄さんのときとは違って簡単に離婚なんてできないの！」

「はやせって、あの早瀬家か……また面倒くさいところを選びやがって」

舌打ちをする幸介の表情から、早瀬家が実家より財力も権力もある家だということは理解しているようだ。織絵は服の上から、バクバクと鳴り響く心臓をそっと手で押さえる。

彰から契約を持ちかけられた初夜の日、彼は『俺なら君を坂井家から守ることができる』と告げた。伯父が乗り込んできたときよりも、その言葉の重みを強く実感する。

　このとき優美がすらりと長い脚を組み、兄を馬鹿にしたような目で見下した。

「っていうか、なんで帰ってきたのよ。もしかして駆け落ちした相手にフラれたんじゃないの？」

　嫌みっぽい妹の言葉に、幸介はしかめっ面を作った。

「ちげーよ。あのクソ女、アメリカのメシはまずいって文句ばっかり言うから、俺の方から捨ててきたんだ」

「でも兄さんなら、すぐに新しい女を作るでしょ？　どーせ振られっぱなしで全然モテないから、寂しくなって帰ってきたんじゃないの？」

「…………」

「で、私と会って織絵ちゃんのことを思い出して、この子なら自分を受け入れてくれるはずだって考えたんじゃない？　違う？」

　幸介はわざとらしくコーヒーを飲んで聞こえないふりをした。その態度から、優美の予想は当たっているのではと感じられた。

　実にクズ男らしい理由だと、織絵は目眩《めまい》がするようだった。とはいえ自分は再婚しているうえ、今の生活に幸福を見出している。彰と別れるなど考えたくもない。

「あの、幸介さん。私は彰さん……早瀬さんと離婚するつもりはまったくないので、今日のお話は聞かなかったことにします」

　あいかわらず幸介はコーヒーを飲んだまま無言だ。

とはいえ言いたいことは言ったので、「もう時間がありませんから」と優美に挨拶をして席を立った。

幸介は引き止めようとはしなかった。元妻との再婚は気まぐれに思いついただけのようで、織絵は助かったと胸を撫で下ろす。

とはいえこの日の夜、彰が帰宅した際に、「何か問題は起きなかったか？」と聞かれて優美たちのことを正直に話すべきか迷った。

伯父の件があってからというもの、彼は妻の身に何か起きやしないかと過剰に心配している。

彼に余計な不安を感じさせたくなくて、優美が来たことだけを話しておいた。もしかしたら結婚式に招待されるかもしれないので、彼女のことは伝えておいた方がいいとの考えもあって。

彰は優美の慶事を聞いて肩を竦めた。

「まあ、めでたいことだな。俺としては君に悪影響を与える人間が物理的に遠ざかってくれるから、嬉しいには違いない」

その言い方に織絵はくすくすと笑ってしまう。たしかに今日、余計な人物を連れてきたせいで悪影響を受けてしまったから。

「優美さんはそれほど悪人じゃありませんよ。ちょっとわがままですけど、根が単純なのでとにかく褒めておけばいい人です」

「人間として成長できないお嬢様の典型例だな」

坂井家を嫌う彰の物言いは辛口だ。しかしその裏には織絵を守ろうとする配慮が含まれているから、嬉しくなった織絵は心がぽかぽかと温かくなる。

だがその直後、申し訳なさそうに告げた彰の言葉で気分は急降下した。

「すまん。来週からしばらくの間、フランスに行くことになった」

「そうですか……」

しょぼん、と声が落ち込んでしまうのを止められなかった。あらかじめ聞いていたとはいえ、彼と離れ離れになる時間が増えるのは寂しい。

「……どれぐらい行かれる予定ですか？」

「来週の月曜から二週間、ゴールデンウィークが始まる週には戻ってくるよ」

織絵は想像したより短い期間だったことと、連休中は彰と一緒にいられると知って気分が浮上した。

「分かりました。海外との往復は大変ですね」

「そうだな。もういっそのこと向こうで暮らした方が早いと思うよ」

「あ、それなんですが、お義母さんに海外生活について聞いてみたいんです。いいですか？」

彰は子どもの頃、父親の仕事の都合により、一家そろって十年ほど海外生活をしていたと話してくれた。いずれ自分も彼と共に国外で暮らすため、その心構えや伴侶の役目などを経験者に聞いておきたい。

過保護の夫は、あいかわらず妻が義実家と付き合うのを不必要と思っている。しかし織絵にとって姑は好ましい人物なのだ。

やや渋い表情になった彰だが、自分の不在中に妻の行動を制限するほど狭量《きょうりょう》な男ではない。不承不承であることを隠さずに頷き、「君をあまり振り回さないよう、おふくろには言っておく」と告げた。

そして翌週の月曜日、空港まで彰を見送った織絵は、一抹の寂しさを抱えて帰宅の途に就く。明日は早瀬家へ遊びに行く予定なので、手土産は何がいいかとデパートに寄って食料品フロアをウロウロした。するとしばらくして、早瀬家を担当する外商部員がすっ飛んでくるではないか。

打掛を作ったとき、挨拶に来た男性である。

「お久しぶりです、若奥様。今日はどういったお買い物でしょうか」

この人、私のことをどこで見ていたの……？　と、若干恐ろしい気分になったが、ちょうどよかったので彼に義母の好みを聞いてみた。

さすがは老舗百貨店の営業部員だけあって、すらすらと答えてくれたのはありがたかった。義母の好物である、旬の果物を使った銘菓を購入することができた。

義母の好みは彰にも聞いておいたのだが、「おふくろの好きな菓子？　さあ？」と、興味なさそうに言われてしまったから……

義母が嫁に構いたがる理由が、なんとなく察せられる素っ気なさだった。まあ、マザコン男よりはずっといいと言えるのだが。

——マザコンと言えば、幸介さんって意外とマザコンなのよね。何かあると伯母さんに頼って甘えて自分で考えようとはしないし、隠れたところでママって呼んでるし……きもい。

駅を出てマンションまでの道のりでそんなことを考えていたら、全身にぶわっと鳥肌が立ってきた。服の上から肌を撫でて気持ち悪さを落ち着かせようとしていると、背後から声をかけられた。

「よぉ、織絵」

「えぇっ!?」

今ちょうど考えていた人物の声が聞こえたため、驚いて振り向くと本当に幸介がいた。

彼もまた織絵の反応に驚いた表情をしているが、すぐに薄笑いを浮かべる。

「なんだよ、そんなに驚くことか？」

鳥肌がおさまらない織絵は幸介に生理的な嫌悪感を抱いた。すぐさま踵を返して再び歩き出す。

「おいおい、つれないなー」

背後から付いてくる幸介が何やら話しかけてくるが、関わりたくない織絵は歩調を速めてマンションへ急ぐ。あそこならば部外者が入ろうとしても止めてくれるし、幸介を叩き出してくれるだろう。

しかしマンションが見えてきたとき、いきなり幸介が腕をつかんできた。

「おい！　織絵のくせに無視すんじゃねーよ！」

ぞわっ、と再び鳥肌が立った織絵は、喉の奥からかすれた悲鳴を上げて、渾身《こんしん》の力で幸介の手を振り払った。

「触らないで！」

怒りのこもった大声に幸介はびくりと体を竦める。まさか反撃されるとは思ってもいなかったのだろう。呆気《あっけ》にとられた表情で立ち竦《すく》んでいる。

織絵は彼を一顧《いっこ》だにしないで歩き始めた。

マンション敷地内に入って振り返ると、幸介の姿はどこにも見当たらない。ホッと安堵の息を吐く。

そしてこのとき初めて気づいた。自分は坂井家の人間である幸介を、きっぱり拒絶することができたと。

間違いなく彰のおかげだろう。彼が案じた妻の洗脳は、この結婚生活で解かれていたのだ。だから伯父の横領問題も驚いたけれど怯えなかった。

昔の自分なら伯父を刺激したくないあまり、彰の介入を必死になって止めたうえ、伯父を庇《かば》ったかもしれない。

すーっと胸の内が軽くなるような気分になった。坂井家に引き取られて以降、もう十年あまりも抱え続けていた重石《おもし》をやっと下ろしたかのようで。

——ありがとう。彰さん……

軽くなった胸の中に感謝と恋情が膨らんでいく。花冷えの寒さなど気にならないほど内側がぽかぽかと温かくなった。

マンションへ向かうと、石畳の通路を薄桃色に染める花びらに目が留まる。桜を見れば彰と共に夜桜を楽しんだことを思い出した。残業帰りで疲れているだろうに、彼は満開の桜を楽しもうと車をわざわざ出してくれたのだ。

少し離れた住宅街にある道沿いに植えられた桜並木は、道路ということでブルーシートを敷く宴会客もおらず、純粋に桜を楽しむことができた。

彰はコインパーキングに車を止めると、夜桜の下をそぞろ歩く贅沢《ぜいたく》な時間を与えてくれた。

その日の日中は暖かかったのもあって、織絵は薄手のアウターしか羽織ってこなかった。ぐんと気温が下がる夜は肌寒く、小刻みに震えてしまう。

それに気づいた彰が自分のスプリングコートを着せてくれた。

彼の温もりと香りが残るロングコートに包まれていると、織絵は彰に抱き締められているような感覚を抱いた。

もしかしたら今後ずっと彼に触れないかもしれないが、こうしてさりげない優しさや気遣いをかけてもらえる妻の立場が、いかに尊いかを改めて思い知った。

風もないのに花びらが織絵の髪に舞い落ち、彰がひとひらの桜をつまんでくれた。髪の一筋さえも触れないよう気を遣いながら、繊細な花びらをつまむ指先は震えていて。

織絵はその震えに愛しさと一抹のもどかしさを抱き、いつもより近い距離にある彼の胸に飛び込んでしまいたい衝動に駆られた。それを我慢しようと、ただ静かに桃色の幻想的な空間を見上げていた。

とても幸せで、少しだけ切ない思い出だ。

織絵は部屋に戻ると、彰からの贈り物であるビーズクッションに倒れ込む。フランスへ向かう彼と別れてから数時間しかたっていないのに、どうしようもないほど会いたかった。

しかし彰の帰国は二週間後。

「……私もついて行きたかったわ」

そんなことは無理だと分かっていても。

織絵はバッグからスマートフォンを取り出し、メッセージアプリを立ち上げる。今日あったことを彰に報告しようとした……が、数秒ほどためらってからスマートフォンを床に置いた。

パリまでの飛行時間は十二時間を超える。彼はいまだ空の上で、メッセージは届かない。

空港到着後、日本に残した妻がトラブルに巻き込まれたと知ったら、彼はどう思うだろう。

――彰さんに心配かけたくない。それにどうせ幸介さんはマンションに入れないから、私が接触しないように気をつければいいだけ。

優しくて過保護な夫は、妻の前夫がちょっかいをかけてきたなんて知れば、海外から引き返してくるかもしれない。

ううん、彼はそんな無責任なことはしない。

でも相手は坂井家の人間だから、やっぱり帰国するかもしれない。

――彰さんが留守の間、家を守るのは私の仕事だもの。しっかりしなくちゃ！

気合いを入れて立ち上がった織絵は、とにかく着替えようと自室へ向かった。

それから二週間後。明日の夜には彰が帰国する日、別棟のスポーツジムで汗をかいた織絵は、シャワーを浴びてから併設の会員専用サロンでぼんやりと外を眺めていた。

毎日と言っていいほど、幸介がマンションにやって来て織絵を呼び出そうとする。もちろんすべて無視しているが、買い物に出たとき、どこからか幸介が現れて絡んできた。

スーパーマーケットにいる間も離れてくれないうえ、しきりに話しかけてきてうっとうしい。そのため織絵は、マンションの敷地内から外へ出ないことにした。

一人なのでしばらくは食料品を買わずに済むし、外食したくなればコンシェルジュを通してデリバリーを頼んでいる。運動不足を感じたら、こうして別棟のスポーツジムでヨガを習ったり、プールで泳いでいた。

――でも、散歩を兼ねてカフェに行くことはできなくなったわ……図書館にも行きたいのに。

ハーブティーをいただきながら、ぼうっと窓の外の緑と明るい空を見上げる。四月下旬の午後二時、とても天気がよくてお散歩日和だった。

このときテーブルに置いたスマートフォンがポロンと鳴り響く。彰専用のメッセージ音に、織絵はパッと表情を明るくしてアプリを開いた。

『おはよう。いま起きた』

短いメッセージだが、起床してすぐに送ってくれたのだろう。彼が滞在するパリとは時差が七時間もある。

寝ぼけ眼《まなこ》の彼がメッセージを打つ様を想像して、織絵はクスリと微笑んだ。

おはようございます、のスタンプを送ってから、私はジムに行っていましたとのメッセージも送信する。すぐに既読がついたのを見て、たったそれだけで彰とつながっていることを感じて嬉しかった。

ふふ、と満足そうに織絵が小さく笑ったとき、突然「すみません」と背後から呼びかけられる。

振り向くと無表情の女性が織絵を見下ろしていた。

「早瀬織絵さんですね？」

「……はい、そうですが、どなた様でしょうか？」

「私は佐上《さがみ》八栄子《やえこ》と言います」

織絵は初めて見る顔だと首をひねる。するとその女性は許可も取らず織絵の正面の席に腰を下ろし、隣の席に小さな女の子を座らせた。

やっと気がついたのだが、彼女は子ども連れだった。

四歳ぐらいの可愛らしい幼女で、目の前に座る女性と目元が似ているから親子だろう。

八栄子と名乗った彼女は、バッグの中から袋詰めのスナック菓子を取り出して子どもに渡す。幼女が夢中になってお菓子を頬張《ほおば》る様子は、とても微笑ましい姿だ。

――彰さんと普通の夫婦だったら、いつか私もこんな可愛い子を産めるのかな。

それを思うと心が悲鳴を上げるようだった。こんな苦しみを味わうぐらいなら、早く告白するべきだと自分の中から自分が叫ぶ。

織絵が胸の痛みに意識を傾けていたため、八栄子の言葉を理解するのが遅れた。

「この子、私と早瀬さんの子どもなんです」

その言葉を脳が拒絶したのか、織絵は意味が分からなかった。

「……お義兄《にい》さんって、女の子がいましたっけ？」

彰の兄は男児が一人いるだけではなかったか。それ以前に彼の奥方は正面に座っている女性ではない。

すると八栄子はため息を吐いた。

「察しの悪い人……。この子の父親は早瀬彰さんですよ」

「……え」

「私、五年前にあの人と婚約していたんです。そのときにできた子ども……」

嘘、との織絵の呟きは極小の声だったので、相手には聞こえなかったようだ。

己の心臓がひどく嫌な音を叩き始め、体温が低くなったのか指の先がやけに冷たく、耳鳴りがして頭の奥に鈍い痛みを感じる。

織絵は穴があくほど女性を凝視した後、おそるおそる幼女へ視線を移した。

子どもの容貌に、彰と似たところはどこにもない。しかし父と娘という間柄で、しかも子どもが小さければ、そういうものかもしれないが。

「……でも、それならなんで彰さんに言わないんですか？」

彼が二度も婚約破棄をした件は聞いている。五年前と言うなら、たぶん二度目の婚約だろう。あれは相手女性が新興宗教にハマっており、彰を入信させようとしたとか。それが原因で彼は婚約破棄をしたはず。

しかし彰ならば、破談になった女性が身ごもっていれば、絶対に責任を取って結婚する。

八栄子は再びため息を吐いた。

「だって早瀬さん。ポルポルの教えをまったく理解してくれないんだもの……」

「ぽっ、ぽる……？」

「ポルトゥーゴ・ポルニコフです。略してポルポル。……知らないんですか？　本当に？」

——まったく知りません。

とは言いにくい雰囲気だったので、「教えてくださいませんか」と低姿勢で尋ねてみた。

告げた途端、無表情のまま八栄子は背筋を伸ばす。

「よくぞ聞いてくれました。ポルポルとは、教祖ポルトゥーゴ様とその守護神であられる水の神、ポルニコフ様をたたえる水の教団なのです」

「……はあ」

「我が教祖が浄化する聖なる水を飲み、または浴びることによって、その人の業《カルマ》は清められるのです。あなたも幸福を約束されるでしょう。我が教祖が放つ神光《オーラ》には神の力が宿ります。オーラをその身に受け入れて己の位を高め、今の記憶を保持したまま来世に転生することも可能です。あなたは転生後、栄華を極めることになるのです」

八栄子が祈りのポーズで語る間、織絵は仰け反って顔を引きつらせていた。

——あかん。これはカルト宗教だわ……

とんでもなく怪しい教義にしか聞こえないのに、彼女は大真面目のうえ、完全に目がイっている。

八栄子は折伏《しゃくぶく》でもしているつもりなのか、いかに教祖が素晴らしいかを滔々《とうとう》と語り声が大きくなっていく。サロンの利用者が何事かと見つめてくる。

恐ろしいと、織絵は心から思った。

何かに熱中することは悪くないのだが、魂を吸い取られたかのような彼女の表情に本能的な恐怖を抱く。自我を消失した亡霊みたいな印象を受けるのだ。

――彰さん……こういう女性ばっかり引き寄せていたんだ……

織絵は心の中で泣きながら、これでは女性不信にも女性嫌悪にもなると思った。彼は今でこそ妻を大切にしているが、出会ったばかりの頃は素っ気なくされても仕方がないと、思いっきり同情してしまった。

しばらくすると語り終えた彼女は、はあはあと肩で息をしつつバッグから水筒を取り出した。中身の液体をコップに注いで織絵に差し出してくる。

「どうぞ、お飲みください……」

見たところ水のようである。おそらくこれが浄化した聖なる水だろう。とてもじゃないが飲むことなどできない。

「申し訳ありませんが、ご遠慮します」

一応、丁寧にお断りしておいた。すると八栄子は三度《みたび》ため息を吐き、その水を飲み干すと織絵を真正面から見つめる。

「どうかお願いです。早瀬さんと別れてください。この子に父親を与えてあげたいんです」

叫びたい衝動を抑え込んだ織絵は、グッと拳を握り締めた。

「待ってください。お子さんが彰さんの子どもだって証拠はあるんですか？」

「そう言うと思ったから、あなたに声をかけました」

八栄子はバッグからジッパー付き保存袋と、切手と宛先が記された封筒を取り出して織絵の前へ置いた。

「これは？」

「早瀬さんと娘のＤＮＡ鑑定をしたいんです。科学的にあの人と私の子どもが親子だって証明されれば、文句はないですよね」

ＤＮＡ鑑定は本来、綿棒で口の中の粘膜を採取するのがベターだと八栄子は説明する。しかし彰に知られずに細胞を採取したいため、三回以上使用した歯ブラシでも構わないという。そのため彰の使用済み歯ブラシを封筒に入れて送付しろ、とのことだった。

その説明に織絵は眉根を寄せる。

「なんで彰さんに知られたくないんですか。彼は当事者ですよ」

「だって、あの人は絶対、ＤＮＡ鑑定に協力してくれないわ……どうせ俺の子じゃないって言うに決まってる……」

そこで八栄子は泣きながらテーブルに突っ伏してしまった。わあわあと声を上げて泣く姿に、再びサロンにいる人たちの視線を集めてしまう。

「ちょっ、泣かないでください」

「……じゃあ、協力してくれますよね」

「あの、ちょっと聞きたいんですけど、なんで今さら言ってくるんですか？　もっと前に、それこそ妊娠したときに言えばいいじゃないですか」

　優しい彰なら、子どもの存在を知っていれば必ず八栄子と結婚しただろう。彼女がどのような人物であっても。

　すると八栄子は気まずそうに視線を逸らす。

「だって、父親は違うと思ってたんだもの……」

「は？」

「早瀬さんと婚約する前から恋人がいたの。でも結婚できない事情があったから、早瀬さんとお見合いをしたんです……」

　婚約した後も恋人と密会を重ね、破談になった後で妊娠に気がついた。なのに迷うことなく恋人の子だと思い込んだ。

　その男性は責任を取って八栄子と結婚したが、子どもの顔が自分や親族の誰とも似ていないと言い出し、ＤＮＡ鑑定をしてみることになった。

　すると親子関係が否定され、離婚に至ったという。

「元夫の子どもじゃなかったら、早瀬さんの子だわ……それだけは間違いないもの……」

「そんな……」

　愕然《がくぜん》とする織絵は八栄子を非難の目で見つめた。

　婚約をしながら恋人と別れずに関係を続けるなど、倫理観の欠如や貞操観念の低さに怒りさえ覚える。

だが彼女の話を信じるなら、彰が父親で間違いないのではと思った。そして彰は我が子の成長を見守ることができなかった……

うなだれる織絵に八栄子が身を乗り出す。

「親子関係が認められたら、納得してくれますよね？　子どものために別れてくれますよね？」

「……納得できないわ」

「えっ」

「子どもの件はともかく、あなたのことが納得できない。彰さんの妻として彼を支えられるとは思えません」

ギッと睨みながら吐き捨てる。こんな尻の軽い女、彰が受け入れられるかと考えたら答えはノーだ。

しかし八栄子は胸を張った。

「それは大丈夫です。私は子どものお父さんなら大切にします。子どもが大事なので」

「夫としては大切じゃないと？」

「そういう夫婦もいます。ですが早瀬さんなら娘を可愛がってくれるでしょうから、私もうまくやっていけると思うんです。それに……」

八栄子は実家について続けて語る。佐上家は流通業を営む旧家で、莫大《ばくだい》な資産と人脈を持っており、ハヤセホールディングスにも多大な利益をもたらすことができると。

「嘘だと思ったら佐上龍雄《たつお》の名を検索してみてください。父の名前ですが、ネット事典にも載っていますから」

「……一応、考えておきます。でも別れるか別れないかは、私たちが決めることです」

言外に、あなたの指図は受けないと匂わせておく。もしかしたらＤＮＡ鑑定で、親子関係が否定されるかもしれないのだ。

このとき八栄子がため息混じりに呟いた。

「子どもの父親を奪うなんて外道なこと、あなたはしないと信じています」

その言葉が織絵の心臓を刺したのか、ギリッと絞られるような痛みを感じた彼女は手で胸を押さえた。

八栄子は子どもに水筒の水を飲ませると、手をつないで立ち去っていく。

織絵は二人の姿を——こちらを振り向いて小さく手を振った幼女の姿を見つめたまま、長い間、その場から動くことができなかった。

その後、フラフラとマンションに帰り着いた織絵は、二階のパウダールームで彰の歯ブラシを持ったまま床に座り込んだ。

——彰さんのじゃなくって、私の歯ブラシを彰さんのものとして渡せば、親子関係は否定されるわよね。

だがそれだと万が一、あの幼女が本当に彰の娘だった場合、自分があの子の父親を奪ってしまう。そんなことをして許されるのか。子どもは悪くないのに。

あの娘は浮気をしたあげくの不貞の子ではない。自分が彼と出会う前に生まれた子に、罪は一片たりとも存在しない。そんなことぐらい分かっている。

このとき不意に、もし親子関係が認められたら、自分があの子を引き取ることはできないかと思いついた。が、すぐさま考えを否定する。

あの母親の様子から、我が子を手放すことなどあり得ないと感じられたのだ。

同時に、そこまでして彰の妻でいたいのかと、罪悪感で死にそうな気持ちになった。

好きになった人を手放したくない。ただそれだけのために、幼い子どもを不幸にするなんて……

『子どもの父親を奪うなんて外道なこと、あなたはしないと信じています』

八栄子の言葉が心に突き刺さる。

織絵の眦から涙がこぼれ落ち、その場に蹲って声を上げて泣いた。今、一番縋りたい人がそばにいない苦しみで、心が千切れそうなほど痛かった。

翌日、八栄子が告げた佐上龍雄とやらを調べてみた。

神奈川の旧家、佐上家の八代目当主で、ネット事典には本当に彼のページがあった。八栄子は本物のお嬢様なのだ。

佐上家は華族の流れをくむ由緒ある名門の家柄だった。五代目が物流業を始めて百年ほどが経過しており、現在は建設や石油販売など様々な事業を展開している。グループの連結売上高は約三千四百億円。

……フォルマフーズなど足元にも及ばない大企業である。ハヤセホールディングスにとってどちらにメリットがあるかなど、考えるまでもない。

そしてあの子どもは、もしかしたら佐上家と早瀬家の血を継いでいるかもしれないのだ。

――その事実を、私が捻じ曲げても許されるの……？

夕方になって、織絵は迷いに迷いながらも、彰の歯ブラシを新品に替えた。使用済み歯ブラシを保存袋に入れてから封筒の中にしまう。……まだあの子は彰の娘ではない可能性だってある、と何度も己に言い聞かせて。

久しぶりにマンションの敷地から出て歩道を歩いた。

引きこもっている間に桜の花びらは一掃されており、周囲にピンク色の面影は何も残っていない。まるで彰との思い出まで消え去ったようで、心が痛かった。

今日は初夏と言ってもいいような陽気で、春服を着ていると首筋や脇の下が汗ばんでくる。もしかしたら冷や汗かもしれないが。

やがてたどり着いたポストの前で、織絵は虚《うつ》ろな視線を向ける。夕日に照らされる見慣れた箱は、今日はやけに存在感を増しているようだった。

震える手でバッグから封筒を取り出す。

子どものためにも、彰が父親なのかそうでないのかを、ハッキリさせた方がいい。

迷いに迷いながら、織絵は震える手で封筒を投かんする。

かたん、と差入口の雨蓋が鳴る音が普段より大きく聞こえて、いつまでも耳に残って離れてくれなかった。

§

海外出張を終えて帰国した彰は、その日の夜遅くに自宅へたどり着いた。

「お帰りなさい、彰さん！」

玄関まで織絵が駆け寄ってくる。二週間ぶりに会う妻へ笑顔を向けた彰だったが、彼女を見てギョッとした。

「顔色が悪いぞ。何かあったのか？」

ハッとしたように自分の顔を撫でる織絵だったが、すぐさま口元に笑みを浮かべた。

「ずっと一人だったから、昔を思い出して……ちょっとだけ寂しかったんです」

織絵が視線を逸らして告げた。

彼女は一度目の結婚生活で、夫のいない一人の時間を何年も過ごしている。そう言われたら納得するしかないが、彰は彼女の言動に不自然さを感じた。

「……そうか。一人きりにしてすまない」

「何言ってるんですか！　二週間なんてあっという間ですよ。私よりも彰さんの方が大変だったでしょう？」

笑顔を見せる織絵だが、彰にはなんとなく〝頑張って笑っている〟表情のような気がした。

――やっぱり俺のいない間に、何かトラブルが起きたんじゃないのか？

先月、彼女の伯父である坂井社長が財産横領をした件で、彼がマンションに乗り込んできたことがあった。追い払ったものの、再び織絵に圧力をかけようとする可能性が残っている。

まずいことに妻は夫に遠慮するところがあり、もし伯父が乗り込んできても、一人で対処しようと考えるかもしれない。

どうするべきかと思案する彰は、織絵の心づくしの和食をいただいてから、ふと思いついて二階に上がり、インターホンの録画画面を確認してみた。坂井社長が再び訪問したならば、その様子が残っているはず。

だがそこに映っていたのは、自分より少し若い男の姿だった。自分が日本を出た翌日から、毎日マンションを訪問している。

彼の容貌に、彰は奇妙な既視感を覚えて眉根を寄せた。

なんとなく見たことがあるような気がするのだ。自分は人の顔を覚えるのが得意なので、一度でも会ったのなら忘れるはずはないのだが。

――やはり財産関係なのか？　玄関前の画像はないから家に上げてはいないようだが……織絵と出かけているのか？

セールスマンには見えないが、この男が彼女の顔色を悪くしている原因だろうか、と彰は顔を歪める。

自分の不在中、愛妻に近づく男など歓迎する存在ではない。

だがこのとき思いついた。織絵も夫がこう考えると判断したからこそ、何も言わないのではないかと。こちらが不機嫌になるのを避けようと……いや、彼女の性格なら夫に余計な心配をかけたくないと、黙っている可能性の方が高い。実際、彼女は何も言わない。

——隠しておきたいなら、織絵から話すまで待っているべきか。

余裕のない男だと思われたくはないプライドから、このときはいったん自分の胸の内に秘めておくことにした。

その翌々日、明日からゴールデンウィークに入るという直前、坂井社長が金を用意したとの連絡を寄こしてきた。

「私の持てる財産を全部渡すんだぞ！　もうこの件はなかったことにしてくれ！」

ハヤセホールディングス本社近くのホテルラウンジで会った義父は、声を潜めながらも怒りを隠しきれない様子だった。彼は有価証券と不動産の売却によって、五千七百万円の小切手を用意したのだ。

その小切手を見つめる彰は疑問が膨らんでいく。

では、うちを頻繁に訪ねていたあの男は何者で、なんの目的があってのことなのか。

自分が帰国してからというもの、奴の訪問がぴたりと途絶えたのも気になる。まるでこちらのスケジュールを把握しているようで。

彰が顔を上げて正面から義父を見たとき、ふいに頭の奥で閃いた。

——そうか！　あの男、どっかで見たことがあると思ったら、この人に似てるんだ。

坂井と例の男の目元に、遺伝的な類似性を感じたのだ。

急いでスマートフォンのインターホンアプリを立ち上げ、自宅インターホンの画像フォルダにアクセスする。

「坂井社長、この男をご存じですか？」

例の男の画像を見せると、坂井は目を丸くした。

「幸介じゃないか！　日本に帰っていたのか⁉」

坂井の言葉に、彰は心臓が嫌な音を立てて鳴ったのがはっきりと聞こえた。

――こいつが織絵の元夫。妻を放置してよその女と逃げたクソ野郎。

なぜそのような人物が彼女に、いや、元妻に会いに来ているのか。そしてなぜ織絵はこのことを話してくれないのか。

坂井が幸介の居場所を尋ねてきたが、何も知らないと適当なことを告げて席を立った。実際に自分は彼のことを何も知らないのだ。

考えすぎてその日は仕事が手につかず、予定外の残業になってしまった。

織絵と過ごす時間が削られるのは地味につらい。いや、それよりも彼女が元夫との関係を隠していたことが苦しかった。

――なぜだ、織絵……

心の奥底に彼女を疑う気持ちが生じてしまう。あの子だけは疑いたくないのに、かつての婚約者たちから裏切られた記憶が、こんなときほど鮮明に思い出される。

織絵を問い詰めたい。いや、彼女から話して欲しい。必ず何か理由があるはずだ。

織絵の表情は出張前より明らかに暗くなって、ため息をつく回数も増えている。悩みを抱えているのが丸分かりなのだから。

しかし、織絵は自分の胸に秘密を抱えて口を開こうとはしない。

それもそのはず。自分たちは夫婦でありながら、本音を言い合える遠慮のない関係ではないのだ。

喧嘩するほど仲がいいと言うが、自分たちは本気で喧嘩などしたら心が離れていく予感があった。

だから言い争うことさえできない。

おまけに自分は初夜で彼女を傷つけておきながら、理由をつけてそばに置いている。……彼女を妻という立場に縛り付けている。

——俺は、あのクソ野郎と同じだ……

こういうときどうしても、考えないようにしてきたことを考えてしまう。

織絵は夫への感謝や恩義によって、坂井家の影響力から抜けつつある。だがもしかしたら彼女は、自身の支配者を伯父夫婦から夫へ替えただけではないか。

そんな恐れにも似たことを考えてしまう。

自分は純粋無垢な彼女に信頼感と依存心を植えつけ、自分から離れていかないよう、新しい隷属《れいぞく》の鎖で縛りつけただけでは、と。

それに気がついたとき、体が震え上がるほどゾッとした。

元夫以上の鬼畜の所業を、無意識に最愛の女性へ施《ほどこ》していた。優しい彼女が疑わないよう、時間をかけてゆっくりと。

——俺こそが彼女の害虫ではないのか……？

罪悪感で胸が押し潰されそうだった。

自分は織絵を心から愛している。愛しているからこそ、彼女には幸せになって欲しい。それは自分だけの役目だとずっと信じていた。

しかしそれこそが独善なのだ。なぜなら。

「……あの子のそばには俺以外の男がいる」

するりと心に入り込んできた己の呟きに、彰はハッとして顔を上げた。仕事中だというのに、完全に意識がプライベートに切り替わっていた。

頭をゆるく振った彰は目の前の業務に集中する。不安感から、今だけは織絵のことを考えないようにした。

そして翌日、ゴールデンウィークに入ってすぐ、織絵と共に長野県N市にある村沢家の墓参りに向かう。

目的地へは関越自動車道と上信越自動車道を利用し、四時間近くかかる道のりだ。連休中で混雑していた影響をもろに受けたが、織絵は疲れた様子を見せず、それどころか明るい顔つきになっている。

ずっと暗い表情を見せてきた彼女が笑ってくれるのは、自分にとっても嬉しかった。彼女へ感じた疑惑と嫉妬が消えていくようで。

織絵の案内で、山裾にある霊園に足を踏み入れる。初めて見る村沢家の墓は立派なものだった。

彰は織絵と共に墓を綺麗にしてから花を飾り、お供え用の食べ物と水を供え、線香に火を点《つ》けて祈る。本来なら結婚前に来るべきところを、礼を欠いたことに対する謝罪を心の中で告げた。土下座するべきかと本気で思ったが、織絵が慌てふためくことは容易に想像できたのでやめておいた。

彼女が一人で墓参りをするときは、霊園の近くにある日帰り天然温泉に寄るのだという。ここも家族でよく訪れた思い出の場所だと。

しかし織絵は今回、少し離れた足湯へ行きたいと告げた。

「いいのか？」

「はい。温泉に入ってたら、彰さんと離れる時間が長いというか……なんか、せっかく出かけているのに、もったいないかなって」

頬を染めてそう告げるから、家族風呂を借りて一緒に入ろうと言いそうになった。

いい雰囲気で日帰り旅行から帰ってきたが、自宅へ近づくにつれて織絵の表情がどんどん険しくなっていく。

それは翌日も、翌々日も続き、本人は普段通りにふるまっているつもりだろうが、上の空である時間が増えて常に顔色が悪い。

そして今日、ゴールデンウィークの中日《なかび》。

サンルームに出た彰は、スコップを持ったまま固まる妻へ、「織絵」と声をかけた。しかし彼女は反応しない。

彰は細い肩に手を置こうと腕を伸ばしたものの、触れてはいけない戒《いまし》めを思い出して愛らしい顔を覗き込んだ。

織絵がハッとした顔つきになる。

「あ……、何……？」

「すごい汗だぞ。暑いんじゃないのか？」

「え、あ、本当だ……」

軍手を外して自分の額に触れた彼女は、汗だくになっていることにようやく気がついた様子だった。

「ちょっと休んだらどうだ？　あとは水やりだけだろ？」

織絵はバジルの苗を植えており、作業はほぼ終えている。この後は水をプランターの底から流れるまで与えておけばいい。

織絵は迷っている様子だったが、彰が再三うながすと、ようやくリビングに入っていった。

ソファで休むのかなと思ったが、彼女はふらふらとおぼつかない足取りで廊下に出ていく。自室に向かうのだろう。

少し丸まった元気がない小さな背中に、彰の胸がギリギリと痛んだ。

連休に入ってから織絵と一緒に過ごす時間が増えて、嬉しいはずなのに彼女の沈んだ様子を見守っていると、どれほど思い悩んでいるか手に取るように分かって心が痛い。それだけでなく、何かに怯えているような気がするのだ。

——連休が終わる前に白状させた方がいいのか……？

あのままでは体にまで不調が出てくるだろう。それに、自分も織絵と幸介の関係の本当のところを知りたい。

ざわざわと揺れる気持ちを持て余しながらバジルに水をやり、重い体を動かして園芸用具を片づける。

リビングに入ると、ちょうどテーブルに置いたスマートフォンに着信が入った。ディスプレイを見て思いっきり眉を顰める。坂井家からの電話だった。

——あの野郎の実家から。

なんの用かと警戒しながらも、通話アイコンをタップする。

かけてきたのは義母の久美子《くみこ》だった。

『お久しぶりね、彰さん。あの、ちょっとお話したいことがあって……本当はこちらから出向くべきなのですが、織絵には聞かれたくないから、うちに来ていただけないかしら……』

少し前の自分なら、この手の呼び出しなど確実に断っていた。「妻に聞かれたくない話なら、私も聞きたくありません」と告げていただろう。

それなのに今は、義母が何を話すのか知りたくてたまらない。

彼女が夫の横領と不貞を知っているとは思えないので、このタイミングで会いたいと言うなら息子のことではないか。それ以外の心当たりがない。

了承の返事をして通話を切った彰は、織絵に外出を告げようとゲストルームをノックしてみた。

……反応がないので眠っているのだろう。だいぶ顔色が悪かったから、このまま休んでいて欲しい。

そっと扉から離れて玄関へ向かった。彼女へは、『会社から呼び出されたため、少し出かけてくる』との偽りのメッセージを送っておいた。

やがて坂井家に着くと、広い邸宅には義母しかいなかった。夫はゴルフで、娘は海外旅行中だという。

ゆったりとした上品なワンピースを着た義母は、家政婦らしき女性が二人分の紅茶を置いて応接間を出て行くと、申し訳なさそうに口を開いた。

「私もつい最近、知ったんですが……行方不明だった息子がいつの間にか帰国して、事もあろうに織絵と密会を重ねていると、忠告してきた人がいて……」

差し出された調査報告書には、彰が海外出張中に二人が人目を忍んで逢瀬《おうせ》を重ねていると記されていた。それだけではなく、二人が連れ立って歩くところや、スーパーマーケットで一緒に買い物をしている写真が添付されている。

疑いようがない証拠を出された彰の頭の中が真っ白になった。しかし続けられた坂井夫人の言葉に強烈な違和感を抱く。

「幸介にも確認したところ、先月の中旬頃に織絵と再会して、あっという間にやけぼっくいに火がついたらしいんですの」

「ご子息と織絵はたしかに結婚していましたが、夫婦仲は良くなかったと彼女から聞いていますが」

「……まあ、そうかもしれません。うちの馬鹿息子が浮気を繰り返して……でも織絵は健気な子で、復縁したいとの幸介の願いを振り切ることができなかったようで……優しいあの子は絆されたのかもしれません」

織絵が健気で優しいというのは分かる。彼女は今の夫さえも受け入れて尊重してくれるのだから。情に厚く、情に脆《もろ》い。そういう織絵だからこそ自分も好きになったと言える。そして彼女の性質が分かるからこそ、義母の主張を疑っても否定することができなかった。

――でも、本当にそうなのか？　そりゃあ誠心誠意謝れば、彼女なら絆されてしまうのかもしれない。でも不倫に走るとは思えない……

織絵を信じたい気持ちが大きいものの、彼女が幸介と会っている事実……特に写真が彰の心を苛んでくる。

「彰さんと早瀬家にはお詫《わ》びのしようもありません。ですが、こんなふしだらな娘など切り捨ててください。織絵は息子と共に海外へ放り出します。二度とあなたの前には現れないようにしますから……」

涙目で謝罪してくる坂井夫人に心の中で、「本当に詫びる気持ちがあるなら、息子に直接話させろ」と言いたかった。が、それだと修羅場になることも理解している。

彰はショックを受けつつも、「一度、織絵に確認します」と告げて坂井家を出た。

混乱しながら帰宅すると、休んでいるはずの織絵の靴が玄関になかった。家を出るときは間違いなくあったのに。

慌ててゲストルームの扉をノックするが返事はない。猛烈に嫌な予感がした。

「すまん織絵、開けるぞ！」

部屋の中はもぬけの殻だった。何かに急《せ》かされるように家中を、それこそ二階の自分の部屋やバスルームまで探したが、やはり姿はなかった。急いでコンシェルジュカウンターに電話をかけ、家の者が出かけたのは何時頃だろうかと尋ねる。

カードキーを使用した入退館記録はコンシェルジュなら調べることができる。彼らによると、彰が出かけてからそれほど時間を置かずに妻は外出していた。

ハッとした彰はインターホンを確認する。一番新しい今日の画像に幸介が映っていた。時刻は自分が家を出た直後だ。

一瞬にして頭に血が上り、スマートフォンとカードキーだけを持って一階に駆け下りる。

織絵がどこに行ったかなど分からないが、部屋で帰りを待ち続けるなんてできなかった。

――織絵、どこだ。

マンションの周囲を探すものの、当たり前だが彼女の姿は見当たらなかった。

肩で息をしながら、たまらず彼女のスマートフォンに電話をかける。だが電波が通じないか、電源が落ちておりつながらなかった。

その事実に彰の胸の内が真っ黒に染まる。

彼女がスマートフォンの電源を切ることは、今まで一度もなかった。スマートフォンだけが夫と連絡を取る手段なので、彼女は掃除や土いじりの最中でも、スマートフォンを肌身離さず持ち歩いていた。

だから彰がメッセージを出せば、すぐに既読がついたのだ。

この都内で電波が通じない場所はそれほど多くはない。つまり彼女は電源を落としているのではないか。誰からの連絡も取りたくないと。

その間、何をしているのか。

やがて彰は、スマートフォンからミシミシと異音が漏れるほど握り締めた。

――君も、俺を裏切るのか……？

あの男と何をしているのか。やはり義母の話は本当だったのか。

『私は、彰さんを裏切ったりはしません。あなたは……前の夫とは、違いますから……』

あの言葉は嘘だったのか。あの子もまた、変わってしまったのか。

――俺のそばにいたから。

呆然と立ち竦む彰の顔から、だんだんと表情が抜け落ちていく。織絵と出会ったばかりの頃の無機質な気配を漂わせ、のろのろとマンションの方角へと歩いていった。

§

織絵はサンルームでバジルの苗を植えている最中、少し疲れたのか、はたまた悩みすぎて脳が休息を求めたのか、彰に勧められてゲストルームで横になっていた。

いつの間にか眠ってしまったらしく、チャイムの音で目が覚め、寝足りないような寝すぎたような曖昧な感覚で体を起こした。

数秒ほど放心していたが、客が来ているとの情報をやっと脳が理解し、慌ててインターホンに飛びつく。直後、幸介の姿を認めて膝から崩れ落ちるような脱力感を覚えた。

——そういえばこの人のこと、すっかり忘れてたわ……

八栄子が現れてからというもの、なぜか幸介はマンションを訪れなくなった。ちょうど彰が帰国するタイミングだったので助かったが、おかげで彼の存在そのものが頭から抜け落ちていた。

「もぉ、こんなときにウザい……」

八栄子と子どもの件でいっぱいいっぱいの今、元夫の相手をする余裕などない。やけくそ気味にディスプレイの通話アイコンをタップした。

「なんの用ですかっ」

『なんの用って、いつものお誘いだよ』

あいかわらず他人の心情を汲《く》み取ろうとしない自己中心的な様子に、織絵のこめかみに青筋が浮かんだ。

「行きません。いいかげん諦めてください。では」

『待った！　あのさ、マンションの前で親子連れがウロウロしてるんだけど、おまえの知り合いじゃねぇの？』

その瞬間、脳裏に八栄子と幼女の姿が浮かんだ。

「お、親子連れって、どんな感じの……」

『歳は俺ぐらいの母親と、まだちっちゃい女の子の組み合わせだけど』

八栄子に違いないと直感で気がついた織絵だったが、このとき幸介の言葉に奇妙な違和感を覚えた。

――なんで幸介さん、八栄子さんが私の知り合いだって思ったの？　まさか彼女が何か言ったんじゃ……

深く考える前に急いでバッグを持って部屋を飛び出す。ジムで彼女たちと会ってから一週間が経過しているため、そろそろ鑑定結果が出たはずだと悩んでいたのだ。

彰にこのことを相談しようと何度も考えたが、勝手に歯ブラシを送ってしまった後ろめたさと、彼が八栄子たち親子のことで悩む姿を見たくなくて、言えなかった。

玄関で靴を履こうとしたとき、シューズボックスに彰の靴がないことに気がついた。そこでようやく彼の存在を思い出したものの、出かけているようだ。

慌ててスマートフォンを確認したところ、会社の人に呼び出されたというメッセージがあった。

ホッと息を吐いて一階に下りる。

マンション入り口から離れた位置で、八栄子と幸介がたたずんでいた。最悪の組み合わせに強烈な頭痛を感じて眩暈《めまい》までする。だがふらついている場合ではない。

「――八栄子さん、ちょっと場所を変えましょうか」

幸介を無視して彼女に話しかける。鑑定結果のことをマンションの中で話したくないし、幸介に聞かれたくもない。

八栄子は頷くと子どもの手を引いて織絵に付いてくる。

すると幸介が、好奇心をむき出しにしてあとを付いてくるではないか。織絵は苛立ちを隠さない声を放った。

「幸介さん、今日は帰ってください。先約があるんです、見て分からないんですかっ」

「えー、せっかく来てやったのに。仕方ないなぁ。優しい俺に感謝しろよ」

恩着せがましい言葉を言い置いて彼は歩みを止めた。ホッとした織絵だったが、しばらく歩いてから振り返ると、かなりの距離は開けているものの幸介が付いてくるではないか。

——あの男……っ！

彰の子どもについて幸介に聞かせるわけにはいかない。

背後を睨みつける織絵に気づいたのか、八栄子は少し離れたところにある公園を提案した。

「あそこ、ベンチの間隔が広いから、話を他人に聞かれにくいですよ……」

よく知っているなと驚いたが、子どもがいるなら公園で遊ばせることもあるのだろうと思う。

広大な公園は散策する人も多いが、今日は連休中のせいか人影もまばらだ。

織絵は空いているベンチの一つに、八栄子と幼女と共に腰を下ろす。

かなり離れた位置で、幸介もベンチに座ってスマートフォンをいじっていた。しかしこの距離では話し声など届かないので、もう気にしないことにした。

それよりも八栄子に視線を向けると、彼女は水筒の水を子どもに飲ませ、お菓子を与えてから話し出した。

「結論から言いますが、この子はやっぱり早瀬さんの子でした。――これが鑑定結果です」

白い封筒を手渡された織絵は、心臓が止まってしまいそうな胸の痛みを感じながら、震える手で書類を取り出した。

父子鑑定報告書と記されたその紙には、母親であるサガミヤエコと、父親にハヤセアキラ、子どものサガミヒマリの名前の他、それぞれの生年月日、国籍や血液型が記されている。その下に、『DNA父子鑑定の結果：肯定』と、『生物学上の父子である可能性：99.9%』と太字ではっきりと書かれていた。

書類をつかむ織絵の両手がぶるぶると震える。

「この子は間違いなく早瀬さんの子どもです……別れてくれますよね」

「……待って」

「娘に、本当のお父さんを与えてあげたいんです。私も子どもの父親となる早瀬さんを支えていくと、今度こそ大切にするとお約束します。……どうかあなたから別れてください。お願いします」

深々と頭を下げる八栄子を、ショックで震えたままの織絵が凝視する。揺れる眼差しがお菓子を食べる幼女と、父子関係を肯定するとの文字と、生物学上の父子である可能性の数字を、順に見つめ続ける。

「……お子さんのことは、分かりました。でも、彰さんが、私と別れるかどうかは、別問題です」

「娘から、父親を奪うんですか……」

「……彰さんと結婚しているのは、私です。お子さんを、私たちが引き取るという選択だってあります」

「この子から父親だけじゃなく、母親まで奪うんですか？　ひどい……」

ハンカチを取り出して目元にあてる八栄子を見て、織絵は唇を引き結ぶ。それでも「はい別れます」なんて言えるはずがなかった。

「……何度も言いますが、彰さんがお子さんの父親になることと、私たちが別れることは完全に別問題です。彰さんが子どもを認知して養育費を渡し、定期的に面会するという方法もあります」

すると八栄子が子どもを抱き上げ、膝の上に座らせる。

「日葵《ひまり》、これからパパに会いに行こうか」

「パパ!?　会いたい！　行こうよ！」

幼女は手に持ったお菓子を放り投げて顔を輝かせる。震える織絵の眼差しがそのキラキラした表情をとらえた。

ぷくぷくのほっぺたが可愛らしい子どもは、父親に会える喜びを全身で表している。……この子の希望を自分が打ち砕くことに、織絵は途方もない罪悪感と痛みを覚えた。

それは、人として許されるのかと。

呆然とする織絵が動けないでいると、八栄子は子どもに水を飲ませてから立ち上がった。

「今から早瀬さんに、鑑定結果を渡してこの子を会わせます。あの人が子どもを選んだら別れてくれますよね」

　このとき幼女が織絵を見た。ぱっちりとしたつぶらな目を向けられ、織絵はその濁りのない澄んだ瞳を見続けることができなくて顔を背ける。

　八栄子は、「あなたはまだ若いんですから、他の人と幸せになれますよ」と言い捨てて去っていった。

　うつむいたまま指先さえ動かせない織絵は、誰かが隣に座っても微動だにできなかった。

　しばらくしてその誰かが、織絵の手にある鑑定結果の紙を奪ったことで正気に戻る。

「……やめて幸介さん！」

　いつの間にか隣にいた彼の手から慌てて書類を奪い返す。

「それ、父子鑑定報告書って書いてあったけど、おまえの旦那は浮気でもしたのかよ」

「失礼なこと言わないで！　彰さんはあなたとは違うのよ！」

　本気で怒りを表す織絵の迫力に、幸介も驚いたのか仰け反っている。

「そんな怒るなよ。さっきの女が連れていたガキって、おまえの旦那の子どもってことだろ？　浮気じゃないならなんなんだよ」

「いろいろあるのよ！　あなたには関係ないからどっか行ってよ！」

「でも、おまえが心配だしー」

「あんたに心配されたくない！　こうやって話してるのも不快なのよ！　私の前から消えて！」

　心が千々に引き裂かれそうなときに、クズ男の相手なんかしていられない。怒髪天を衝《つ》く織絵の様子に、幸介もようやく彼女が本気で怒っていることを理解し、たじたじになっている。

彼はふてくされた顔で、「なんだよ、話しが違うじゃねーか」と呟いた。興奮状態の織絵は聞いておらず、射殺さんばかりに睨みつけたままだ。

やがて幸介は面倒くさそうに立ち上がった。

「まあ、ちょっと考えろよ。離婚になったら俺のところに来ればいいんだから」

「別れたとしてもあんたの顔なんて二度と見たくないわよ！」

拒絶の姿勢を崩さない織絵に、彼は「おっかしぃーなぁ」とぶつぶつ言いながら去っていった。

織絵は幸介の姿が公園から消えると、バッグからハンカチを取り出して双眸を覆い涙を零す。

——彰さん……！

優しい彼の性質を鑑みれば、絶対に自分の子を見捨てないだろう。そして織絵と結婚したまま子を引き取ろうとしても、八栄子が決して許さない。彼は深く悩むはず。

そして自分は、子どもを捨てて妻を選べなんて言いたくても言えない。彼に触れるなと契約している以上、自分たちの間に子どもができることはないのだから。

では、契約を破棄して子どもを作るべきなのか、などは問題のすり替えだ。これはあの幼い子どもが父親を得られるかどうかの問題なのだから。

——ばちが当たったのかもしれない……

帰国した彰に子どものことを話せなかったのは、この問題について悩む彼を見たくなかったから。

妻のこと以外で頭がいっぱいになる様子を見たくなかったから。

幼い子どもが父親を得られるかどうかの重要な局面で、織絵は自分のことしか考えなかった。そして心の片隅で、もし親子関係が否定されたら、この問題はなかったことにできると期待していた。

だから彼に言う必要はないと考えた。否定されるはずだと、根拠のない結果に縋りついていた。

なんて醜い、自己中心的な考え方だろう。

織絵は止まらない雫をハンカチに吸わせて唇を噛み締める。どう考えても遠くない未来に彰との破局が訪れそうで、声を殺して泣き続けた。

泣きながらベンチに座っていると、公園の利用者からじろじろと奇異の目で見られたが、今の織絵にはそれを気にするほどの気力は残っていなかった。

涙が枯れるまで泣き、嗚咽《おえつ》が止まっても放心して動くことができなかった。やがて日が落ち、辺りが暗くなって気温が下がると、ようやく帰らなくてはと思い至る。

——彰さんが心配してる。

泣きすぎてビリビリと痛む頭を抱え、今は何時かとスマートフォンをバッグから取り出した。電源が入らないので、どうやら電池切れらしい。

——最悪。充電さえ忘れるなんて。

八栄子と子どものことばかり考えて、日常生活で様々なほころびが生じている。スマートフォンは彰との唯一の連絡手段なのだから、電池切れには警戒していたのに。

織絵はようやく立ち上がり、フラフラする足取りでマンションへ向かう。途中、緑の葉で覆われた桜の木を見上げ、ほろ苦い気持ちを抱いた。

彰と夜桜の下を歩いたのは、わずか一ヶ月前。なのに今は彼との別れを予感を覚えている。

あの薄桃色の幻想的な空間を二人で歩いたとき、来年も再来年もそれ以降も、ずっと彼と一緒に桜を見たいと思っていた。

できれば彼と手をつないで。

いつか彼と腕を組んで寄り添いながら。

……人生とは、なんとままならないものだろうか。ただ好きな人と静かに生きて行きたいだけなのに。

泣きたい気持ちと諦めの想いが綯い混じり、織絵は肩を落として部屋へ向かった。

家の扉を開けると、玄関には彰の靴があった。帰っているとの嬉しい気持ちと、八栄子が『今から早瀬さんに、鑑定結果を渡してこの子を会わせます』と告げた言葉を思い出して胃が痛む。

彼女はここに来たはずだ。

……彰は、何を思っただろうか。

長い廊下を歩いていくと、不意に耳鳴りがしているような気がした。酒を飲んでもいないのに酔っ払っているのか、ふらふらと体が揺れてまっすぐに歩けない。廊下がぐにゃりと曲がっているような気がする。

——怖い。

このまま先に進みたくない。

リビングのドアから光が漏れているから、あそこに彰がいると分かっている。

彼に会いたい。

本当はあの逞しい腕に抱き締めて欲しい。

なのに、なぜか近づいてはいけないような気がして。

──私、ずっとあなたに触れて欲しかったの……

初夜のときのように乱暴でもいいから、彰に抱いて欲しかった。自分も彼の子が欲しかった。

ゆっくりとリビングの扉を押せば、ソファに座る彰が深くうなだれていた。彼はかすかな物音を拾ったのか顔を上げる。

織絵の体が震えたのは、彼の表情に温度を感じなかったせいだった。

彰と初めて出会った頃を彷彿《ほうふつ》とさせる無表情。誰も近づけさせない冷たい気配。

まるで結婚前に時間が戻ったかのような雰囲気に、織絵はリビングの入り口で立ち止まったまま動けない。

立ち竦んだ妻を見つめる彼が口を開いた。

「……こんな時間まで、どこにいたんだ」

織絵はどこまで話せばいいのか、彼がどこまで聞いているのか分からず、「ごめんなさい……」としか言えなかった。

彰は眼差しを床に落として皮肉そうな笑みを口元に浮かべた。そのまま何も言わなかった。

無言を貫く彰の様子から、織絵は彼が別れを切り出せないのだと思った。

妻と子どもを選べなくて。

それでも、子どもを選ばない選択などできなくて。

「……別れてくださいませんか」

これ以上、大切な人が苦しむぐらいなら、身を引いた方がましだと心から思った。

でも自ら別れを告げた途端、織絵の中で何かが音を立てて崩れていくような気がした。

彰が床を見つめたまま力のない声を漏らす。

「そうだな……もう、君と暮らすことはできない」

苦しげにその言葉を吐き出すその姿に、彼の方が死にそうな顔色ではないかと思った。

同時に、そのような彼を慰める役目は、もう自分ではないと思い知らされた。

第五章

ゴールデンウィークが明けた翌週、織絵は長野県N市にいた。

マンスリーマンションの部屋で離婚届に記入し、捺印《なついん》したものを封筒に入れる。

このとき彰への手紙を同封するかやめるか、長い時間迷った。優しい彼は妻の想いを知ったら悩むだろう。……そういう人だ。

けれど自分も、いつか最愛の人を忘れて新しい人生を歩まなくてはいけない。この気持ちに踏ん切りをつけたかった。

最後まで身勝手でごめんなさい。と、思いきって手紙を封筒に入れた。

マンションを出て近くのポストに封筒を投かんしたとき、以前、彰の歯ブラシ入り封筒を投かんしたことを思い出した。あのときは死にそうなほどの重苦しさを感じたものだが、今はそれほどでもない。

ただただ、胸を内側から切り裂かれるような痛みがあった。

――でも、これであの人を自由にしてあげられる……

愛する人が幸せになって欲しい。それは自分の知るところではなくても、同じ空の下で彼が笑っているなら嬉しいと心から思う。

……ただ、そう取り繕っていても、ため息が漏れるのは止められなかった。もう毎日にように重苦しい息を吐き出し続け、己の意思では止められない。幸せが逃げるとの言い伝えを思い出しても、どうせ自分の幸せは消えてしまったのだから構わないと、自ら打ち消していた。

ふらふらとおぼつかない足取りでマンスリーマンションへ戻る。

東京を離れた織絵の住居は１Ｋの狭い部屋だったが、今の自分にはこのぐらいでちょうどよかった。空間に余裕があると、彰と共に暮らしたマンションを思い出してしまうから。

ベッドに寝転んだ織絵は放心したように天上を見上げる。

次の予定まで少し時間があった。今はたいしてやることがないため、こうして何もしないでいると、どうしても彰のことを考えてしまう。

彼は離婚に頷いた後、一枚の小切手が入った封筒を渡してきた。ゴールデンウィーク前に伯父から受け取ったものだという。彼が横領した、織絵の両親の遺産の一部だと。

『これだけしか取り戻せなかった。すまない』

悔いを感じさせる彼の口調に、ただただ感謝しか抱かなかった。彼にしてみたら一円の得にもならないことなのに、別れる妻のために奔走してくれた。

どうでもいい他人にかける情けではない。

『――本当に、ありがとうございました。彰さん……』

あのとき必死に笑顔を作った。泣きわめけば、同情から妻を切り捨てることなどできない人だと知っていたから、頑張って笑顔をたもった。

この人の記憶に残る最後の自分が、泣き顔だなんて寂しい。自分にだって女のプライドぐらいある。愛した人に残る己は、少しでも可愛らしい姿でいたかった。

しかし彼の方が泣きそうな顔になっていた気がするから、今でも別れの瞬間を思い出してしまう。

彰は幸せになれるのだろうかと案じて。

八栄子との新しい結婚生活は、うまくいくかいかないかは未知数だ。けれど彼女も、子どもの父親であるなら彰を支えると、今度こそ大切にすると約束してくれた。彼女の気持ちを信じたい。

それに子どもは幸せになれると思う。彰からいい影響を受けて、常識的な価値観を身に着けてうまく社会と融合できるだろう。そうであって欲しいと、他人の子どもなのに切に願った。

あの子は、愛した人の血を引く子どもなのだから。

不意に織絵の眦から涙が零れ落ちる。

「……ふぅっ、う、あ……っ」

奥歯を食いしばって嗚咽をこらえた。

胸が痛い。心が痛い。自ら手放した存在が愛しすぎて、彼が大切にするであろう子どもすら憎らしくてたまらない。ひとかけらの罪もない、彼に愛されるべき存在までも恨んでしまう。

ずずっと鼻を啜って大きく息を吐いた。……泣いてばかりいても仕方がない。早く住処《すみか》を決めて仕事も探さなくては。彰から受け取ったお金だけで、死ぬまで生きて行くことはできないのだから。

それにようやく坂井家のしがらみから抜け出ることができた。

東京を出る前に坂井家へ向かい、夫とは離婚するが、幸介と再婚するつもりはないと、もうあなたたちとは縁を切ると宣言した。

もちろん伯母からは、恩知らずだと激しく罵倒された。それでも織絵は毅然《きぜん》とした態度で、『育ててもらった大恩は、二度もあなたたちの望み通りに結婚したことで返した』と、義理は果たしたことを言いきった。

織絵が伯母に反抗したのは初めてのことで、一歩も引かない意思と迫力に、やがて伯母もたじたじとなって最後は黙り込んでいた。

坂井家の呪いを解いてくれた彰に感謝する意味でも、一人で立派に生きていきたい。

……いつか、もし、未来に彼とすれ違う瞬間があるならば、あなたのおかげだと胸を張れる生き様でありたい。

涙をぬぐった織絵は、約束の時間に近づいていることに気づき、メイクを直して着替えてからマンスリーマンションを出た。

織絵がいま住んでいるここは、長野県の最大規模となるターミナル駅のそばである。駅ナカで手土産を購入した織絵は、新潟県へ向かう在来線に乗り込んだ。中心部から離れていくと、背の高い建物は消えて田舎らしい素朴な風景が続く。

ゴールデンウィークの初日、彰と墓参りにきたときは高速道路を使った。まさかそれから幾許《いくばく》もたたず、電車に揺られて懐かしい風景を眺める日が来るとは思わなかった。

……本当に、人生は何が起こるか分からない。

一般家庭に生まれた自分が親を喪《うしな》い、資産家の親族に引き取られて故郷を離れ、由緒も歴史もある家系の若奥様に納まった後、生まれ故郷に戻ってくるなんて。

十日ほど前には最愛の人とこの地を訪れ、両親の墓をお参りして帰りに足湯に浸《つ》かった。それが今は一人ぼっち。

思い返すたびに胸が切なくなる思い出だ。

すん、と再び鼻を啜った織絵は窓へ視線を向ける。ぼんやりと記憶の中にある風景と照らし合わせていたら、生まれ育った町が近づいてきた。

夕方には無人駅となる小さなホームに降り立ち、気合いを入れて目的地へ向かう。実はここからが苦行で、ゆるやかな勾配の上り坂を三十分以上も歩かねばならない。

——子どもの私っ、よくこんな道を通っていたわね……っ！

自宅から小学校への道も、似たような坂道を同じ時間、歩いていた。当時はそんなものだと気にも留めなかったが、交通網が発達した都心で成長し、結婚してからは車を利用するようになったせいで、坂の途中から疲労で脚が止まる。レンタカーを借りるべきだったと心の底から後悔した。

梅雨前のよく晴れた気候は暑いぐらいで、織絵はぜぇはぁと息を切らしながら、やっと目的地へたどりついた。

山裾にある一戸建を、織絵は感慨深く見上げる。その家は過ぎた年月を感じさせるひと昔前のデザインだが、それでも己の記憶にある外観と寸分の狂いもない。

いつもここに来ると、泣きたいような嬉しいような複雑な感情を抱いていた。かつて自分の家だったのに、今は玄関をくぐることもできない他人の所有物であることに。

腕時計を確認すると、訪問予定のちょうど五分前だった。

よし、と気合いを入れた織絵は一呼吸をしてからチャイムを鳴らした。


織絵はN市についてすぐ、生家であったこの家の近くの不動産会社を回った。その中で、織絵のような若い娘が家を買い取りたいとの申し出に、嫌な顔をしないで話を聞いてくれた唯一の不動産会社へ仲介を頼んだ。

九年前に村沢家の持ち家を購入したのは、田舎暮らしに憧れてこの地に移住した、当時六十代の老夫婦だった。

だが現在の所有者は七十代になる夫人のみ。夫君の方は去年亡くなって一人暮らしだという。

織絵はまず単身でこの家を訪れ、土地ごと家を売って欲しい旨の手紙を渡した。買い取りの理由として、ここはかつて両親が建てた家であったことや、相続後に未成年後見人の伯父が無断で売却したことなど、包み隠さず書き記した。

まかり間違っても地上げ屋などと思われたくない。

思い出の家を買い戻したいと、資金に余裕があるので売り値はなるべく希望に添うとしたためた。

こんなプライベートなことを書けば、田舎の町ではあっという間に自分のことが知れ渡るだろう。

でも仕方がないと腹をくくった。嘘など書いてもいずればれるし、相手の信用を得ることができなくなる。

まあ、すんなり頷いてくれるとは思っていなかった。が、意外なことに老婦人は前向きに検討してくれた。

それというのも老婦人は膝を痛めて不自由な生活を送っており、いつかはこの家を売り払い、その資金でサービス付き高齢者住宅に引っ越したいと考えていた。

そこに織絵の手紙が舞い込んだため、がぜん乗り気になったという。

仲介を頼んだ不動産業者が優秀な営業マンだったせいか、とんとん拍子に話が進み、売主への立ち退き料や引っ越し代金なども妥当な額で決まった。

資産価値よりだいぶ高い売値になったが、喜んだ老婦人がすぐに家を明け渡すと言ってくれたため、結果的に双方が納得して売買契約に了承することになった。

住所さえ決まれば就職活動も始めることができる。織絵はようやく地に足がついた気分だった。

§

五月下旬、深夜に帰宅した彰は、コンシェルジュの橘から声をかけられ、疲労の色が濃い顔を上げた。

「お届け物でございます」

目当ての大型封筒を認めた彰の顔色が変わる。これはコンシェルジュカウンター宛に、速達で届けるよう頼んでおいたものだ。

「ありがとう」

「あと最近、郵便受けをチェックしていらっしゃらないようで、あふれそうになっておりました」

紙袋に入った郵便物を渡され、彰は情けない気持ちを抱く。

ここ数日は寝に帰るだけになっていたうえ、家に関しては織絵が快適に整えてくれたから気にも留めなかった。それが彼女の仕事であったことは事実だが、わずか数ヶ月の結婚生活で自分は彼女に甘えきっていたようだ。

「……すまない。助かった」

紙袋を受け取って足早に部屋へ向かう。スーツを着替えることもせず、大型の封筒を取り出して開封した。

これは早瀬家が懇意にしている調査会社からのものだ。織絵の両親の財産を調べたのもこの会社である。

調査報告書を読み進めていくうちに、彰の表情には驚愕《きょうがく》が浮かび上がってくる。

織絵は元夫と復縁して海外に出たわけではなく、現在は長野県N市のマンスリーマンションで一人暮らしをしているという。小さな不動産会社に足しげく通っては、営業マンと一緒に山裾の一軒家を何度も訪れていると記されていた。

「やっぱり……」

彰の瞳にやるせなさが滲み出る。

織絵の動向を調べようと思ったのは、ゴールデンウィークが終わってしばらくしてからだった。

愛妻を失った失意の中で暮らしていたものの、時間がたてば平常心を取り戻し、気持ちが落ち着けば猛烈な怒りが湧いてくる。

織絵ではなく、坂井家に。

自分たちは政略結婚で、夫婦の片方に不祥事があれば両家にとって大問題になる。坂井家から謝罪があってしかるべきなのに、彼らは沈黙を守っていた。

そして両親からも織絵と坂井家に関する話題はない。……何かおかしい。

海外出張後、思い悩んでいる織絵の様子に自分の感情も引きずられ、いささか冷静さを欠いていた。しかし異常に気づけば、やはり坂井家が織絵を脅していたのではないかと思うのだ。

自分との結婚だって、織絵は自らの意志で決めたと言っていたが、脅迫されたとみるべきだろう。

ゆえに織絵の現状を知りたくて調査をしたところ、不安が的中した。

「一人でいるのか……一人で、家を……」

報告書を読めば、思い出の家を買い戻そうとしているのが分かる。

このとき震える脚が床に置いた紙袋を蹴ってしまい、中身が飛び出した。視界の端に映った茶封筒に彰の意識が惹きつけられる。

数秒後、ハッとしてその封筒を手に取った。住所も名前も記載されていないが、織絵の字だと気がついたのだ。急いで封を開ければ、離婚届と手紙らしきものが入っている。

何が書かれているのか、読みたいようで読みたくない。矛盾する気持ちに揺れる彰だったが、それでも覚悟を決めて手紙を開く。

読み進めているうちに限界まで目を見開いて絶句した。

手紙には結婚してから今までの感謝の気持ちと、東京を離れる前に坂井家へ絶縁を言い渡し、離縁届を叩きつけてきたと書かれていた。そして――

『……彼らと言い争うことができるほど、私は精神的に逞しくなりました。すべて彰さんのおかげです。あなたが私を助けてくれたから、ここまで強くなることができました。とても感謝しています。本当にありがとう。あと、ものすごく今さらですが、あなたを心から愛しています。今でも好きな気持ちは変わりません。あんな契約を結んで、自分から離婚を告げたのに自分勝手でごめんなさい。どうか新しいご家族と幸せになってください』

手紙を持つ手がぶるぶると震えるほどだった。やはり織絵は幸介へ恋愛感情を抱いていなかった。

――でもおかしい。あいつらに操られて離婚を言い出したとしても、新しいご家族って誰のことだ？

自分はもう結婚するつもりなどないし、その予定もない。だがこの書き方だと、彼女は自分が再婚すると確信しているような印象がある。

坂井家にこの件を問い合わせようと思ったが、すぐにやめた方がいいと思い直した。

坂井夫人はこちらを謀《たばか》ったのだ。彼らは決して本当のことを言わないだろう。あのしたたかな女のことだ。自分が乗り込んでも正直に白状するとは思えない。

彰は織絵の手紙に視線を落とし、あなたを心から愛していますと、今でも好きな気持ちは変わりませんと、妻の字で記された文字を何度も読み返した。

その部分を、初めて知った愛する人の気持ちを、震える指先でそっとなぞる。

——俺も、今でも君を愛している……

やがて彰は何かを決意した様子で勢いよく立ち上がる。

妻を手放してからというもの、ただ仕事をこなす機械のように生きていた男の瞳に、やっと生気が点った瞬間だった。

その翌週の土曜日。彰が指定されたホテルのラウンジへ向かうと、隅の方の席に佐上八栄子が子どもにアイスクリームを食べさせているのを認めた。

不機嫌そうな彼女の顔つきに彰は目もくれず、二人の前のソファに腰を下ろすと八栄子を睨みつける。

「単刀直入に聞く。俺の妻に何を吹き込んだ？」

八栄子はこちらを無視して子どもを構っている。ここへは家族に命じられて渋々と来たようだが、彰の問いに答えるつもりはないようだ。

調査会社の新たな報告によると、織絵が離婚を告げた日に、彼女は佐上親子が連れ立って歩いているのを防犯カメラがとらえていた。

八栄子は現在、実家から勘当に近い措置になっている。カルト宗教に親族や友人を勧誘しまくってトラブルを起こし、そのあげく信者の男性との間に〝宗教的儀式〟として子を宿したのだ。とんでもないスキャンダルである。

八栄子の家族は上流階級ではあるが常識人で、醜聞を嫌う家風があるゆえに八栄子は放逐されている。しかし佐上家当主の娘であることは変わらないため、これ以上問題を起こされたらたまらないと、ある程度の金を八栄子に渡して生活を支えているらしい。そのため八栄子は家族の言うことなら、多少なりとも従う。

佐上家によると、カルト宗教は信者が減少してお布施《ふせ》が減っており、管理運営が苦しい状況だという。おかげでたびたび八栄子が金の無心に来るとのこと。

そのため金目当てで何かをやらかしたのではないかと、佐上家を訪れた彰へ、八栄子の母親が涙ながらに謝罪した。

「――君の持つ情報を言い値で買おう。いくら欲しい」

金が欲しい人間には、金で解決するに限る。直球で尋ねてみると、予想通り八栄子はパッと顔を上げて笑顔になった。

「そうねぇ、坂井家のご夫人は二百万円出すって約束したんですよ。それを反故《ほご》にされたんだから、キリのいいところで五百万円ってところですね」

彼女の言い分をまったく理解できないが、とにかく今は揉めている時間が惜しかった。

「分かった。すぐに用意しよう。そのかわり知っていることをすべて話してくれ」

満面の笑みを浮かべる八栄子はペラペラと話し出した。

きっかけは恋人に振られて帰国した幸介が、元妻の織絵と再会して復縁を望んだことが原因だった。

幸介を溺愛する母親の坂井久美子が、息子の望みならなんでも叶《かな》えようと今回のことを仕組んだという。

八栄子が頼まれたのは、幼い娘の父親が彰であると織絵を揺さぶることだった。織絵の気持ちが揺れている隙に、幸介が彼女を懐柔する予定だったという。

「本物そっくりな父子鑑定書とか、すっごく手の込んだものまで用意してましたねぇ。あのおばさん、容赦ないわ……。おかげであの子……織絵さんでしたっけ？　こんなずさんな計画なのに本気で信じちゃってましたよ。もう笑っちゃうぐらい単純……。なのにあの子、絶縁するって坂井家に言い出したそうで、息子は荒れまくるし、おばさんは怒り出すし、計画は失敗ってことで私はお払い箱になるし……。お金ももらえないなんて、いい迷惑です」

不満そうな八栄子に彰は本気で殺意を抱いたが、このとき隣にいる幼女が、「ねぇ、パパはー？」と母親へ聞いたことでグッと耐えた。子どもがいる前で争いたくはない。

もしかしたら織絵も、小さな子どもを見て絆されたのかもしれない。八栄子一人が乗り込んできたら、夫に相談しようという気になったのではないか。しかしなんの罪もない子どもを前面に出されたら、優しいうえに自己犠牲の精神がある彼女なら迷う。

織絵の性質を熟知している坂井夫人ならば、それに気づくはず。

「……佐上さん、助かったよ。本当のことを知ることができて」

「どういたしまして。……お金はここに振り込んでおいてください」

八栄子はメモを取り出し、スマートフォンを見ながら口座番号を記した。個人の名前が記されている口座を見て、彰は口元に皮肉っぽい笑みを浮かべる。

　このカルト宗教は宗教法人を設立する際、代表者たちが揉めて内部分裂し、申請が認められず宗教法人の認証を受けられなかった。彼らはただの一般法人でしかなく、しかも公益認定されていない。つまりお布施は全額課税される。

　だがおそらく、彼らは申告していない。だから個人の口座に振り込ませて所得を隠しているのだ。

　――国税庁に報告しておくからな。税務調査は厳しいぞ。

　金欲しさに他人の人生を引っかき回した報いぐらい受けろ。と、彰は心の中で吐き捨てて席を立った。もう八栄子に用はない。

　帰り道、車を運転しながら彰は悔恨の念で歯を食いしばった。

　――織絵、すまない。

　なぜ最後まで彼女を信じてあげなかったのかと、後悔しかない。今回のことは全面的にこちらに非がある。自分が別れを受け入れなければ、彼女はまだそばにいたのに。

　織絵はとっくに夫を許し、それどころか愛してくれていたのに。

　それを喜ぶよりも、なぜ気づいてあげられなかったのかと、己の不甲斐《ふがい》なさを詰《なじ》り続けた。

「あの子を、傷つけてばかりだな……俺は……」

　そして激しく悔いる気持ちと同じぐらい、いや、それ以上に怒りの衝動が腹の底から噴き上げてくる。

　――あいつら……この落とし前は必ずつけさせてもらうぞ……っ！

織絵の財産を横領した伯父も、息子可愛さに他人を平気で謀る伯母も、織絵と結婚しながら妻として扱わなかった幸介も、決して許さない。

織絵が彼らと絶縁する意思を見せたのなら、こちらが遠慮する必要などないのだ。

同時に、彼女が坂井家の呪縛から抜け出せたのは、自分との結婚生活に希望を見いだしてくれたのだと信じたい。

……織絵と同居が始まった当初、彼女がなぜあそこまで養父母に唯々諾々と従っているのか、いまいち理解できなくて不思議だった。

しかし大切な存在を失った今なら分かる。

両親を一度に失った当時の彼女は絶望し、生きる気力さえ失っただろう。まだ幼い子どもにとって親を失うことは、この世の終わりに近かったはず。

絶望が深ければ深いほど、救われたときの喜びや感謝は大きかったのではないか。児童養護施設での生活が受け入れられなかったのも、彼女の心に大きな歪《ひず》みを生みだしたのだろう。そこへ手を差し伸べる者が現れたのだ。

養父母は織絵にとって救世主になった。

その救いの神を、織絵は自ら切り捨てた。彼女の決断を自分は心から称《たた》えたい。

本当なら今すぐ織絵のもとへ行き、這いつくばって謝りたかった。しかし彼らを放置したままでは彼女に会わす顔がない。

もう見限られているかもしれないが、それなら遠くから彼女を見守っていたい。その許しだけでも手に入れたい。

もう二度と、己の迷いで最愛の人を失いたくはないから。

§

梅雨真っ盛りの六月下旬の土曜日。今日は朝からどんよりとした曇り空で、いつ雨が降ってもおかしくないような天気だった。

しかし織絵は先日、生家の明け渡しが完了して、空元気であるが表情は明るい。

家屋は前の住人が入居する際にリフォームをしたため、水回りなどは結構新しくなっている。そのため業者に依頼した内部の清掃が終われば、すぐに住むことができた。

ネットで注文した必要最低限の家具も届き、さっそくマンスリーマンションを解約して、先週からこの家で暮らし始めている。

生家を手に入れるには、もっと時間がかかるだろうと思っていたのに、嬉しい誤算である。

これも彰が伯父から財産を取り戻してくれたおかげだった。彼には感謝しかない。

中古車販売店から帰ってくる途中、つらつらと考えながら歩いていた織絵は、新しくしたスマートフォンを複雑な眼差しで見下ろした。

電話番号を変える必要はなかったのだが、坂井家からの連絡が頻繁に来るため、うっとうしくて変えておいた。

養父母に離縁届を叩きつけてからというもの、しょっちゅう知らない番号から連絡が来るのだ。不気味に思って一度受けてみたら、伯母の金切り声が響いてきたのですぐに切った。着信拒否にしたものの、すぐさま違う番号で電話をかけてくる。それが繰り返されたため、スマートフォンを変えることにした。

しかし彰にはこの電話番号を知らせるべきかと迷う。

それというのも、家を買い取ることができるかどうかで頭がいっぱいで、公的な手続きをいくつか済ませていないことに思い至ったのだ。

とくに健康保険は彰の扶養になっていたから、保険証を返却して国民健康保険に加入しなくてはいけない。国民年金も同様だ。

彼へ保険証を郵送して手続きをお願いするにしても、ひと言ぐらい挨拶するべきではないか。

——めっちゃ気まずい……でもそんなこと言ってられないしなぁ。

それとも一度東京に戻るべきだろうか。……いや、それだと自分の心が死ぬ。彼の隣に八栄子と子どもがいる様子を見たら、仕方がないことだと分かっていてもつらすぎる。

はぁー、とあいかわらず重苦しいため息が止まらなかった。

とぼとぼと力なく歩いていると、不意に景色が暗くなって顔を上げる。今日は夕方から雨模様と聞いていたのに、いつの間にか飯縄《いいづな》山の上空が黒い。

——あ、まずい。

嫌な予感がしたと同時に、腹にこたえるような低音が、細く長く遠くで鳴り始めた。

慌てて駆け出したものの家までが遠いうえ、だんだんと坂の傾斜がきつくなって息が上がり、とうとう脚が止まった。

あっという間に日がかげって、ぽつぽつと雨粒が地面の色を濃く染める。急いで折り畳み傘を取り出した途端、土砂降りの雨が降り出した。

——しまった。この辺りは雨宿りができるような場所はないのに。

住宅が点在している他は畑かリンゴ農園、果樹園ばかりだ。雷が鳴っている最中に木の下へ入るわけにはいかない。

このとき雷鳴が轟き、地震かと思うような衝撃が地上を揺らした。続いて空を引き裂く閃光《せんこう》が走って織絵の悲鳴もかき消される。恐怖で一歩も動けなくなり、その場に蹲った。

まるで自分の真上で稲妻が嘲笑《あざわら》っているようだった。おまえに逃げ場などないのだと。

あの事故のとき、潰れた車体に脚を挟まれた織絵は動けず、激しい雷鳴とうねる稲光《いなびかり》を感じ続けた。耳を塞いでも炸裂音《さくれつおん》から逃れられず、目を閉じても瞼の裏に強烈な光がほとばしって。

まるで音と光が自分を殺しにくるのではと思うほど、すさまじかった。

逃げたいのに逃げられない状況で恐怖を感じ続けたあの光景を、自分は一生忘れることはできないだろう。

——でも、あのときは、彰さんがいた……。

ウォークインクローゼットで春の嵐に怯えていたとき、彼は妻の背中を撫でて、朝までずっと抱き締めてくれた。

とても温かかった。人の温もりを感じたのは、両親が亡くなって以来だった。ずっとこのままでいたいと甘えてしまうほど、心が安らいだ記憶がある。

　でも、彼はもうそばにいない。

　あの手のひらに背中を撫でてもらうことは、二度とないのだ。逞しい腕に抱き締めてもらうことも。

　織絵の手から力が抜けて傘が地面に落ちる。大雨に打たれながら蹲《うずくま》る織絵は、嗚咽を漏らして愛しい男を呼び続けた。

「あっ、あきらさ、ん……、あいたい……あきら、さん……っ」

　別れがこれほどつらいなら、後悔して泣くぐらいなら、なぜもっと早く、もっと強く、何度でも気持ちを伝えなかったのか。彼ならば決して妻をおろそかにしないと分かっていたはずなのに。

　どうしてもっとわがままにならなかったのか。あんな未練たらたらの手紙を送りつけるぐらいで諦めて、いい子になったふりをして。

　失ってから彰がどれほど大切か自覚しても、どれほど後悔しても、もう遅いのに。

「あき、ら、さん……」

　恐怖と冷たさで体の震えが止まらず、泥だらけの地面に座り込んだそのとき。

「――織絵ッ！」

　前方に止まった車から人影が飛び出してきた。土砂降りの雨なので、その背が高い人物が誰なのか視認できなかった。それでも声を聞き間違えるはずはがない。

「織絵！　大丈夫かっ⁉」

両肩をつかんで顔を覗き込んでくる。あっという間にずぶ濡れになった彼の端整な顔を間近で見て、織絵は頭が真っ白になった気がした。

けれど胸の奥には、爆発的に膨らむ熱量と歓喜があった。なぜここにいるの、とか、なぜ触ってくれるの、とか、抱いた疑問などどうでもよくて。

「あきら、さん……」

「動けないのか？　どこか怪我《けが》をしているのか？」

「……あきらさん、彰さん……っ！」

無我夢中で男らしい首に縋りついた。この人は私のものじゃないのにと、心に生じた後ろめたさは見て見ぬふりをした。人を愛する気持ちの前では、道徳とか倫理とか、ごちゃごちゃ考えてなどいられない。

ただ、この人を誰にも渡したくなくて、子どもみたいにしがみ付いて離れなかった。彰がすぐに抱き締め返してくれたから、嬉しくて声を上げて泣いた。

耳が痛くなるほどの轟音が鳴り響き、天を切り裂く青い光に照らされる中、織絵は彰から離れられなかった。彰も彼女を離さず、ずぶ濡れの背中をずっと撫で続けている。

だがしばらくして、遠くない山の中に雷が落ちた。

バリバリと何かが破壊されるようなすさまじい音に、彰はハッとして周囲を見回す。

「織絵、そのままつかまっていろ」

しゃくりあげる織絵を抱き上げて車の助手席に乗せた。二人とも服のまま水浴びをしたかのように濡れていたが、彰は構わずにそのままシートに乗り込んで織絵の家へ向かう。

車だと五分もかからずに到着した。

ふらつく織絵は彰に支えてもらいながら玄関にたどりつき、震える手でバッグから家の鍵を取り出す。うまく鍵穴に差し込めなくて、まごついていたら彰が鍵を開けてくれた。

「織絵、風呂はどこだ？」

脚を止めた彼の腕に縋りついた織絵は、あっち、と奥を指で示す。廊下の突き当りにある脱衣所は、洗濯機と備え付けの古い洗面台があるだけの小さなスペースだ。

引き戸を開けて脱衣所に入った織絵は、彰が引き返す前に彼のコットンシャツをボトムスから引き抜いた。

「……おいっ」

焦る彼の声を無視して、コットンシャツのボタンを外しながら震える声を出す。

「彰さんも、お風呂に入ってください……うちのお風呂、狭いけど……」

「いや、でも……」

動揺する彰が体を引いたため、反射的に織絵は彼に抱きついた。

「じゃあ何しにここへ来たんですか！　私に会いに来てくれたんじゃないんですか！」

悲鳴のような声で叫び、涙目で見上げた。どうか私のそばにいてと、必死に想いを眼差しに込める。

一瞬、彼の瞳が揺れた直後に抱き締めてくれた。

「そうだ、俺は君に会いに来たんだ。……君が好きだ」

もしかしてと心の片隅で期待していた言葉が、織絵の耳にするりと入り込む。心臓がはね上がりバクバクと心拍数が急上昇した。

「……もっと、もっと言ってください、お願い……」

「君が好きだ。誰よりも愛している。君と暮らし始めてからすぐ好きになった……ずっと言えなくてすまない」

抱き締める腕に力がこもると、織絵の眦から再び涙がぽろぽろと零れ落ちた。

「私も好きです……あなたを愛しています……」

ぎゅっと濡れたシャツをつかむと水分がボタボタ落ちる。もう足元には小さな水たまりができていた。

二人はそんなささいなことなど気にならない様子で抱き締め合う。しかし急に織絵が、「ああっ！」と雰囲気をぶち壊す大きな声を上げたため、彰の大きな体躯もびくっと揺れた。

「えっ、なんだ？」

「彰さんっ、再婚されたんじゃないんですか？」

彼の気持ちはものすごく嬉しいのだが、八栄子とその子どもはどうなるのだろう。

すると彰が眉根を寄せて思いっきり仏頂面になった。そんな顔も素敵だと見つめる織絵へ、「してない。全部話すけど、とにかく風呂に入ろう」と不機嫌そうに言い放つ。遠慮なく織絵の水浸しの服を脱がせようとする。

――濡れた服を脱がされるなんて、初夜のときみたい。

だがあのときと決定的に違うのは、この行為がとても嬉しいと心が震えることだった。己の肌をさらけ出すことに、羞恥はあるが抵抗感など微塵《みじん》もない。

織絵もまた、彼の水を含んだ衣服を脱がしていく。

「あ、指輪……」

彰の首にぶら下がる自分の結婚指輪に、織絵は冷えた指先を伸ばした。

「ずっと、持っててくれたんですね……」

「ああ。寝るときも外したことはない。……君にはめてもいいか？」

こくりと頷けば、彰がチェーンから外した指輪を織絵の左薬指にはめる。だがこのとき二人同時に、あ、と小さく声を漏らした。

織絵の指が細くなって指輪が落ちそうなのだ。

「……痩せたな」

沈痛な彼の声には悔恨が満ちている。自分のせいで彼女をここまでやつれさせてしまった。そう言いたげな無念さに、織絵は湿っぽい雰囲気を蹴散らそうと笑みを浮かべる。

「すぐに太りますよ。一緒に美味しいものをいっぱい食べましょう」

そして指輪を薬指ではなく人差し指にはめる。

「ほら。これなら落としたりしません」

だが彰は納得しがたい表情を見せている。おそらく彼にとって結婚指輪とは、左の薬指にはめるものなのだろう。――まあ、私もそうだけど。

織絵は指輪から彼の意識を逸らそうと、下着を脱いで急いで風呂場に入った。蛇口をひねって湯の温度を確認してから、高い位置にあるフックにシャワーヘッドをはめる。

すぐに背後から彰の逞しい腕に包まれた。二人重なって降り注ぐお湯を頭から浴びる。

温かいお湯と人肌の温もりに包まれて、こわばった織絵の心がほぐれていくようだった。背中に感じる硬い体と、こちらを閉じ込めるように回される太い腕に胸がときめき、心がじんわりと温まる。

内と外の温もりによって、あっという間に冷えた体が元に戻った。

とても気持ちよくて、すごく嬉しくて、自分を抱き締める彰の手のひらに己の手を重ねる。

初めて会ったときから惹かれた彼の大きな手。この手に触れられている部分から優しさが注がれているようで、ぐずぐずに溶けてしまうイメージさえ頭に浮かぶ。

そんなこと考えていたら、皮膚が粟立って体がいやらしくくねった。まだ抱き締められているだけなのに、お腹の底から熱い性の奔流があふれ出そうだ。

このとき織絵の体が回されて、彼の腕の中で向かい合った。見上げるとシャワーをかぶる彰の頭部からお湯が流れ落ちている。水もしたたるいい男とは言葉通りの意味かもしれないと、ドキドキしながら彼に見惚れ続ける。

――大好きな人が私を好きでいてくれるなんて、夢みたい。

一生分の幸運を使い果たしたかもしれないけれど、全然後悔しない。幸せすぎて胸が苦しいほど鼓動が早くなる。

上気した織絵の頬にそっと指先を添えた彰が顔を近づけ、自然と唇が重なり合った。

織絵はうっとりと、啄むような唇の触れ合いを堪能する。

寄り添う体が密着して、もっと触れ合っていたい、もっとたくさん触れて欲しい、とはしたないことを考えて体が火照るようだった。

密着して乳房が厚い胸板に押しつぶされる。じんじんする胸の尖端が彰とこすれて、その刺激がたまらなく気持ちいい。

彼の唇に夢中になって吸いついていた織絵は、ほぅ、と甘い吐息を漏らし、口づけの合間に囁いた。

「私……」

「ん？」

「キス、するの、初めてです……」

すると彰が視線を横にずらした。

「すまん。俺はもう君とキスしてる」

「ええっ、いつ⁉」

「君が雷に怯えたとき……」

東京が春の嵐に襲われた夜、泣き疲れて眠った織絵に口づけたと、彰は気まずそうに告白した。

──ファーストキスが自分の知らない間に終わっていた……

軽くショックを受けるものの、相手は彰なのだから、まぁいいか、とすぐに気持ちを切り替えた。

「じゃあ、もっと、キスしてください……」

甘いおねだりに一瞬、動きを止めた彰だったが、すぐさま唇を重ねて舌先を口内に差し込んできた。

少し激しくて、すごく情熱的な舌使いが織絵の口内をまさぐってくる。彼女の傷ついた心を慰めるように、口腔《こうこう》を隅々まで舐めては味わっている。織絵の可愛らしいわがままを満たそうと、繊細で濃厚な刺激が内側から注がれる。

──あ……気持ちいい……、彰さん……

キスとともに抱き締められ、舌の絡まりがどんどん深く執拗《しつよう》になる。織絵の唇を求める彼の熱意に、彼女もまた必死についていこうと舌を差し出す。

だが身長差によって顔を上に向けている織絵は、重なり合う唇の隙間からお湯が入り込んで溺れそうになった。

「けほっ、ごめ、なさい……」

「すまんっ、大丈夫か？」

「だいじょ、ぶ……」

顔を下に向けていた彰に被害はなく、彼はシャワーヘッドの角度を変えてお湯をバスタブに溜め始めた。織絵を抱いて浴槽の中に入り、同じ方向を向いて座るとシャワーのお湯は彼女の胸から下に降り注ぐ。

「彰さんは寒くないですか？」

　顔だけ振り向けば、彰がぎゅっと抱き締めてきた。

「君とくっついているから大丈夫。……湯が溜まるまで、何から話そうか」

「あっ、そうです！　彰さん、そのっ、再婚――」

「するわけないだろ。佐上八栄子の件だったら、あれは彼女の芝居だから」

「……え」

「だいたいなぁ、俺はあの狂信者に指一本触れたことはないぞ。会ったときからヤバい感じがしたんだよな」

　人間の本能によるものなのか、それとも女運が悪すぎるせいで不穏な気配を感じ取りやすくなったのか、彰は八栄子との婚約中、宗教に勧誘されるまで決して悪い雰囲気ではなかったのに、清い交際しかしていなかった。

　それを聞いた織絵は唖然とする。

「じゃあ、ＤＮＡ鑑定って……」

「ネットで検索すると、父子鑑定書の見本なんていくらでも画像があるんだ。それをもとに作ったんだろ」

　彰いわく、幸介と伯母が共謀して八栄子を雇い、織絵を揺さぶっている間に幸介が彼女を口説き落とすという計画だった。

ショックを受ける織絵は体が震えが止まらなくなり、両膝を抱えて呆然と呟いた。

「私が幸介さんを好きになるはずないのに、ひどい……、八栄子さんも、子どもを使って……あ、あんなひどいこと、平気で……」

彼らに人の心があるのかと、本気で疑いたくなるほど打ちのめされた。脳裏に思い出したくもない父子鑑定書の文字や、ヒマリという娘のあどけない顔が思い起こされる。

あれら全てが嘘で、しかも全部利用したのか。

蒼ざめる織絵の震えが大きくなっていく。慌てて彰が肢体を半回転させ、向き合ってからきつく抱き締めて背中を何度も撫でた。

「ああいう連中に常識とか良心を求めても無駄だ。大丈夫、報復はするから」

坂井夫人へ、織絵の財産の横領について告発すると宣言し、夫君の罪を洗いざらいぶちまけておいた。彼女は夫の横領だけでなく浮気まで知って逆上し、幸一郎をゴルフクラブで殴り続けたという。

「え、でもっ、伯父さんからお金は返してもらいましたよね」

「全然足りない。なんであれだけの金で納得しなきゃいけないんだ。おかしいだろ」

残りの金を耳をそろえて返せ、でなければ告発すると迫られた幸一郎は、自宅の一室に引きこもって出てこない。

婿の蛮行を知った舅の怒りにより、フォルマフーズの社長も解職されている。

その後、いまだ織絵に利用価値を見出《みいだ》している坂井夫人が離縁届を提出しないため、告発しないことを条件に離縁が成立した。

織絵と坂井家の縁が切れたため、ハヤセホールディングスは遠くない未来、フォルマフーズとの資本業務提携を解消する。

「解消って、業務提携もですか？　それってハヤセホールディングスは大丈夫なんですか？」

「無傷ってわけにはいかないけど、それほど痛手じゃないよ。挽回《ばんかい》はする」

だから心配はするなと彰の手が妻の頭部を撫でる。織絵は甘えるように夫の肩に頭を乗せた。

「これで君は坂井家となんの関係もない、血のつながりもない、ただの遠い親戚でしかない。絶縁してきたんだろ？」

「はい……。長野へ発《た》つ前に坂井家に寄って、宣言しました……」

とはいえ、やはりそう簡単に離縁してくれなかったようだ。それでもあのとき、署名捺印した離縁届をテーブルに叩きつけてきたから、後に彰が届出まで進めることができたのだろう。

「……でも私、これで彰さんに利益をもたらす家の生まれじゃなくなりました」

「なんで？　君は俺に、幸福という利益をもたらしてくれたじゃないか」

彰が己の左薬指を妻の眼前に見せる。今までこの指に婚姻の証をはめることができた女性は誰もいなかった。

「俺の奥さんが、君であることが嬉しい」

彰は織絵の左手をうやうやしくすくい上げ、その人差し指のリングに口づける。そしてキスを捧げたまま、持ち上げた視線で織絵を射貫いた。

男の色香を孕んだ熱っぽい上目遣いに、織絵の心が昂ってクラクラする。

「……ずっと、俺のそばにいてくれるだろ？」

断られるはずはないと知っている強気の声に、ほんの少し哀願が含まれているのを織絵は気づいた。彼が不安と緊張を押し殺しているのを悟って、あまりの愛しさから泣きそうになる。

「はい……だってもう、誓っていますから……」

死が二人を別つまでと宣誓した。それだけでなく、織絵は彰への恋心を自覚したときに思ったのだ。あなたがそばにいてくれれば、この先の未来に何があっても、道を踏み外しても恐ろしいなんて感じない、と。

あなたさえいれば――

「……そう、一緒に長生きしようと、俺はすでに君から答えをもらっていたんだ。なのにこんな大事なことを忘れて……本当にすまない」

彰が織絵の左手をすくい上げ、自身の額にリングをつける。まるで女王に忠誠を誓う騎士のように。

その悔恨の念が織絵にも苦しかった。

「いいえ、私も悪かったんです。八栄子さんのことを話さなくって……」

きちんと彰に相談しておけば、八栄子が彼の子を産むはずはないと、あれほど悩んだ問題がすぐに解決した。

「ごめんなさい、彰さん……」

「いや、俺が君を信じていればこの事態は避けられた。俺が悪い」

でも、と反論しかけた織絵は、不毛な会話に気づいて苦笑を漏らす。

「なんか、謝ってばかりですね。私たち……」

互いに相手を庇って己を責める。似たもの夫婦だと同じ事を考えた二人は、同時に小さく笑い出した。

「織絵……君を抱きたい」

絶世の美男子が顔を近づけて熱っぽく囁いてくる。これほどいい男に求められていることに誇りを抱く織絵は、卑屈な自分を振り払って彼に口づけた。

「私も、あなたに抱かれたい……」

祈りにも似た願いを含んで囁けば、皮膚が触れ合う軽やかなキスが、だんだんと深く甘くなっていく。彼の舌が唇の裏側や歯の形を確認しつつ、丁寧に隅々までまさぐってくる。混ざり合う唾液が口内の隅々まで行きわたり、織絵の胸の高鳴りが破裂しそうなほど速まっていく。

しかも先ほどからずっと彼の硬い屹立を素肌で感じ、心がざわついて興奮する。徐々に昂ってくる気持ちに煽《あお》られ、織絵はいきり勃つ剛直へ両手を伸ばした。

愛する人と交わすキスがとても気持ちいいから、彼にも気持ちよくなって欲しくて。

きゅっと握り締めて上下にさすると、彰が慌てて唇を離した。

「……こら。そんなこと、どこで覚えてきたんだ」

俺は教えてないと言いたげな仏頂面に、織絵は嬉しそうに微笑む。

「私にだって知識ぐらいありますよ……。でもやったことはないから……教えてください」

懇願を帯びた甘い囀《さえず》りには、初めての行為に対するかすかな恐れと、それを上回る一途《いちず》な奉仕の精神が綯い交ぜになっている。

妻の健気すぎる願いに、彰は少年のように胸をときめかせて、ぎこちなく頷いた。織絵が溺れないようにシャワーも止める。

彼に導かれるまま、織絵はガチガチに怒張した肉茎を喉の奥まで飲み込んだ。たどたどしく舌を動かしながら、丁寧に幹全体を舐め上げる。唇と舌で愛撫しつつ一度吐き出し、亀頭とキスをしたままそっと視線を上げて彼の表情をうかがった。

彰は目元を赤く染め、怖いぐらい興奮した表情で織絵を凝視している。理性が揺らいでいる男の姿は猛烈に色っぽくて、しかもその表情を引き出したのは自分だとの自負が織絵の胸を熱くする。

――彰さん、綺麗……

男性に綺麗だなんて形容はおかしいのだろうが、織絵は今の彼が本当に綺麗で美しいと思う。逞しくて男らしい人なのに、こんなに格好いい人が自分のつたない性技に感じてくれるなんて、たまらない気持ちになる。

はにかんだ笑みを浮かべる織絵は、再び硬い肉棒をくわえて頭を前後に降り、大きく開いた口をすぼめていやらしく圧迫する。

しばらくしてため息に似た、やや焦りを含む男の吐息が頭上から落ちてきた。

――感じてくれる……もっと、気持ちよくなって……

とても嬉しくて、もっともっと感じさせたいと舌の動きが活発になる。夢中になって屹立をしゃぶり、根元に沿えた指の腹で表面を刺激する。

彰が顎を上げて快感に耐えながら呻いた。

「ハッ、気持ちいい……」

彼の呼吸が乱れて、見事に割れた腹筋が細かく波打っている。

惚れた男を悦《よろこ》ばせていることに感動する織絵は、舌の腹で雁首のエラをぞろりと舐めた。ここをくすぐると逸物がぴくぴく跳ねることに、この短時間で気づいている。ついでに先端から滲む男の蜜を吸いながら、指先で筋をゆっくりと撫で回した。

「うあっ、だめだ、織絵……っ」

切羽詰まった声と共に肢体が引き剥がされる。弾けそうなほど膨張した肉塊と桜色の唇の間に、銀色の淫らな粘液が糸を引いた。

とろりと伸びる糸はすぐに切れて、織絵の唇から胸の谷間に筋を描く。頬を染めて瞳を潤ませる織絵が、赤い舌を伸ばして唇の唾液を舐め取った。

「どうして、とめちゃうの……？」

童女のようなあどけなさと妖艶な女の姿が同居しているようで、めまいを感じる彰はごくりと喉を鳴らした。

「……俺にも、触らせてくれ」

熱に浮かされた様子で彰が妻の細い両手首を握り込み、自分の首へといざなう。織絵が夫に縋りつくと、彼は肢体の輪郭を撫で上げ、乳房の際《きわ》を指の腹でつぅっとなぞるようにすべらせた。

「ん……」

男の右手が瑞々《みずみず》しい乳房を揉みしだき、卑猥な形に変える。

胸からほとばしる甘い刺激が浸透して、織絵はお腹が疼《うず》いてきた。重みのある甘くて卑猥な痺れに身をくねらせると、彼の左手が腰を伝ってお尻へ移り、柔肉を撫で回す。

たったそれだけの愛撫で腰が砕けそうな心地だった。

「あ、ん……」

彼の左手の中指が尻の谷間へと忍び込む。くちゅっ、と蜜を練る淫らな音はシャワーの水音にかき消されたが、織絵は内側から感じていた。

——あ、濡れてる……

秘められた入り口は粘ついた蜜でぬるぬるしている。彰を求めて物欲しそうに垂らす涎《よだれ》を、彼は指先でまんべんなく広げて蜜口をなめらかにコーティングした。

「あぁ……んっ、ん……」

肢体が悩ましい動きでくねり、そのたびに小ぶりの可愛らしい尻が揺れて彰の視線を釘づけにする。そして痩せた体とは対照的に育った果実のような乳房が、彼の硬い体の表面を淫猥にこすった。

「はぁ……、おりえ……」

その囁きだけで、彼がどれほど感じているのかを悟ってドキドキした。

恋しい人との距離がゼロになっている。それどころかこれから混じり合って、距離的にはマイナスになると思い至って感動した。別れの夜、泣きながら家を出たときの自分が慰められるようで。東京から離れてこの地に移住してきたとき、いつかあなたに一目会いたいと心の奥底で願っていた。それがこんなにも早く叶って、幸せすぎて怖いぐらいだ。

——ありがとう彰さん、私に会いに来てくれて。

好きだとか、愛してるとかでは伝えきれない、己の思いの丈を知って欲しくて、彼の耳に唇を近づけて囁きを流し込んだ。

「すき……、はぁっ、……あきらさん、すき……すきなの……ああ……んっ」

愛妻の恋心を吹き込まれた彰の分身がいきり勃つ。女の入り口をまさぐる指の動きにも熱意が増し、濡れた秘裂をかき分けてきた。

「あっ、あ……っ」

肉の合わせを開いて指が沈み込む。そこはもう、とろとろに蕩けていた。

くぷっと熱い蜜液を押し出しながら進む指が根元まで埋まる。

「んんぅっ」

「……織絵、膝立ちになって」

劣情の混じる彼の声に操られたのか、織絵は疑問を持つこともなく素直に男の両脚をまたぎ、膝で立つ。彼の肩に手を置くと、織絵の真っ白で張りのある乳房が彰の真正面で蠱惑的に揺れた。

ここを可愛がって欲しいとの誘いに抗《あらが》うこともなく、彰は桃色の尖りに吸いついた。

「はぅっ……」

乳首にねっとりと舌が絡まって、織絵の心音が加速する。彰は舌だけでなく、歯と唇で優しく傷つけないように扱き、右手でもう一方の膨らみを根元から揉みしだいた。指の腹でささやかに勃ち上がる突起を嬲ると、織絵は頭を仰け反らせてかすれた嬌声を漏らす。

このとき下腹部に力が入って、蜜路に埋められた指をきゅうっと締めつけた。

彼の指の長さや太さ、硬さまでも粘膜から感じ取って織絵の息が上がる。

「……寒くないか？」

彰が乳首をしゃぶりながら話すため、声が心臓にまで響くようで緊張する。まるで彼に命を握られているみたいで。

それでも怖いなんて思わず、もっと私を縛りつけて離さないでとの興奮にすり替わる。

「はぁっ、あつい、ぐらい……」

お湯はそれほど溜まっていないものの、織絵の脚を温めているうえ、卑猥な刺激に内側から熱せられている。

すでに彼女の頬は熟れたリンゴのように赤く火照っていた。

それに気づいた彰は乳房を解放し膣から指を抜くと、織絵と共に立ち上がる。ふらつく肢体を抱き締めて耳元で情熱的に囁いた。

「ベッドに案内してくれ……」

女を篭絡させようとする甘い響きに、のぼせた表情の織絵は素直に頷いた。が、ほんの少し迷う。

「私のベッド、彰さんのほど広くなくて……」

「君とくっついて寝られるじゃないか。ちょうどいい」

「……はい」

彰と眠るなんて、春の嵐のとき以来だ。しかもあれは織絵が泣き疲れて先に寝入り、しかも彼より遅くに起きたから、共寝をした記憶がないうえに彰の寝顔さえも見ていない。

――というか、泊ってくれるんだ。

明日の日曜日まで彼といられることに心が弾む。嬉しくて幸せで、厚い胸板に頬ずりをした。

彰にうながされて風呂から出た織絵は、洗濯機の上に積み重ねたバスタオルを彰に手渡す。すると彼がこちらを包むようにして、丁寧に体の水分をぬぐってくれた。

彼は体を拭きながら、織絵の額やこめかみや頬や唇に口づけを降らせる。まるでキスをしていないと落ち着かないと言わんばかりに、何度も。

宝物のように大切に扱われているのが感じられて、心がくすぐったい織絵は羞恥よりも喜悦が勝った。自分もタオルを手にして彼の体を拭き始める。

女の体とは全然違う硬くて大きな肉体は、雄々《おお》しくて頼もしくて惚れ惚れする。彼が自分を好きなように触っているのと同じく、自分もまたこの肉体を好きにしていいのだと気づいて頭がクラクラした。

とはいえ、股間を拭くときはさすがに視線を逸らした。

先ほどまで自ら触ったうえにしゃぶっていたが、風呂の中で触るのと、こうして見事に聳《そび》え立つ剛直を正視するのは、気持ち的に全然違う。

彼の逸物は長く太く、体の大きさに見合った逞しさがあった。天を向いてピクピクと揺れる男の象徴は、くびれが深くて先端から光る蜜を垂らしている。

見ないようにすればするほど意識して喉が渇く。いや、飢《う》えているのかもしれない。すでに一度抱かれているけれど、体だけではなく心まで完全につながりたいと。

自然と手の動きが早くなって大きな体躯を拭き終わった。すると彰が妻の手を握り、堂々と全裸のまま脱衣所を出る。織絵の方は慌ててタオルで体の前だけを隠した。

——あっ、彰さん、潔いな……

自分たち以外、誰もいない家ではあるがなんとなく恥ずかしい。しかも家の中で手をつなぐことに奇妙な気持ちを抱いた。それでも彼の追い詰められた表情に織絵の胸がときめいて、ささいなことなどすぐ気にならなくなる。

水で濡れている床を避けながら一階の部屋へ向かった。

玄関に近い自室はまだベッドしか置いておらず、壁面収納に当座の服をしまっておいたため、セミダブルのベッドがやけに存在感を放っている。

——ちょっと奮発してセミダブルを買っておいたけど、かえって良かった……

シングルベッドで大人二人は眠れないだろう、と埒《らち》もないことを考えていたとき、織絵の体が背後から抱き締められる。そっとタオルを剥ぎ取られ、ベッドに二人してゆっくりと倒れ込んだ。

織絵の白い背中を、彰がまんべんなく舐めてはキスをしてくる。ところどころきつく吸いついては、赤い所有の印を派手に刻んだ。

チリッとしたかゆみにも似た刺激と、背中をまさぐる手のひらの熱さに、織絵は熱い吐息を零す。彰は白い肌に捺《お》された所有印を満足そうに見つめ、織絵の体を優しくひっくり返して抱き締めた。

「……君は死ぬまで俺のものだ」

耳元で深く響く声は、織絵だけでなく彰自身にも言い聞かせるようだった。

「はい……私がおばあちゃんになっても、そばにいてくださいね……」

万感の思いを込めて囁けば、彰が間近でこちらの顔を覗き込んでくる。その美しい瞳がほんの少し潤んでいるような気がした。

織絵にはそれが少し哀《かな》しくて、とても愛おしい。

慰めたいとの想いに突き上げられ、彼を抱き締めて自らキスをした。ちゅっ、ちゅっと柔らかい唇を啄み、慈愛の口づけを繰り返す。

絆された彰の舌が入り込むと、互いに夢中で舌を絡め、気持ちのいいキスに没頭した。

「んっ、ふ……ぅん……はぁっ」

キスをしていると、お腹がじんじんと熱くなってくる。織絵は身の内で高まっていく陶酔感に身を任せながら、彼の黒髪に指を差し入れてかき回した。

まるで幼い子どもにするような気持ちで髪を梳《す》いていると、年上の男の人なのに可愛いと思ってしまう。

不意に、年上との言葉で何か重要なことがあると思い出した。その直後、キスを解いて至近距離にある瞳を見上げる。

「たんじょうび……」

「ん？」

「彰さんの、誕生日……すぎちゃった……」

彼の生まれた日は六月一日。とても覚えやすいのに、家の売買契約でもっとも慌ただしい時期だったため、すっかり忘れていた。いや、思い出したとしても彰はそばにいないので、落ち込んだだけだろうが。

「そういえばそうだな。俺も忘れてた」

本人の方はどうでもいいと思っているのか、妻のぷっくりとした唇に幾度も吸いついている。

「でも、私の誕生日はお祝いしてもらったのに、何も返せないなんて……」

寂しそうな織絵の声が湿り気を帯びる。彰は慰めのキスを織絵の顔中に贈った。

「これからずっと祝ってくれるんだろ？　それでいいよ。楽しみにしてる」

「はい……ずっと、一緒に……」

すんっ、と鼻を啜《すす》る織絵が彼に抱きついて、「彰さん、好き」と甘えたため、彰は唇の端をゆるく持ち上げる。そのままキスをしながら体を下げ、乳房を包むように撫でて先端に口づけた。

「あ……」

様々な角度から乳首に吸いついて舐め回し、弾力のある膨らみに頬ずりしては顔全体で柔らかさを堪能している。美しい男が自分の胸に夢中になっている姿は、織絵の体を熱くして思考を溶かした。もっとたくさん触れて欲しいと、この体を食べて欲しいと子宮がきゅんと疼く。

同時に脚の付け根から、熱い粘液があふれる感覚があった。

――きっと、今日は痛くない。

初夜のときは悲鳴を上げた行為も、心と体が彼を望む今なら怖くない。

「ああ……あきらさん……」

早くあなたとつながりたい。はしたない望みが声に混じり、女の色香と艶《なま》めかしさが滲み出る。自然と脚が開いて彼の硬い腰を挟み、無意識のうちにすりすりと刺激した。

織絵の劣情を感じ取った彰は、両方の乳首を思う存分味わってから体を起こす。細くて形のいい白い脚を撫でつつ、そっと左右に大きく広げた。

彼の指を飲み込んだせいか、肉の合わせ目は蜜をたたえてほころんでいる。さらにめいっぱい開脚すると、秘められた蜜口がぱくりと開いて卑猥な香りが立ち昇った。

彰にしか見せたことがない秘部に熱視線を感じる織絵は、羞恥から息が上がって下腹が大きく上下する。連動して膣の粘膜も蠢《うごめ》き、こぷりと蜜の塊が吐き出された。

――ぅあ、垂れてるの、分かる……恥ずかしい……

とろみのある透明な雫が糸を引いて垂れ落ちた。織絵が大きく息をするたびに下腹部が震え、ぽたぁ、ぽたぁ、と断続的に蜜糸が伸ばされて秘裂とシーツをつなぐ。もう彼女の局部はびしゃびしゃだった。

「すごい……」

上ずった声を漏らす彰が、引き寄せられるように股座《またぐら》へ顔を寄せる。興奮によって膨らんだ蜜芯をぺろりと舐めた。

「ふあぁっ、そんな、なめちゃ、だめ……」

織絵が舌足らずな甘ったるい声を上げて身悶える。舐められるのは初めてなので、ぬるついた柔らかい舌が這いずり回る感触に、思わず体が逃げを打つ。もちろん彰の手が両脚をガッチリとつかんでいるため、それを許してくれない。

くちゅくちゅくちゅ……破廉恥な水音を立てつつ、男の舌が肉の輪をなぞっては浅瀬の弱い箇所を刺激してくる。織絵はお尻を振りながら悶え、どんどん上昇する体温にまた熱い息を吐いた。

長い指が一本、蜜壷にそっと沈められる。

「あっ……」

狭い蜜路を押し分ける指が根元まで埋まると、媚肉が喜んできゅうっと抱き締めた。指の関節の皺まで丁寧に舐める肉壁はとろとろだ。

彰がもう一本、指を増やして軽く鉤《かぎ》状に曲げては嬲ってくる。

「んはぁっ、ああ……あぁんっ、はぁっ、あっ、あっ……くはぁあっ、あぁぁ……っ」

秘筒をまんべんなくこすられ、じりじりと膨れ上がる快感に心がついていけず、織絵は涙を零して頭を振った。

彰は織絵の感じる箇所を見つけたのか、腹側にあるざらついたところを執拗に嬲ってくる。

――はぁっ、それ、気持ちいい……けど、少し、苦しい……

膣道が痙攣《けいれん》して蜜液がだらだらと零れる。

織絵は啼きながら仰け反って鮮烈な快感に身悶えるが、なかなか性感を極めることができない。

何かを思い出した表情で彰が呟いた。

「指じゃイけなかったんだよな。それなら……」

彰がぷっくりと腫れ上がった蜜芯に吸いつき、舌と唇で包皮を器用に剥いてしまう。鮮やかな肉の芽は、初めて外界にさらされて震えていた。

彰が怯える肉芽に強く吸いつく。

「ふあぁ――……っ！」

目を開けているのに織絵の視界が暗転し、快楽が爆《は》ぜて雷のような閃光がほとばしる。

びくびくと不規則に跳ねる脚が宙を蹴り、媚肉が指を情熱的に締め付けた。意識が白い霞《かすみ》に覆われて痺れ、何も考えることができない。

くちゃくちゃ……ぴちゅっ、くちゅ……

咀嚼《そしゃく》音にも似た舐められる音と、蜜壷をかき混ぜる粘ついた音に織絵の自我が戻ってくる。

呆然とする織絵が視線を下に向けると、彰が熱心に局部を舐めている。出し入れする指が一本増えた感覚まであるため、ずしんと重たい快感が途切れず、再び何かがせり上がってくる。

「あ……ま、ってぇ……も、あぁっ、む、りぃ……っ」

無理だと訴えているのに、彰は指も舌も止めてくれず、延々と織絵の啼きやすい箇所を的確にいじめてくる。もう織絵の蜜道はグズグズに蕩けて、熱く火照った肢体は薄桃色に発色し、淫靡《いんび》な女の香りを放っている。乳首も蜜芯もピンと勃ち上がり、男に可愛がって欲しいと卑猥な主張をやめない。

全身で彰を求める淫らさに、誘惑された彼が夢中で織絵の体を貪った。

指を三本に増やして痙攣する膣路を入念に嬲り、敏感な陰核をちゅうちゅうと吸いながら唇と舌で扱く。

「ひああぁっ、やっ、だめぇえ……っ！　それっ、ああん！　まっ、……ひぅ！　やあぁっ、くはぁっ！　あ！　あっ！」

巨大な快感は経験値の低い織絵には苦しすぎて、悲鳴のような嬌声を上げて啼きながらのたうつ。が、彼女をイかせようともくろむ彰の性技は止まらない。

織絵の腰はガクガクとはね上がって下腹が波打ち、蜜がとめどなくあふれ、膣路を蹂躙《じゅうりん》する指を媚肉が抱き締める。途切れない性感に織絵は呼吸が逼迫し、すぐに再び頂点まで達した。

それでも彰の動きは止まらない。

「ひうぅ！　ああ！　おねがぃ、……あっ、あっ！　あぁぁ……っ！」

数えきれないほど絶頂感に啼かされる織絵は、いつしか意識が途切れて体がくったりとシーツに沈み込んでいた。

しかしそれほど間を置かず、脚の付け根からせり上がる猛烈な圧迫感に意識が揺さぶられる。

「あ……っ、はああっ、あああぁ……っ」

まだ完全に覚醒していない織絵は、目を閉じたまま背筋を弓形に反らせた。白い太腿が不規則に震え、脚の指がきゅぅっと丸まって力が込められる。

がちがちに硬くなった極太の肉茎が子宮口を突き上げていた。半分起きて、半分失神している織絵は逃げることもできず、優しいけれど容赦ない挿入にぼろぼろと涙を零し、意識が戻らないまま身をよじる。

逃げようのない状況で快楽を強制的に注がれる行為に、ぶしゅっと結合部から蜜が噴き出した。

膣襞が激しくうねって、蜜路を占拠する剛直にしがみ付く。その刺激に肉棒が大きくはね上がり、隙間なく男をくわえ込んでいる内部はそれだけで感じ入ってしまう。

「んあ――……」

甘くて苦しい快楽に攻められる意識がわななき、混乱する精神がようやく正気に戻った。

「……ひ、あ……あきら、さん……？」

限界まで開いた脚の間にいる彰が、密着した局部に体重をかけてくる。一瞬、自分がどうなったのか理解できなかったが、内側から硬い肉棒の存在を感じ取り、貫かれていることを悟った。

彰が気まずそうな顔になっている。

「……すまん。初めてのときすごく痛そうにしてたから、気を失っている間に挿《い》れた……痛くないか？」

肩で息をする織絵は意識を下腹部に向ける。ナカから拡《ひろ》げようとする圧力と微量の快感は拾えるが、痛みはまったく感じられなかった。

「だいじょ、ぶ……はぁっ、おっきぃ……」

ウッと言葉に詰まる彰が目元を赤く染めた。

「……あんまり煽るなよ。俺だって聖人君子じゃないんだから」

「なに、が……？」

語尾を震わせ、甘えた眼差しで見上げる織絵が、己の腰をつかむ男の手を撫でる。

彰は妻の手が己の心臓を撫でているような気持ちになり、まだ動かすつもりがなかった腰が自然と揺れた。

「あっ、んっ……」

「……俺だって、君をめちゃくちゃに抱きたいって思うときはあるんだから」

「はぁっ、めちゃくちゃ、んっ……だめなの？」

だめなの、との疑問の声はひどく色っぽくて、その言葉の裏には、めちゃくちゃにして欲しいとか、めちゃくちゃにしていいよ、との誘惑が含まれていて。

無意識のうちに色香をまき散らして男を誘う織絵の媚態《びたい》に、理性が崩壊しそうになっている彰は歯を食いしばって呻いた。

「だから、そういうこと言うな……」

必死に自制する男の腰が、ゆっくりといやらしく動き出す。

逞しい逸物を抜き差しされて、織絵は感じ入った声を漏らしながら身悶えた。

「ん……ふぅっ、うん……んっ、んぁっ！　あぁあ……っ」

すでに数えきれないほど達しているため、迫りくる快楽の大波に抵抗するすべはない。彰に揺さぶられるがまま啼いて、彼を締め付けては、操られるように自ら腰を振る。

彰も長い間、禁欲を己に強《し》いてきた反動か、それとも二十三歳の若い蜜路にみっちりと絞られる恍惚《こうこつ》からか、今にも弾けそうになっている。

　欲望が破裂しそうな彼の追い詰められた表情に、たまらなく愛おしい気持ちになった織絵は両手を伸ばして抱擁を求めた。

「あきら、さん……っ、ぎゅって、あんっ……して」

「ああ、織絵……」

　覆いかぶさる彼が腰を振りながら唇を重ね、織絵もまた舌を差し出して積極的に絡みつく。

　気持ちよくて嬉しくて、今ここで時が止まって欲しいだなんて、おかしなことを考えてしまうほど幸せだった。

　隙間なく触れ合い、恋しい人の優しさや熱情を一身に受け止める。彼を独占している幸福に、織絵は胸が高鳴って心が満たされていった。

　数時間前には彰を想って泣いていたのに、今では素肌を合わせ深いところで隙間なくつながっている。好きな人に好きだと心置きなく伝えることができて、好きな人からも好きだと言われ、望まれる。

　これを幸福と呼ばずして、何を幸福と呼べばいいのか。

「あっ、あぁ……っ、すき……あきらさんっ、すき……だいすき……」

　織絵がうわごとのように何度も好きだと言い続けていたら、いきなり彰が勢いよく体を起こして激しく奥を突いてきた。

「はぁっ！　あ！　ああ！　はあぁっ！」

「ハッ、織絵っ、俺も好きだ、もう二度と離すもんか……！」

獣の咆哮《ほうこう》にも似た声を放つ彰が、蜜路を抉《えぐ》るように突き上げてくる。結合部で蜜が弾《はじ》け飛び、媚肉が縦横無尽に犯され、織絵は嬌声を上げて善がった。こすれ合う蜜路から快感が脳天まで駆け抜けるよう。

――気持ちいい……嬉しい。

荒々しい動きなのに大切にされていることも感じられて、心が昂る織絵は下腹が痙攣して彼を思いっきり締めつけた。

呻く彰がさらに激しく腰を突き出し、織絵を善がらせようと意気込む。絡みつく媚肉を振り払うように屹立を抜き、狭まる蜜路を押し分けて貫く。

その連続に織絵は呼吸さえままならずに震えた。けれど苦しいほどの快楽の中、彰が何度も自分の名を呼んでくれるから、織絵も彼の名前を呼びながら法悦を極める。

「ふああぁ――……っ！」

「あ！　グゥ……ッ」

二人とも同時に声を漏らし、肥大した肉茎から勢いよく射液が噴き出した。

目まいがするほどの快感に陶酔しながら、織絵は彼が押し上げる先に熱い何かが注がれていくのを感じる。

――あ……出てるの、分かる……

とろん、と蕩けた瞳で彰を見上げると、荒い呼吸をする彼は織絵に覆いかぶさって唇を重ね合わせた。キスの合間に囁いてくる。

「織絵……可愛い……、俺の奥さん……愛している……」

たしかな愛情の狭間《はざま》には執着がほのかに感じられた。愛する男から向けられる独占欲が心地よく、織絵もうっとりと囁き返す。

「好き……、あんっ、……彰、さん……好き……」

互いに胸に空いた空虚が埋まるまで囁き合うと、二人は顔を見合わせて小さく微笑んだ。

「これからのこと、一緒に考えないか？　俺は君の希望をできる限り叶えたい」

「嬉しい……。私も、彰さんのために、できることをしたい……」

疲労感から織絵の瞼が重くなる。彼女の様子に気づいた彰が、漲《みなぎ》りを引き抜いて肢体を抱き締め、優しく髪を撫でてくれた。額や鼻筋、頬に幾度も口づけてくる。

いたわりがこめられた糖度の高い仕草に織絵は微笑み、彼の真摯な愛情に感謝し、彼と共に生きていくのだと改めて己に誓った。

第六章

「ちょっ、彰さん！　もうお迎えが来ていますよ！」

月曜の早朝六時。長野県N市の織絵宅から、東京のハヤセホールディングス本社へ彰が出勤するところだった。

週明けのこの時刻、遅刻しないように夫を送り出したい妻と、愛妻としばしの別れを惜しむ夫が、玄関前の廊下で揉めるのはもはや習慣になりつつある。

「彰さん、運転手さんを待たせちゃ駄目ですって……」

東京から長野まで片道三時間半ほどの移動時間がかかるため、その間に仕事をしたいと考えた彰はハイヤーを使うことにしている。

一回の利用がいくらになるのか、織絵は恐ろしくて聞いたことがない。潔いまでに金で時間を買う方法だった。

そして早朝に出発とはいえ、渋滞が発生したら会社に着くのが遅くなる。彼は取締役なので少しぐらい遅れても構わないと言うが、スケジュールに支障は出るはず。その原因が妻のせいだなんて織絵的には許せない。

しかし彰はギリギリまで妻を抱き締めて離そうとしないのだ。

「はあ……これで週末まで君と会えないなんてキツすぎる……」

「だから私が東京に戻れば――」

「いや、それはいい。俺が君に会いにくるから」

言うやいなや、彼の唇が織絵の唇に重なる。すぐに舌が侵入し、隅々までねっとりとまさぐる濃厚な口づけに変化した。が、織絵は心を鬼にして夫の頼もしい胸板を押し返す。

彰の気持ちは嬉しいのだが、猛烈に時間が気になる。そして高級スーツに自分のファンデーションがつかないかと、いつもハラハラする。

おまけに場所も良くない。

東京の彰の家なら、玄関前で派手に睦《むつ》み合っても音が漏れる心配はなかった。防音対策がされているうえ、ワンフロアに一部屋しかないのだから。

しかしここは築二十四年になるごく普通の一戸建てで、玄関前の駐車場にはハイヤーの運転手が控えている。扉一枚しか隔てていない向こう側を意識せざるを得ないのだ。

なのに織絵の背中に回されていた大きな手が、するするとスカートをたくし上げて、ショーツに包まれた桃尻をわしづかんできた。

「あ、駄目……っ」

非難の眼差しで彰を見上げると、間近にゆるく弧を描く彼の唇があった。

この家で素肌を合わせてからというもの、織絵はこのようなシーンで夫の唇がひどく官能的に感じられる。あの唇が、己の身体中に吸いついたのを思い出すのが原因かもしれない。

あるときなど彼の唇がこちらの脚の指をしゃぶり、指の股まで舌で舐め回してきた。もう自分の体で彼が味わっていない部分など残っていない。

だから今、彼の唇を見ていると織絵の下腹部がじわじわと熱くなる。

このとき長い指がショーツに潜り込み、くちょ……、と卑猥な水音が立ち昇った。

「あれ、すごく濡れてる」

「……言わないで」

色事《いろごと》を思い出しただけで蜜を垂らすなんて、まるで痴女だ。

羞恥で身を縮める織絵の初々しい姿に、彰は口角を吊り上げた。すぐさま長い指を活発に蠢かせる。

「あっ、やぁ……っ」

涙声で身をよじったものの、たいして力が入らない。それというのも数時間前の夜、彰に延々と可愛がられた体は、蜜壷をかき混ぜる指を覚えているのだ。あっという間に媚肉が蕩けて指に絡みつく。

「はぁんっ……、だめぇ……」

織絵の両脚が生まれたての子鹿のように震え、彰にしがみつく。

彼は妻の抵抗が消えたところで、彼女のショーツをずり下げた。淫らな体液を吸った小さな布地は重さが増しており、重力に引かれてずるずると床へ落ちる。

すぐさま彰が織絵の左膝に腕をひっかけ、片脚立ちになるよう持ち上げた。

「織絵。俺のベルトを外してくれ」

「だっ、駄目……ッ」

「片手じゃ外しにくいんだ。……なあ、頼むよ」

哀願の中に色香がしたたり落ちるほど含まれている。それは織絵にとって甘い毒になって脳髄を痺れさせた。

即効性の毒に侵《おか》された織絵は、駄目だと思っているのに彼のベルトを外してしまう。……脚を捕らわれた時点で逃げられないから、とか、早く終わらせないと彼が遅刻するから、などと己に言い訳をして。

ベルトのバックルを外せば、彰が「脱がしてくれ」と甘えた口調でさらに強い毒を注いでくる。ここまで強いともう中毒になってしまうから、服従するしかない。織絵は震える手でスラックスのホックとジッパーを下げて、下着と共にずり下げた。

ぶるんっと勢いよく、破裂しそうなほど滾《たぎ》る肉茎が飛び出してくる。亀頭からは妻を求める蜜があふれており、彼が欲情する様を認めた織絵の視線がさまよった。

彰はうっすらと微笑みながら、聳え立つ陰茎をスカート越しに妻の恥部へ押しつける。

「このままだと挿れられない。スカートを持ち上げてくれ……」

抱かれるための準備を自らしなさい。と、織絵を操《あやつ》ろうとする惚れた男の声に彼女は逆らえなかった。

いま着ているシルクオーガンジーのフレアスカートは、彰が東京から贈ってくれた服の一つだ。アシンメトリーのシルエットが優雅で、淡いブルーの色合いや艶感も気に入っている。が、この服を見るたびに、局部を彼に差し出した状況を思い出しそうだ。

心の中で泣きながら、大人しく両手でスカートの生地を握り締め、そろそろと秘密の場所をさらけ出した。秘園を隠す繁みは蜜でいやらしく光り、発情する女の香りがふわりと匂い立つ。

愛妻の香りに激しく興奮する彰は、軽く腰を落として一息に剛直で貫いた。

「はぁうぅっ！」

抵抗もなく根元まで飲み込まれた陽根が子宮口を突き上げる。圧迫感と媚肉がこすれる快感に、織絵は嬌声を上げて彼を締めつけた。

「はっ、織絵、気持ちいい……」

妻に絞られる恍惚を噛み締めた彰が腰を振り出す。知り尽くした女の秘筒を性急に掘り返しては、張り出したエラで感じやすいポイントを優しくひっかいた。

「あっ、ああ！　そこっ、やぁんっ……！」

彰のモノは雁首のくびれが大きく、この段差で腹側にある泣き所をこすられると、織絵は気持ちよすぎて涙を零しながら善がってしまう。しかもしょっぱなから激しく揺さぶられるため、片脚一本で体を支えるにはつらくて彰にぎゅっと縋りつく。

「きゃあぁっ！」

このとき彼が密着して、床につける織絵の右脚までもすくい上げた。

突然、宙に浮いた織絵は、恐怖心から彰の逞しい首に抱きついて力を込める。自重で結合が深まり、鈴口が子宮口をこじ開けようと圧迫した。

「あああああぁ……っ！」

強烈な快感が下腹から脳天へほとばしる。一瞬、視界が白く染まった織絵は仰け反って、声にならない悲鳴を漏らした。もう玄関の外を気にする余裕などない。

同時に膣襞も肉棒にしがみついて、思いっきり淫らに抱き締める。

極上の快楽に襲われた彰が、食い縛った奥歯の隙間から愉悦の呻きを漏らした。

「すごぃ……っ、はぁっ、……出るところだった」

彰は深呼吸をして射精欲をなだめると、再び律動を織絵に送り込む。離れている間に夫を忘れないよう、しつこく丁寧に、慎重に容赦なく、体だけでなく心にまで快楽を深く植えつけていく。

追い詰められた状況で強制的に刻まれる性感は、いつもより織絵の脳をおかしくさせた。

「あぁっ、いやぁっ！　だめだめぇ！　ああんっ！　あん！　もぉっ、あっ、ああっ！　ぬいてぇ……！　ひっ、あぁんっ、おねがいぃ……っ」

声を抑えることもできず、啼きながら膣襞が絶え間なく男をしゃぶり続ける。惑乱する織絵は自分の体をコントロールできなくなっており、彼に与えられる刺激を余すところなく受け止めてしまう。まるで凌辱《りょうじょく》されているような心地になり、膣全体が痙攣して己を支配する陽根へ最高の悦楽を与え続けた。

「ああ、織絵……すごい締まる……ッ」

抽送のたびに蜜がかき出されて床へバタバタと落ちる。もう彰のスラックスには、隠しようがないほど卑猥な染みがべっとりと付着していた。

上と下の口から涙と涎を零す織絵は、あっという間に極みへと放り投げられる。しかも一度では止まらず、何度も何度も絶頂を強いられて全身を震わせた。

「ひうぅっ！　もぉっ、むりぃ……あんっ、ああ……またっ、あああっ！　わっ、わたし……しんじゃうぅ……」

イきっぱなしの蜜孔がわなないて彰へ射精をうながす。屹立の根元から先端までいやらしく締めつけては、夫の精を飲みたいと体で求めた。

甘美な誘いに彰も屈服しそうになるが、必死に耐えて妻の熱くて魅力的なナカを味わい続ける。

「織絵……、おりえ……ああ……」

生の陽根に絡みつく肉襞が収斂《しゅうれん》しては、不規則に波打っている。熱い蜜道に扱かれる悦楽を、彼は顎を上げて堪能した。

織絵の方は半分意識を飛ばしながら、否応なく高められる性感にぶるぶると震え、己のすべてを彼にゆだねて膣路を締める。

彰は自分の手管によって従順に乱れる艶姿《あですがた》を目に焼き付け、嬉しそうに胎内へ大量の精を放った。

現在の彰は、週末になると織絵が暮らす長野県の家へ会いにくる〝通い婚〟状態だった。

織絵は彼と気持ちを通じ合わせた後、東京へ戻るつもりでいたのだが、待ったをかけたのは彰の方である。

彼は愛する妻が身銭を切って生家を買い取ったことを重んじており、しばらく故郷で暮らすべきではと告げたのだ。……それを聞いた織絵は、そばにいると約束し合った直後に別居を提案されたことで、数秒ほど放心してしまったが。

とはいえ織絵も、すぐ帰京するのはもったいないとの気持ちがあった。買ったばかりの家具や家電、日用品の他、Wi-Fiの契約などもすでに申し込んでいる。

そして家具類などは東京の家に持ち帰ることは難しい。なにせあそこは小物一つとっても価値が違うものであふれており、住環境にそぐわないのだ。

だからといって捨てるのも、貧乏性の織絵には抵抗があった。

彰とは毎日オンラインで顔を見ながら話せるため、織絵は彼の提案を受け入れ、しばらくの間、田舎暮らしを楽しむことにしたのだが……


梅雨が明けた七月下旬の木曜日。織絵はかなり離れた地区のクリーニング店から、彰のスーツを回収して帰宅した。月曜日の朝、体液で汚れたスーツの染み抜きをお願いしておいたのだ。

……なんの染みかを聞かれたら返事に困るため、この地域にあるお店は使えなかった。

自分は耳目を集めているから。

田舎の町で若い娘が一軒家を買っただけでも話題になるのに、織絵ははたから見ると特殊な立場なのだ。

それというのも、この辺りの住人で村沢一家に起きた悲劇を知らぬ者はいない。両親を一度に亡くして一人娘が生き残ったというセンセーショナルな事故は、今でも色褪《いろあ》せない記憶として残っているらしい。

事故直後はマスコミが村沢家まで訪ねてきたり、周囲の家に取材をしたこともあったという。

織絵はその頃だと入院中で、退院後は児童養護施設に入ったため、マスコミの件は全く知らなかった。

それから十一年後、生き残った娘が突然帰ってきたうえ、生家を買い取って暮らし始めたら周りは驚くだろう。

しかも週末になると超絶イケメンが訪れ、月曜にはハイヤーに乗って東京へ戻っていく。おまけにその人は夫だという。

なぜ一緒に暮らさないのか、とか、どういったきっかけでセレブの奥様におさまったのか、とか、話題の少ない田舎町では光の速さで織絵のことが知れ渡った。

おかげで織絵を覚えていた地元の人が、顔を合わせるたびに根掘り葉掘り聞いてくる。小学校の元同級生が家まで訪れたこともあった。

――この車も、目立つのよね……

衣類を持って車から降りた織絵は、複雑な表情で車体を見下ろす。

妻が中古車を買うと知った彰は、すぐさま東京から乗用車を手配した。もちろん新車で、それがこの車である。

某国産車メーカーの中で最上級クラスの車種のうえ、もっともグレードが高いセダン。雪道に強いわけではないが、不安定な道を走る際に電子制御による走行のサポートをしてくれる。

ペーパードライバーの自分には、とてもありがたいアシスト機能だ。４ＷＤではないので冬季の運転が不安だが、この辺りは雪が積もる割には日本海側ほど豪雪にはならないので、まあ問題はないだろう。

——それよりナンバープレートが品川なのはやめて欲しかった……

彰が東京で車を登録したため、この地で運転していると大変目立つ。できれば長野で車を登録して欲しかった。

とはいえ、いずれは東京に戻るのだから、これでいいと言えばいいのだが……

「織絵ちゃーん！」

「はっ、はいぃ！」

通りかかったスピードスプレーヤ——農薬を散布する自走式の機械——から、近くの果樹園を経営する中年女性が声をかけてきた。

「これ、収穫したからあげる！」

旬のブルーベリーが大量に入った袋を渡してくれる。

「ありがとうございます。あの、ちょっと待っててください」

慌ててスーツを家の中に運び、彰が送ってきたお菓子の一部を持って外に戻る。

「これ、よかったらどうぞ」

白金台にある有名パティスリーの焼き菓子を渡すと、その女性は笑顔で受け取った後、織絵の頭のてっぺんから爪先まで一瞥《いちべつ》した。

「今日も素敵な服を着てるわねぇ。その大きなネックレスの石って、本物のダイヤ？」

「……まあ、そんなところです」

「いいわねー。やっぱり旦那さんが買ってくれたの？」

「あはは……」

笑って誤魔化し、お礼を告げるとすぐに家の中へ逃げ込んだ。玄関ドアにもたれた織絵は、はあーっ、と重くて長いため息を吐き出す。

一粒ダイヤモンドのネックレスも、いま着ているハイウエストのワンピースも、彰が東京から送ってきた品だ。

彼は妻のことを本当によく観察していたようで、織絵の好きなお菓子や、好みに合致するブランドの衣服や靴、バッグや装飾品を調達しては送ってくる。

――マメなんだよね、彰さんって。

こういう気の回るところや、根本が優しいところも合わせて、女性に甘い人であると察せられる。だからこそ悪女といった類につけ込まれたのだと再認識した。

そんなことを考えつつ彰のスーツを片づけ、ブルーベリーを洗ってから水気を切って冷凍庫へしまう。

だが作業を終えてお茶を淹れている最中、不意に空《むな》しさを覚えて手が止まった。

――なんか、疲れる……

自分が噂の渦中にいると感じるのは楽しいことではない。居心地が悪いうえに、夜など一人でいるのが怖くなる。彰が警備会社のホームセキュリティを契約してくれても。

まあ、排他的な田舎の地で村八分にされないのは、自分がここの出身であるからで、それは助かっている。

だとしても興味津々の地元住民と深いお付き合いなどしたくない。……そう思う時点で、自分は本当の意味でこの地の人間ではないのだ。帰る家は東京にあると分かっているから。

視線が左薬指に移った結婚指輪へ落ちる。

生家を買い戻すと決めたときは、故郷に骨を埋めるつもりだった。けれど今は、そんなつもりは毛頭ない。

――彰さんがいる東京に帰りたい。

一緒に暮らしていれば、夜遅く帰ってきた彰と同じベッドで眠ることができる。朝起きたときだって、ほんの少しの時間でも彼と触れ合える。

彰の厚意に甘えて、かつての生家に一ヶ月ほど暮らしてみた。暮らしてからようやく、一ヶ月で十分だと身に染みた。

――もういい。故郷になんの未練もない。私の帰る家は彰さんがいる家なんだから。

東京に帰ろう。両親がいない生家で暮らしても、考えるのは彰のことだけだ。

織絵はぐっと唇を引き結ぶと、急いで着替えやスーツなどをトランクに詰め込む。この家のことは後で彼と一緒に考えればいい。

　このときふと、あることを思い出して自室へ戻り、大急ぎで下着だけを替えてから車に乗り込む。

　ナビゲーションに懐かしい住所を入力し、慎重にアクセルを踏み込んだ。


　マンションのカードキーを返し忘れていたのは、不幸中の幸いだった。久しぶりに会うコンシェルジュに挨拶をしてから、逃げるように五階へ上がる。

　ドキドキしながら家の鍵を解除してドアを開けた途端、「えっ！」と悲鳴に似た声を漏らした。

　玄関先には彰の靴や傘が放り投げられたように転がっており、書類なのかよく分からない紙が隅に散らばっている。なんとなく空気が澱《よど》んで、ホコリっぽい感じがした。

「どっ、どうなってるの……？」

　周囲を見回すと棚や装飾品にもホコリが被っているし、玄関の床は砂でざらざらしている。明らかに清掃されていない。

　——私が掃除をしなくても、二週間に一回はハウスクリーニングが入るはずなのに。

　リビングへ向かう途中、かつて自分が使っていたゲストルームをのぞいてみる。ベッドシーツが乱れており、クローゼットの扉が開きっぱなしだ。誰かが使っていた気配が濃厚に残っている。おそらく彰だろう。

　——どういうことなの？　なんでこんな狭い部屋で寝てるの？　一階が好きなの？

　奇妙に思いながらリビングへ入ったとき、再び変な声が漏れそうになった。

テーブルにはウルトラブックの電源が点けっぱなしになっており、書類やビジネス書が積み上げられ、ソファには脱ぎっぱなしのスーツまで放置されている。

几帳面な彼にしては意外すぎる生活の痕跡に戸惑う。だが、このままにしてはいけないとメイド根性が復活した。

ダイニングチェアに無造作にかけてあるエプロンを身に着け、窓を開けてから書類や本を一か所にまとめて、リビングダイニングから掃除を始める。

広い部屋にここまでホコリが溜まっていると、短時間では清掃など終わらなかった。とはいえ今夜の彰は帰宅が遅いからちょうどいい。

彼はいつも昼休みや休憩のときに電話をかけてくる。しかし今日はそれすらも難しいほどスケジュールが詰まっていると、あらかじめメッセージが送られてきたのだ。やはりマメな人である。

その後、一時間以上もかけて一階の片づけと掃除を済ませ、織絵はサンルームへ出てみた。

野菜たちは元気に育って艶《つや》やかな実をつけている。彰がきちんと手入れをしてくれたのだろう。

自分が出て行ってからも、ずっと世話をしてくれたと知って胸が熱い。妻の残したものを守っていたなんて。

彰がどれほど自分を愛しているか分かっていたつもりだったが、まだまだ思い足りなかったようだ。

――本当にありがとう、彰さん……

嬉しくて幸せで、ふわふわと体が浮き上がるようだった。しかし喜んだ直後、彼にそんな時間があるのかと疑問を抱く。

彰は普通のサラリーマン以上に、毎日遅くまで働いている。そしてここ一ヶ月は、週末になると長野県で過ごしていた。野菜の世話をする時間などないのではないか。……おそらく睡眠時間を削っているのだろう。

――彰さんにここまで負担をかけているのに、遠くの地で寂しい思いをしながら一人暮らしをするなんて、本当に馬鹿馬鹿しい。もっと早く決心すればよかった。

この家で心機一転、彼との結婚生活をやり直したい。

再び決意した織絵は、まだチェックしていない二階へと脚を向けた。


一通り掃除を終えると、夕日が沈みきる時刻になっていた。織絵はサンルームの野菜をたっぷり使った常備菜をいくつか作り、自分用の夕食を食べた後、彰が帰るまでリビングのソファに座って英語の勉強をしていた。

彰のイギリス駐在は来年の初春に決定している。それまでは英会話の勘を取り戻しておきたい。

時計の針が午後十時を過ぎた頃、少し疲れたのでテキストを閉じてお茶を淹れた。

なんとなくテレビをつけると報道番組が映り、宗教団体のポルトゥーゴ・ポルニコフが、東京国税局から税務申告漏れを指摘されたとのテロップが流れた。悪質な所得の隠匿《いんとく》をした結果、重加算税など約二千万円を追徴課税されたという。

ニュースキャスターによると、現在のポルトゥーゴ・ポルニコフは、資金面による問題がきっかけで内部分裂しており、活動停止に至っているとのこと。

八栄子のカルト宗教のことかな、と織絵は思ったのと同時に、彼女にまつわる話を思い出した。

八栄子は実家の佐上家から絶縁を言い渡されたという。

彼女の父親は孫可愛さに娘への援助を続けていたが、早瀬家の逆鱗《げきりん》に触れて親子の縁を切ったのだ。

それというのも伯母と幸介の企《たくら》みが早瀬家の耳に入り、その流れで織絵の生い立ちと坂井家から受けた仕打ちも知るところとなって、彰の両親はそれはもう怒り狂ったらしい。

織絵は知らなかったのだが、自分は義両親からとても感謝されているそうだ。

超絶女運が悪い次男のもとに嫁いでくれたうえ、その次男との結婚生活は順調で、我が子の行く末を案じていた早瀬夫妻は心から安堵したという。

だからこそ織絵の境遇に同情したのだろう。元凶である坂井家へ容赦しなかった。

フォルマフーズとの資本業務提携を解消するだけではなく、今後いっさい早瀬家と関わることを認めないと宣言した。

しかも怒り心頭の義母は、富裕層の婦人たちが集まるいくつかのサロンから伯母を締め出し、社長夫人らの交流会からも除名した。

完全に面目を失った伯母は、夫と離婚して家から叩き出したそうだ。

蛮行が露呈した幸介は、親戚関係者から総バッシングを受けて再び海外へ逃げ出し、優美の縁談も雲行きが怪しくなっているという。

——そんなことができる早瀬家の権力が怖い……あれだけ大きい会社だと圧力って半端なく効くのね……というかお義母さん、おっとりしたお嬢様育ちのご婦人だと思ってたのにすごい……

長野の家で暮らしている最中、新しいスマートフォンに義母から電話がかかってきて驚いた。正座して話を聞いていると、織絵の事情を知らないで彰と結婚させてしまったことや、今回の騒動で織絵が家を出て行くまで追い詰められたことを、涙ながらに謝罪された。

織絵は慌てて、彰と結婚できたのは自分にとって幸福なのだと、電話越しに義母を慰める状況になった。するとなぜか『近いうちに一緒に旅行へ行きましょうね！』という流れになってしまい、あとで彰が盛大に渋い顔をしていた……

そんなことを考えていると時間も経過したため、テレビの電源を切って勉強を再開する。もうそろそろ彰が帰ってくるかもしれない。

——私がいることを知ったら驚くかな。

彼には帰宅したことを伝えていなかった。家にいるなんて言ったら、予定をキャンセルして帰ってきそうな予感がしたのだ。

今夜は接待なので夕食は食べないと思うが、一応、夜食的なものも用意してある。

ドキドキしながら彼を待っていると、日付が変わる時刻になって玄関から物音が聞こえてきた。直後、すさまじい勢いで足音が近づいてくる。

リビングのドアが大きな音を立てて開き、彰の体が飛び込んできた。弾かれたように織絵がソファから立ち上がる。

「お帰りなさ――」

「どうした!?　何かあったのか!?」

　大股で近寄ってくると強く抱き締められた。珍しいことにスーツから煙草《たばこ》の香りがしたので、シガーバーにでも客人を案内していたのかもしれない。

「落ち着いてください。何もありません。ただ、彰さんに会いに来ただけです」

「俺に……？」

「はい。今日からこの家で暮らしたいんです。許してくださいますか？」

　許されないとは微塵も思っていない口調で織絵が告げると、彰は緊張をゆるめて息を吐いた。しかしすぐに顔を背ける。

「長野の家はどうするんだ。君のご両親の家だろ」

「それは後から考えます。でも、あそこは思い出があるだけで、すでに私の実家じゃありません。私の帰る場所は彰さんがいるところですから」

　そこで言葉を切った織絵は、夫の逞しい体躯を抱き締める。

「どうか私をそばに置いてください……」

　甘えるように硬い体に縋りつけば、彼が抱き締め返してくれた。

「嬉しい……本当は再会したとき、君を連れて帰りたかった……」

「えっ」

　目を丸くする織絵の脳内に疑問符が浮かぶ。

自分はそのつもりで、彰にもきちんと伝えてある。それを止めたのは彼自身だ。

どういうことなのかと不審そうに見上げると、彰はものすごく気まずそうな顔になっている。

「君が自分一人の力で手に入れた家があるのに、俺が後からのこのこ現れて、全部捨てさせて連れ帰るわけにはいかんだろ」

「でも、私は帰るつもりでしたよ？」

「……君の前では、包容力のある大人の男でいたかったんだ」

言わせるなよ、と不機嫌そうな声に織絵はきょとんとした後、声を上げて笑った。なんて愚かで不器用で、愛おしくて可愛い人だろう。

「私にとって彰さんは、常に包容力のある大人の男の人ですよ。頼もしくて優しくて、理解がある素敵な人……」

大好きです、と呟きながら背伸びして彼の頬に口づける。すぐさま唇を奪われて深く舌が入ってきた。

顔の角度を変えては隙間なく吸いつかれ、性急に舌が絡まり合う。余裕のない舌使いが彼の欲情する様を分かりやすく示しているから、織絵の心が興奮で燃え上がった。

体の芯まで熱くなって体温が上昇する。発情の香りがほのかに立ち昇る。

呼吸のために唇を離すと、彼は妻をすっぽりと胸に抱いて大きく息を吐いた。

「……もう一つ、言いたくないことがあった」

「なんです？」

「君とめちゃくちゃ離れたくなかったけど、君の顔を見ると猿みたいに盛って止まらなくなるから……幻滅されたくなくて離れたんだ」

予想外の告白をされて目を丸くした織絵は、まじまじと彰を見上げてしまう。

思い返してみれば彰が長野の家にいる間は、ずーっとイチャイチャしていた。朝起きたら抱かれて、日中も押し倒されて、夜になれば一緒にお風呂に入ってそのまま延々と……

たしかにヤりすぎかもしれない。ちなみに出かけるときは、ずーっと手をつないで離してくれなかった。

「そっ、そうなんですか……」

「ああ……今までずっと、好きな女性に触れてはいけないって自分を抑えていたから、その反動だと思うけど」

このとき初めて教えてもらったのだが、織絵が結婚指輪をチェーンに通して彼の首にかけたとき、お経を唱えたのは自制するため。腹を押さえて逃げ出したのは、局部が勃ち上がって収まりがつかなかったため、だという。

——男の人は大変だな……

目元がほんのりと赤い彰を見上げながら、織絵も頬を桃色に染める。お互いに照れ合ってもじもじしてしまった。

だが先に復活したのは彰の方で、織絵の背中に回している手を下げ、腰と尻の合間を執拗に撫でてくる。

我に返った織絵は、彼と密着する下腹部に硬い感触があると気がついた。

「……もう遅いから、休まないと」

しかし彼の手がさらに下がって、尻の丸みを確かめるように、スカート越しにいやらしく這い回る。

「言っただろ……、君の顔を見ると俺は猿になるって」

織絵の頭頂部にキスの雨を降らせながら、彰は甘えるような、許可を求めるような、せつなさを含んだ色っぽい声を囁いてくる。

その響きに絆されそうになる織絵だが、今の時刻はすでに零時を過ぎているのだ。気を遣う接待の後ならば、なおさら早めに休んで欲しい。

織絵はあえて彼の腕の中でくるりと背中を向けた。しかしその程度で止まる夫ではないことを失念していた。

背後からむぎゅっと胸をわしづかみにされる。

「ふぎゃあっ！」

「ああ、柔らかい……」

完全に欲情した男のかすれた声が、女の理性に亀裂を入れたのか、織絵の腰が砕けそうになった。

「あっ……待って……」

よろめく妻をしっかり抱き留める彰は、細い肢体を支えながら前傾姿勢を取り、彼女に膝を突かせる。織絵は目の前にあるソファに上半身を預け、四《よ》つん這《ば》いに近い姿勢になった。

彰が生地を破る勢いで背中のファスナー下ろし、肌をまさぐりながらブラのホックを外す。レースキャミソールのストラップやブラ、ワンピースの袖を腕から引き抜き、それらをまとめて荒々しく腰へとずり下げる。

その余裕のない動きに、織絵の心は痺れるようだった。疲労をものともせず、動物的な劣情に支配される彼が可愛くて。

愛する人が自分にがっつく姿に胸がきゅんとときめく。

「んっ、あきらさん……あっ！」

剥き出しになった生乳を、彼が背後から揉みしだいてくる。つままれた乳首をこね回され、ツンと勃ち上がった尖りを指の腹で押し潰されると、まだ触れられていない秘部がヒクついてしまった。彼に開発され、隅々まで躾《しつ》けられた肉体は、たやすく情欲の炎を燃え上がらせて蜜を生み出す。下腹がじんじんと疼いて、中から粘液があふれる感覚を織絵は拾い上げた。

彰が乳房をまさぐりながら、空いた手でスカートをめくり上げる。

「あ、これ……」

驚きと喜びの混じる声に、織絵はギュッと瞼を閉じて頬を染める。今日は彼の贈り物の一つであるランジェリーを身に着けてきたのだ。

長野に二人でいるとき、彰から『下着を贈ってもいいか』と問われたことがあった。そのときは彼に突き上げられて達する寸前だったため、織絵は朦朧とする意識でよく分からないまま頷いている。後日、送られてきた品を手に取ってぶるぶると震えたものだ。

とはいえ届いた品は悩殺ランジェリーというわけでもなく、セクシーだけど大人可愛いデザインだ。サテンのレースをあしらったローズピンクのブラとショーツのセットで、ガーターベルトとガーターストッキングも添えられていた。

男性が親しい女性へ、エロ可愛い下着を贈る意味を分からないほど自分は初心《うぶ》ではない。この下着を着た君を見たいと、この下着を脱がせたいと、聞いたわけではない彼の声が聞こえるようで。

だから長野の家を出るとき、わざわざ下着だけを変えてきた。……結局は自分も期待していたのだ。惚れた男に抱かれることを。

それを彼に見透かされたようで、言ってることとやってることの矛盾を指摘されたくなくて、赤くなった顔をソファの座面に押し付ける。

織絵のまろやかな尻を撫でる彰が、妻の背中に覆いかぶさって抱き締めてきた。

「可愛い……やっぱり君によく似合う……」

うっとりした口調に織絵は視線をそっと後ろへ向ける。彰はとても機嫌の良さそうな表情で、口元をほころばせていた。彼の興奮する気配と、スーツにしみ込んだシガーの刺激的な香りに織絵はクラクラする。

「あなたに、見せたくて……着てきたの」

かすれた声で囁けば彰が唇を重ねてくる。窮屈な姿勢で舌を絡め合うと、離れたくないとの気持ちがよりいっそう膨らんできた。必死に舌を伸ばして彼の味を求めていたら、飲み下せない唾液が口の端からたらたらと零れ落ちる。

織絵が首の疲れを感じて頭をソファに落とすと、彰の熱視線が彼女の姿を舐めるように視姦する。織絵は真っ白な背中をさらけ出し、乳房を剥き出しにしてスカートを腰までたくし上げられ、ショーツとガーターストッキングの下半身を夫に差し出していた。

妻の妖艶な姿に舌なめずりをする彰は、自身が贈ったランジェリーに包まれる下肢を両手でそっとまさぐる。

「脱がすの、もったいないな」

そう呟きながら織絵の脚を広げてその間に陣取り、ショーツのクロッチをずらして右手の人差し指を蜜沼へゆっくりと差し込んだ。

「あんっ、……はぁう……んん、あぁ……」

ぐちゅぐちゅと粘度の高い水音が鳴って織絵の背筋がしなる。そこはすでにあふれるほど蜜をたたえていた。

「すごいな、もう……」

ごくりと口内に溜まった唾液を飲み込む彰は、指を引き抜いて蜜芯へと狙いを定める。夫を求めてはしたないほど膨らんでいる肉芽は、蜜で濡れた指に転がされて甘い疼きを生み出した。

「ああっ、あんっ……はぁん……んっ、んふぅっ、くうぅ……っ」

鋭敏な刺激を送り込まれて、織絵の尻がふるふると卑猥に振られる。まるで男を誘っているような動きに彰は目が離せなかった。真顔で穴があくほど凝視した後、急いで服を脱ぎ始める。

ジャケットとウェストコートを同時にかなぐり捨て、スラックスと下着を一緒に脱いで背後に放り投げた。

もどかしげに織絵のショーツをずらして張りつめた屹立を押し当てると、生地にせき止められていた蜜が垂れて亀頭を濡らす。彼は潤沢な愛液を亀頭に絡めながら、腰を突き出してとろとろの蜜窟へ突き立てた。

「あっ、ああ……入って……」

解されていないナカはまだ少し生硬いものの、たっぷりと濡れているため引っかかることはない。織絵は太くて熱い彼の分身を上手に最奥へと飲み込む。根元まで埋まると男の繁みが蜜口に重なり、あふれ出る粘液が草叢《くさむら》に絡まった。

迫りくる性感に織絵は荒い呼吸を繰り返す。

――なんか、大きい……っ。

蜜路を占拠する剛直の圧迫感により、みぞおちまで貫かれる気分だった。

他の男と比べることはできないが、彰は巨根ではないかとひそかに思っている。そのうえ今夜の彼はいつにもまして興奮しているのか、お腹の中を拡張する圧《あつ》が普段より強い。

おかげで彼の形が、エラのくびれまではっきりと感じ取れる。まるで串刺しにされている気分になった。

それでも痛みは感じない。じんじんとした重い快感がじっとり襲ってくるから、織絵は白い喉をさらして喘ぐ。

今の自分は、犬のようなポーズで彼に犯されている。そう考えた途端、さらに蜜があふれて逞しい逸物をきゅぅっと締めつけた。

「あぁ、織絵……俺の、俺の……っ」

うわごとのように呟いた彰が邪魔なネクタイをむしり取り、ついでにシャツのボタンをいくつか外す。直後に腰を激しく打ちつけ、石のように硬い肉棒で蕩けた媚肉を容赦なく抉った。

その摩擦がどうしようもなく気持ちいいと、織絵は海老《えび》反りになって小刻みに震える。

「うはぁあっ！　ああぁ、ああん……っ！」

じゅわじゅわと新しい蜜液が生み出され、彰の腰がぶつかるたびに弾け飛ぶ。織絵の下着と彼のワイシャツは、もうぐちゃぐちゃだ。

「織絵……すごい、ここエロい……ッ」

彰が結合部から目を離せないでいる。

めいっぱい口を広げて陰茎を飲み込む肉の輪は、かわいそうなほど皮膚が伸びきっていた。そこへ蜜をまとった凶悪な肉棒が抜き差しされているのだ。

特に彰が腰を引くと、真っ赤になった肉びらがめくれて屹立を引き留めようと絞る。そのたびに、ぐちゅうっと卑猥な粘着音が鳴り響いた。

壮絶にいやらしい光景に興奮する男根がさらに膨らみ、妻に甲高い嬌声を上げさせる。

このとき彼の指が、引き伸ばされて薄くなった敏感な肉びらを指でなぞった。その途端、織絵の桃尻がびくんっと跳ね上がる。

「はあぁあんっ！」

よだれと涙を零しながら悶える織絵は、重い快感と刺激に心臓がドキドキして破裂しそうだった。彼に思いっきり愛されてお腹の奥がきゅんきゅんしている。くわえ込んだ屹立に膣襞がまとわりつき、一途に絞っては吐精をうながす。

彰が天井へ吠《ほ》えるように呻いた。

「気持ちいい……っ、クッ、織絵……！」

腰の振りがどんどん速く淫らになっていく。彼は手加減を忘れたのか、力任せに蜜路を貫いては引き抜き、無我夢中で妻を蹂躙している。

甘くて苦しい刺激に襲われた織絵は耐えられなかった。

「はぁあん！　ああっ！　あんっ！　もぉ……ああぁあっ！」

喘ぎすぎて嗄《か》れた喉から、声にならない悲鳴がほとばしる。瞬きの間に意識が頂点へと導かれた。

しかし彰の律動は止まらず、彼は快楽に酔った目つきで織絵の媚態を射貫きつつ、強制的に刺激を刻み続ける。

「あっ、あっ！　ダメッ、いまぁっ、ああ！　やぁ……あき、……はああぁっ！」

飢えた獣に食われるような気分で織絵は啼き続けた。いつ終わるか分からない悦楽に脳が痺れ、自分が何を叫んでいるか分からなくなってくる。それでも彼に与えられる快感と執着が心地よくて、肉体と精神が幸福で満たされていく。

――こうやってずっと、あなたと愛し合っていたい……

想いを通い合わせるまでの数ヶ月間、彼はクールで落ち着いた男らしい一面しか見せてこなかった。まさかこんなに激しく情熱的に女を抱く人だとは、思ってもみなくて。

だから今、本性を叩きつけるかのような行為に、幸福だけでなく安堵する気持ちを織絵は抱く。

ここまで感情を露わにしてくれるのが嬉しくて。

ここまで劣情を向けられるのは自分だけと誇らしくて。

――今だけは私のことしか考えてない……そうでしょう……？

惚れた男が自分だけに向ける執着や独占欲に、織絵は泣きたいほどの幸せを感じる。

このとき彼の腰が円を描き、蕩けた膣道をぐちゃぐちゃとかき回してきた。

「んああぁ――……っ」

強引に快楽の頂点へと放り投げられ、落ちる間もなくさらに激しく貪られ、何度も昇り詰めた。

「あきっ、ああ！　あ、すき……、ひっ、ああ……！」

彰という刻印を打ち付けられる悦びに、織絵は啼きながら彼をひたすら締め続ける。

「おりえ……もぅ……っ」

精を搾り取ろうとする貪欲な膣の蠕動《ぜんどう》に、己の限界を感じた彰は最奥を突き上げた。尻肉と腰を隙間なく密着してから精を放ち、子宮を満たす勢いで子種を注いでいく。まるで早く孕めとでも言いたげに彼女のくびれた腰をつかみ、股間と離れないよう強く引き寄せる。

おかげで織絵は、漲りが断続的に吐精する淫らな感覚を拾い続け、お腹に溜まる熱で再び意識が焼け爛《ただ》れるようだった。

「ああぁ……」

口を半開きにして涎と涙を垂らしながら、急上昇する快楽に全身をわななかせる。

彰が衰えを見せない分身を引き抜くまで、織絵は途切れない絶頂感に震えていた。結合が解けても、上半身をぐったりとソファに預けたまま動けないでいる。

彰が自分のシャツを脱いで全裸になり、妻の腰辺りでくしゃくしゃになっている衣服を引き抜いた。自分が贈った下着も取り外し、宝物を扱うように肢体を抱き上げてバスルームへ向かう。湯を溜めながらバスタブに座って抱き合った。

その姿勢に、織絵は初めて彼とお風呂に入った長野の家を思い出す。ここのバスタブはあの家と違って広いため、長身の彰が脚を伸ばしても余裕の大きさなのが嬉しい。

愛する人の抱擁とお湯の温かさが心地よく、半分意識を失いかけていた彼女は、しばらくしてハッと頭を持ち上げた。

「今、寝てたような……」

「寝てもいいぞ」

ちゅっと額にキスをされて、織絵はのろのろと上体を起こす。専用の中庭に面した窓を見つめ、感嘆のため息を漏らした。

「私、このお風呂に彰さんと一緒に入るなんて、夢にも思っていなかった……」

ずっと一階と二階に別れて暮らしていたから、不思議な気分である。

満足感から、ほぅ、と息を吐いて逞しい胸板に頬ずりをした。彰の大きな手のひらが髪を撫でてくる。

「なあ、これからは俺の部屋を夫婦の寝室にしないか？　君と一緒に寝たい」

「いいですね。私も、あなたと一緒に眠りたい……あ、そうだ。彰さんって今、一階のゲストルームを使ってます？」

すると彼が、「あー」と声を上げながら天を仰いだ。しばらくして逃げようがないと観念したのか、上を向いたまま白状する。

「……あそこは君の気配が残ってるからな。すごく落ち着くんだ。ベッドは狭いけど」

なんとも可愛らしい理由に、織絵はくすくすと笑いながら彼の首に抱きついた。

「一階でお仕事をされていたようですけど、それもやっぱり似たような理由で？」

「まあな。……俺だって変態っぽいって思ったよ」

「全然そんなことありません。それより野菜たちのお世話をありがとうございます。あれ、すごく嬉しかったの……」

感激して彼の唇に吸いつき、戯れのようなキスを繰り返す。口づけの合間にハウスクリーニングの件を聞けば、織絵の痕跡を消したくないから契約を解除したとのこと。

――この人はどこまで私を喜ばせるんだろう。

嬉しくてありがたくて、同じぐらい彼を一人にしたことが申し訳なくて、積極的に舌を絡めた。

二人して後戯のような触れ合いを楽しみつつ、織絵の荷物はすべて二階に運ぶことや、一階は将来の子ども部屋にしようと話し合った。

「長野の君の家だけど、別荘って位置づけにしようか。ログハウス風に建て替えてもいいし」

「わぁ、それはいいですね。あそこはスキー場が近くにあるから、冬に行きたいんです。昔は両親に連れられてスノボをよくやりました」

「それなら今年の盆休みはサマースキーに行くか？　南半球は今がシーズンだ」

そんな他愛のないことをのんびりと喋《しゃべ》り、体が温まってからバスローブを着て二階の彰の部屋へ向かう。

もはや習慣になりつつある、家の中なのにベッドまで手をつないで歩く行為も気にならなかった。夢見心地だけれど、夢ではなく現実だと実感しているから。

織絵は彰からパジャマの上衣を借りて身に着けると、大人二人が横になっても狭さを感じない広いベッドに寝転び、彼の腕の中で天井を見上げる。

――彰さんのベッドで眠るなんて、なんだか不思議。

雷に怯えた夜に一度眠っているが、あのときは動揺しまくっていて、周囲を観察する余裕などなかった。

メイド業のときには見たことがないアングルに心が弾む。すでに見慣れている家なのに、こうして新鮮な感動を抱くなんて。

その変化が尊くて、ちょっとだけ照れくさい。

この気持ちを分かち合いたいと身じろぎして彼を見れば、彰はすでに寝息を立てていた。

……それもそうだろう。気を遣う接待を終えてから激しい行為をしたのだから。

織絵は彼を起こさないよう静かに体を起こしてベッドに座り込むと、精悍《せいかん》で整った顔をじっと見下ろした。

たびたび眉間に皺を寄せて難しい顔をしている彼も、こういうときは穏やかな顔つきになっている。彼が悩みを抱えず安眠を手に入れたことが、織絵にも嬉しかった。

そして人間がもっとも無防備になる睡眠時に、己を迎え入れてくれた彼の愛情と信頼に心から感謝する。

――あなたを愛しています。どうか一日でも長く、私のそばにいてください。

年の差なんて気にならないぐらい、お互いしわくちゃの老人になるまで、ずっとそばに。

織絵は永遠を約束した指輪が光る手で、自分自身よりも大切な人の頬を撫でると、想いを込めて口づけた。

あとがき

はじめまして。以前からご存じの方はこんにちは、佐木ささめです。このたびは「イケメン御曹司と甘くて不埒な政略結婚」をお手に取っていただき、まことにありがとうございます。

そしてこのたびはルネッタブックスの創刊、おめでとうございます！　創刊第一弾に名前を載せていただき、とても光栄で、大変恐縮です。

新レーベルでの刊行ではありますが、私が書いたものはあいかわらず御曹司ヒーローでした（笑）

「佐木さん、御曹司が好きだよね」との声なき声が聞こえてくるようです。ははは……

今作のヒロインは、いわゆる〝ドアマットヒロイン〟という子にしました。わずか十二歳で両親を亡くし、施設に保護された後、情が薄い親族に引き取られ、意に染まない政略結婚を二度もさせられる……うう、なんてかわいそう。こんなん誰が書いたの。私が書きました。ごめんなさい。

そんなドアマットな織絵も、超絶女運の悪い御曹司に救われて、ラストはハッピーエンドです。考えてみればヒーローの彰は、最後の最後でツキが回ってきたのですね。

イラストを描いてくださったのは芦原モカ先生です。イメージ通りの美しい主人公たちをありがとうございます。

編集部および担当様、様々な助言をいただき、心から感謝しております。

なにより拙作を読んでくださった読者様、本当にありがとうございました。感謝してもしきれません。

いまだ閉塞感を覚える日々ですが、この物語が皆様にとって一服の清涼剤になれば幸いです。

またいつかお目にかかれることを心から願っております。

佐木ささめ

ルネッタブックス

イケメン御曹司と甘くて不埒な政略結婚

2020年10月25日　第1刷発行　定価はカバーに表示してあります

著　者　佐木ささめ　©SASAME SAKI 2020
発行人　鈴木幸辰
発行所　株式会社ハーパーコリンズ・ジャパン
東京都千代田区大手町 1-5-1
03-6269-2883（営業部）
0570-008091　（読者サービス係）

印刷・製本　中央精版印刷株式会社

ISBN978-4-596-41431-1

※この作品はフィクションであり、実在の人物・団体・事件等とは関係ありません。